第一部
蜀山劍俠傳
還珠樓主——著
3
湘江避禍

蜀山劍俠傳

目錄

蜀山劍俠傳

目錄

第一章 抱病長征

原來靈雲等三人自從在成都和張琪兄妹分手，雇用車轎上路，多給車夫銀錢，連夜兼程，每日也不過走一百數十里路。他們俱是御劍飛行，瞬息千百里地慣了的，自然覺著心焦氣悶。本想退了車轎，改乘川馬，貪圖快些。偏偏女神童朱文雖然仗著靈丹護體，也不過保全性命，渾身燒熱酸痛，日夜呻吟，哪裡受得長途騎馬的顛沛，只得作罷！

靈雲性情最為溫和，保護朱文，如同自己手足，雖然覺著心煩，倒還沒有什麼。金蟬性情活潑，火性未退，偏偏這次對於朱文竟是早晚殷勤將護，不但體貼個無微不至，並且較靈雲還要耐心一些。靈雲看在眼中，暗暗點了點頭，因朱文病重，不好取笑，反倒裝作不知。

他三人按照二老所指的途徑，在路上行了八九日，忽然峰巒重重，萬山綿亙，除掉翻山越嶺過去，簡直無路可通。先一日車夫就來回話，說前面已是莽蒼山，不但無路可通，而且山中慣出豺虎鬼怪，縱然多給銀錢，他等也無法過去。

靈雲來時，原來聽二老說過，到了莽蒼山，便要步行。知道他們說的是實話，只得取下包裹，打發他們回去。先在山腳下一個小村中歇了歇腳，商量上路。偶然看見一個人坐著滑竿走過，金蟬異想天開，向靈雲要了一把散碎銀子，走將過去，請那人站下商量，將他那一副滑竿買下，兩手舉著拿到朱文面前放下。

村中居民看著這三個青年男女，一個個長得和美女一般，來到這荒山腳下，已是奇怪，又見金蟬小小年紀，把那一副滑竿如同捻燈草一般，毫不在意地舉在手中，更是驚異。有那多事的人，便問他三人的來蹤去跡。金蟬便說：「住在城裡，要往這山中去打獵。」那地方民情敦厚，又見他們三人各佩長劍，倒也不疑什麼。只是說山中豺虎妖怪甚多，勸他們年紀輕輕的人不要造次。

靈雲看見來人越聚越多，恐朱文不耐煩瑣。又見金蟬買了那一副滑竿來，便問有何用處。金蟬道：「你不要管，先帶著它上了山再說，我自有用它之處。」靈雲還待要問，金蟬一面催著上路，一面手舉那副滑竿，中間結著一個麻繩結著的網兜，兩旁兩根長有兩三丈粗如人臂的黃楊木的桿子，獨個兒邁步自跑上山去。

靈雲當著許多人，只得將朱文半扶半抱地帶進山去。在山內走了二里多地，回看後面無人，正要喊住金蟬，金蟬業已趕了回來，放下手中的滑竿，說道：「我適才跑到高處一望，山路倒還平坦，只不知前面怎樣。我想用這副滑竿，和姊姊一人抬一頭，將朱姊姊抬到桂花山。如何？」靈雲才明白他買那滑竿的用途，不禁點頭一笑。

朱文一路上已覺著靈雲姊弟受累不淺，如今又要屈她姊弟作挑夫抬她上路，如何好意思，再三不肯。靈雲笑道：「文妹，你莫辜負你那小兄弟的好意吧。我正為路遠日長發悶，難得他有此好打算，倒可以多走些路。」說罷，不由分說，硬將朱文安放在網兜之中，招呼一聲，與金蟬二人抬了便走。

朱文連日周身骨節作痛，適才有靈雲扶著，走了這二里多山路，已是支持不住，被靈雲在網兜中用力一放，再想撐起身來已不能夠。況且明知靈雲姊弟也不容她起身，再若謙讓，倒好似成心作假。便也不再客氣，說了幾句感激道謝的話，安安穩穩躺在網中，仰望著頭上青天，一任靈雲姊弟往前抬走。

靈雲怕她冒風，又給她蓋了一床被，只露頭在外。同了金蟬施展好多年不用的輕身本領，走到日落，差不多走了五六百里。看天色不早，依著金蟬，還要乘著月色連夜趕路。朱文見她姊弟抬了一天，好生過意不去，執意要找一個地方，大家安歇一宵，明日早行。

靈雲姊弟拗她不過，見四外俱是森林，瞑嵐四合，黛色參天，便打算在林中露宿一宵。朱文也想舒展筋骨，由靈雲姊弟一邊一個，攙扶著走進林去，尋了一株大可數抱的古樹下面，將網兜中被褥取來鋪好。靈雲取乾糧與朱文食用，叫金蟬拿水具去取一些山水來。

金蟬走後，朱文便對靈雲道：「姊姊如此恩待，叫妹子怎生補報呢？」

靈雲聞言，只把一雙秀目含笑望著朱文，也不答話。停了一會才道：「做姊姊的，是應該疼妹妹的呀。」朱文見靈雲一往情深的神氣，不知想到一些什麼，忽然頰上湧起兩朵紅雲，兀自低頭不語。

這時已是金烏西匿，明月東升，樹影被月光照在地下，時散時聚。靈雲對著當前情景，看見朱文弱質娉婷，眉峰時時顰蹙，知她痛楚，又憐又愛，便湊近前去，將她攬在懷中，溫言撫慰。

朱文遭受妖法，身上忽寒忽熱，時作酸痛。她幼遭孤露，才出娘胎不久，便被矮叟朱梅帶上黃山，餐霞大師雖然愛重，幾曾受過像今日靈雲姊弟這般溫存體貼。在這春風和暖的月明之夜，最容易引起人生自然的感情流露。又受靈雲這一種至誠的愛拂，感激到了極處。便把身子緊貼靈雲懷中，宛如依人小鳥，益發動人愛憐。

靈雲和朱文二人正在娓娓清談，忽然一陣微風吹過，林鳥驚飛。靈雲抬頭往四外一看，滿天清光，樹影在地，有一群不知名的鳥兒，在月光底下閃著如銀的翅膀，一收一合地往東北方飛去。靈雲見別無動靜，用手摸了摸朱文額角，覺得炙手火熱，怕她著風，隨手把包裹拉過。正要再取一件夾被給她連頭蒙上，恰好金蟬取水回來。靈雲先遞給朱文喝了，自己也喝了兩口，覺著山泉甜美。正要問金蟬為何取了這麼多時候，言還未了，忽覺眼前漆黑，伸手不辨五指，便知事有差池。一手將朱文抱定，忙喊金蟬道：「怎麼一會工夫，什麼都看不見了？」

金蟬道：「是啊！我的眼力比你們都好得多，怎麼也只看出你們兩個人，別的不見一些影子呢？莫不是中了異派中人的妖法暗算吧？」

靈雲道：「你還看見我們，我簡直什麼都看不見了。我看這事不妙，黑暗中又放不得飛劍，你既看得見我們，你索性走近前來，我們三人連成一氣，先用神鮫網護著身體再說吧。」金蟬聞言，連忙挨將過來，打算與她二人擠在一起。

這時朱文正在渾身發熱難過，忽覺眼前漆黑，起初還疑是自己病體加重，及至聽了靈雲姊弟問答，才知是中了什麼異派中人弄的玄虛。猛想起自己身邊現有矮叟朱梅贈的寶鏡，何不將它取出來？忙喊靈雲道：「姊姊休得驚慌，我身旁現有師父贈我的寶鏡。我手腳無力，姊姊替我取出來，破這妖法吧。」恰好金蟬也走到面前，靈雲已先把玉清大師贈的烏雲神鮫網取出，放起護著三人身體，這才伸手到朱文懷中去取寶鏡。

金蟬剛要挨近她二人坐下，忽然一個立腳不住，滾到她二人身上。由此三人只覺得天旋地轉，坐起不能。情知將朱文身旁寶鏡取出，便能大放光明，破去敵人法術，誰知偏偏不由自主。似這樣東滾西跌了好一會，慢慢覺察立身所在，已非原地，足底下好似軟得像棉花一樣。三人如果緊抱作一團不動還好，只要一動，便似海洋中遭遇颶風的小船一樣，顛簸不停。靈雲忙喊住金蟬、朱文：「不要亂動，先擠在一處，再作計較。」說完這句話，果然安靜許多。

朱文因二人是受自己連累，心中好生難過，坐定以後，勉強用力將手伸進懷中，摸著寶鏡，心中大喜。剛要取將出來，三人同時聽見有人在空中發話道：「爾等休要亂動，再有一會，便到桂花山。如果破去我的法術，你我兩方都有不利。」說罷，不再有聲響。

靈雲到底長了幾歲年紀，道行較深，連忙悄悄止住朱文道：「我看今晚之事來得奇怪，未必便是異派敵人為難。如果是異派中人成心尋我們的晦氣，在這黑暗之間，雖然我們俱能抵敵，他豈肯不暗下毒手？他所說的桂花山，又是我們要去的地方，莫如姑且由他，等到了地頭再說。如今凶吉難定，我們各將隨身劍囊準備應用，以免臨時慌亂便了。」

朱文雖在病中，仗著平時內功根底，昏睡之時甚少。靈雲姊弟更是仙根仙骨，睡眠絕少。這時經了這一番擾亂之後，一個個竟覺著有些睏倦起來。先是朱文合上雙目，躺在靈雲姊弟身上睡去。金蟬也只打了一個哈欠，便自睡了。靈雲在暗中覺著朱文、金蟬先後都朝她身上躺來，有些奇怪，隨手摸了摸二人鼻息，已是睡去。就連自己也覺著精神恍惚，神思睏倦起來。知道修道之人不應有此，定是中了敵人暗算，深悔剛才不叫朱文取出寶鏡來破妖法。一面想，一面強打精神，往朱文懷中摸寶鏡。心中雖然明白，怎奈兩個眼皮再也支撐不開，手才伸到朱文懷內，一個哈欠，也自睡去。

不知經過了幾個時辰，三人同時醒轉，仍是擠在一處，地點卻在一個山坡旁邊。彼此對面一看，把朱文羞了一個面紅通耳，也不知在黑暗中怎麼滾的，朱文半睡在金蟬懷中，金蟬的左腿卻壓在她的右腿上面，金蟬的頭又斜枕在靈雲胸前，靈雲的手卻伸在朱文懷內。朱文紐帶自己解開，露出一片欺霜賽雪凝脂一般細皮嫩肉。怎奈金蟬醒轉以後，神思恍惚，還不就起。朱文病中無力，又推他不動，又羞又急。還是靈雲比較清楚，忙喝道：「蟬弟你還不快些站起！你要將朱姊姊病體壓壞嗎？」

金蟬正在揉他的雙眼，他見天光微明，晨曦欲上，躺的所在已不是昨晚月地裡的景色，好生奇怪。忽聽姊姊說話，才發覺右手腕挨近腳前躺著的朱姊姊，急忙輕輕扶著朱文起來。靈雲也挨坐過來，將朱文衣襟掖好，又將她髮鬢理了一理。

金蟬已拔出鴛鴦霹靂劍，縱上高處，尋找敵人方向。這時天光業已大亮，照見這一座靈山，果然是勝景非凡，美不勝收。看了一會，無有敵人蹤跡，也不知這座山叫什麼名字。便又跑到靈雲面前說道：「姊姊，你看多奇怪，明明昨天在月光底下，受了人家妖法暗算，怎麼一覺醒來，竟會破了妖法，換了一個無名的高山？莫非我們做了一場夢嗎？」

靈雲道：「你休要胡亂瞎說。如今敵友不分，未卜吉凶；你朱姊姊又在病中，昨晚受了一夜虛驚，幸喜不曾加病。凡事忍耐一些好。我看昨晚捉弄我們的人，決非無故擾亂，也許不是惡意，好壞未知。且莫急於找尋敵人，先設法探明路徑，檢點自己的東西再說。」說罷，各人查點隨身之物，且喜並無失落，只有金蟬買來的那一副滑竿不知去向。

第二章　靈藥醫病

靈雲正在尋思那作法的用心，朱文忽然驚叫道：「姊姊！你看這石頭上面，不是桂花山嗎？」這一句話，頓時將各人精神振作起來，順著朱文顫巍巍的手指處一看，可不是，在她身旁一塊苔蘿叢生的石壁上面，刻著「桂花山」三個大字。三人當時高興起來，依舊聚坐下來，商議入山之策。

靈雲道：「按照白、朱兩位師伯所指途徑，我們那般走法，至少還須二十天左右。如今一晚工夫來到此地，昨晚行法的定是一位前輩高人，特來接引我等入山，以免延遲誤事。適才所見山上大字，正與白、朱二位師伯之言相符。只須依言行事，那倒不消計算的。只是紅花姥姥當年誓言，原說是要一雙三世童身、具有慧根、生就天眼通的男女，才能入潭取草。

「文妹雖是合格，可惜她身中妖法，毒氣未退，潭中神鱷、毒石厲害非凡，文妹連路都走不動，如何能夠隨著蟬弟一同下去？我看紅花姥姥道術通玄，並且不久飛昇，她要踐當年誓言，必能助我等一臂之力。我等先去拜見她老人家，求她撤去洞口雲霧。然後三人一同下潭，由我護著文妹，蟬弟上前用霹靂劍先斬神鱷，再設法剷去毒石。此去務必語言、禮貌都要謹慎，不可亂了方針，又生枝節。」

三人計議定後，朱文實是周身酸痛，不能行走，也就不再客氣，由靈雲將她背在身上，直往紅花姥姥所住的福仙潭走去。剛剛走上山坡，便看見西面山角上有一堆五色雲霧籠罩，映著朝日光暉，如同錦繡堆成，非常好看。金蟬直喊好景致。靈雲道：「哪裡是什麼好景致，這想必是姥姥封鎖福仙潭的五色雲霧。她如不答應先將這雲霧撤去，恐怕下潭去還不容易呢。」三人正在問答之間，金蟬先看見福仙潭那邊飛起一個黑點，一會工夫，便聽有破空之聲，直往三人面前落下。

靈雲見來人是一個黑衣女子，年約十六七歲，生得猿背蜂腰，英姿勃勃，鴨蛋臉兒，鼻似瓊瑤，耳如綴玉，齒若編貝，唇似塗朱，兩道柳眉斜飛入鬢，一雙秀目明若朗星，睫毛長有二分，分外顯出一泓秋水，光彩照人。

靈雲知她不是等閒人物，正要答話，那女子已搶先開口道：「三位敢莫是到俺福仙潭尋取仙草的麼？」

靈雲道：「妹子齊靈雲，同舍弟金蟬，正是奉了白、朱兩位師伯之命，陪著俺師妹朱文來到寶山，拜謁紅花姥姥求取仙草。只不知姊姊尊姓大名，有何見教？」

那女子聞言，面帶喜容，說道：「妹子申若蘭。家師紅花姥姥，因預知三位來此取烏風草，日前特命妹子到武當山，向半邊大師借紫煙鋤和于潛琉璃，以助姊姊等一臂之力，家師不久飛昇，連日正在忙於料理後事，在未破潭之前，不能與三位相見，特命妹子迎上前來，接引三位先去破潭。又因這位朱姊姊中了曉月禪師法術，受毒已深，恐怕不能親身下潭，功虧一簣。叫妹子帶來三粒百毒丹，一瓶烏風酒，與這位朱姊姊服用，比那潭中烏風草還有靈效。可請三位先到妹子結茅之所，由妹子代為施治。明早起來，再去破潭不晚。」

靈雲等聞言大喜，當下隨了申若蘭，越過了兩座山峰，便見前面一座大森林，四圍俱是參天桂樹。

若蘭引三人走到一株大可八九抱的桂樹下面，停步請進。靈雲看這株大樹，樹身業已中空，近根處一個七八尺高的孔洞，算是門戶，便由若蘭揖客。進去一看，裡面竟是有床有椅，還有窗戶。窗前一個小條案，上面筆墨紙硯，色色俱全。爐中香煙未歇，也不知焚的什麼香，時聞一股奇馨撲鼻。室中佈置得一塵不染，清潔非凡。門旁有一個小梯，直通上面，想必上面還另有佈置。靈雲姊弟見朱文臉上身上燒得火熱，病癒加重，無心觀賞屋中景致，坐定以後，便請若蘭施治。

若蘭先從身上取出一個三寸來高的羊脂玉瓶。另外取了一紅二白三粒丹藥；用一粒紅的，叫靈雲隔衣伸進手去，按住朱文臍眼；餘外兩粒，塞在朱文口中。然後若蘭親自走至朱文面前，將瓶塞揭開，立刻滿屋中充滿一股辛辣之味。若蘭更不怠慢，一手揑著朱文下頦，將瓶口對準朱文的嘴，把一瓶烏風酒灌了下去。隨即幫同靈雲將朱文抬扶到床上躺下，取了帶來的被褥與她蓋好。然後說道：

「此地原名古桂坪，三年前被妹子看中這一株空了肚皮的大桂樹，拿來闢為修道之所。家師自從得了天書之後，不願人在眼前麻煩，所以妹子除每日一見家師，聽一些教訓傳授外，便在此處用功。這樹也逗人喜歡，除全身二十餘丈俱是空心外，還有許多孔竅，妹子利用它們做了許多窗戶。把這樹的內部修造出三層。最上一層近枝丫處，被妹子削平，搭了一些木板，算是晚間望月之所。現在還沒有什麼好玩，一到秋天，滿山桂花齊放，素月流光，清香撲鼻，才好玩呢。朱姊姊服藥之後，至少要到半夜才醒。我們不宜在此驚擾她，何不到蝸居樓上玩玩呢？」

靈雲摸了摸朱文，見她已是沉沉睡去，知道靈藥有效，許多日的愁煩，為之一快。又見若蘭情意殷殷，便也放心，隨她從窗前一個樓梯走了上去。這一層佈置，比較下面還要來得精緻。深山之中，也不知是哪裡去尋來的這些筠簾斐几，笛管琴簫，滿壁俱用錦繡鋪設，古玩圖書，羅列滿室。暗暗驚奇：「申若蘭一個修道的人，如何會有這般佈置？難道她凡念綺思尚猶未盡嗎？」

若蘭也看出她的心意，笑道：「姊姊，你看我這蝸居佈置，有些不倫不類嗎？妹於幼小出家，哪裡會去搜羅這許多東西？皆因家師早年所修的道，原與現在不同，這許多東西全是家師洞中之物。家師自得天書後，便將這許多東西完全屏棄不用。妹子生性頑皮，一時高興，便搬來佈置這一座蝸居。去年桂花忽然結實，被妹子採了許多，製成香末，所以滿屋清香。昨晚聽家師說，姊姊等三位即刻就到，才將這壁的一張床搬下去，預備朱姊姊服藥後睡的。妹子不久要隨姊姊同去，這些一時遊戲的身外之物，萬不能帶走。我們且到最上一層去玩，留作他年憑弔之資吧。」

靈雲姊弟便又隨她走到上一層去，此處才是若蘭用功之所，藥鼎茶鐺，道書長劍，又是一番古趣。靈雲便問若蘭要隨她同去的意思。

若蘭道：「家師自得天書後，深參天人，說妹子尚有許多人事未盡，不能隨她同去。家師生平只收妹子一人為徒，平時鍾愛非凡，傳我許多法術同一口飛劍。家師恐她飛昇以後，妹子別無同門師叔伯師兄弟姊妹，受人欺侮，想趁姊姊取藥之便，託姊姊引進峨嵋門下。只不知姊姊肯不肯幫妹子這個大忙哩。」

自古惺惺惜惺惺。靈雲一見若蘭，便愛她英風麗質，聞言大喜道：「妹子與姊姊真是一見如故，正愁彼此派別不同，不能時常聚首。既然姥姥同姊姊有此雅意，那是再好不過，豈有不肯替姊姊引進之理？不過妹子還有一節請教，姥姥既然對敝派有這番盛意，何以今日不容妹子等進謁？潭中生霧，原是姥姥封鎖，何不先行撤去，以免妹子等為難呢？」

若蘭笑道：「家師性情有些古怪。一則不願出爾反爾；二則不願天地靈物，令人得之太易；三則知道令弟生就慧眼，朱姊姊有天遁鏡，還有姊姊的神鮫網護身，再拿著妹子在武當借來的紫煙鋤和于潛琉璃，必能成功。愁它則甚？」

靈雲聞言，才放寬心。又隨她從一個小窗戶走到她的望月台上。那台原就兩三個樹枝削平，雖然簡單，頗具巧思。又是離地十餘丈高下，高出群林，可以把全山美景一覽無遺。想到了桂花時節，必定另有一番盛況。

靈雲姊弟與若蘭在上面談了一陣，若蘭又請她姊弟吃了許多佳果，才一同走下樓來。靈雲摸了摸朱文，見她依舊沉睡不醒，周身溫軟如棉，不似以前火熱，面目也清潤了些，知是藥力生效。

若蘭道：「看朱姊姊臉上神氣，藥力已漸漸發動，我們不要在此擾她。現時無事，何不請隨我到福仙潭去，看看潭中形勢，同這山上景致如何？」

金蟬道：「剛才我就有這個心思，只是朱姊姊病體未癒，恐怕我們走了無人照料，所以沒有說將出來。我們三人同去，倘若朱姊姊醒來喚人，豈不害她著急？姊姊素來愛朱姊姊，請你留在此地，讓我同申姊姊先到潭邊去看看吧！」

靈雲含笑未答，若蘭搶先說道：「你哪裡知道，家師這藥吃了下去，至少要六七個整時辰才得醒轉哩。別看我這個小小桂屋，四外俱有家師符籙，埋伏無窮妙用，這番姊姊等三位前來，如不得她老人家默許，慢說入潭取草，想進此山也非易事。朱姊姊睡在裡面，再也安穩不過，擔心何來？快些隨我走吧。」靈雲姊弟只得拋下朱文，隨著若蘭走出桂屋，直往山巔走去。

那福仙潭形如缽盂，高居山巔，寬才里許方圓，四圍俱是煙雲紫霧籠罩。

靈雲走到離潭還有數十丈，便是一片溟濛，時幻五彩，認不出上邊路徑。若蘭到此也自止步，說道：「上面不遠就是福仙潭。這潭深有百丈，因那毒石上面發出暗氛，無論多高道行的劍仙，也看不出潭中景物。再加上家師所封的雲霧，更難走近。前些年到本山來盜草的，頗有幾個能人。有的擅入雲霧之中，被家師催動符咒，變幻煙雲，由這雲霧之中發出一種毒氣。那知機得早的，僥倖逃脫性命；有的稍微延遲一些，便作了神鱷口中之物。

「這番姊姊等前來，家師雖不施展法術困阻來人，因為昔日誓言，卻也不便自行撤去煙霧。我們要想從煙霧中走到潭邊，實在是危險又困難。幸喜這次奉命到武當山借寶，蒙我義姊縹緲兒石明珠向她師父說情，借來于潛琉璃，聽說可以照徹九幽。待我取出來試它一試。」

二人正說到興頭上，忽聽金蟬在頭上喊道：「姊姊們快來，怎麼下面黑洞洞的，只看出一些影子在動呢？」若蘭聞言，大吃一驚，忙從身上取出那于潛琉璃，拉了靈雲，縱了上去。只見金蟬正立潭邊，望著下面，又指又說。若蘭見金蟬未遇凶險，才得放心。便對靈雲道：「令弟怎麼這般膽大，會從煙霧叢中摸將上來。萬一有個差池，如何是好？」

金蟬見若蘭手上擎著一團栲栳大的青光，熒熒欲活，便問這是何物。若蘭道：「這就是那于潛琉璃。你看這光到煙霧堆中，竟看得這般清楚。如沒有它，明日如何下去呢？」說罷，便將那琉璃往潭中一照。金蟬順著那道青光，往下看了一看，搖頭說道：「不行，不行。」若蘭便問何故。金蟬道：「你看這光只照得十丈遠近，下面依舊黑洞洞的，有何用處？」

若蘭原本藝高性傲，聞了金蟬之言，也不答話。青光照處，看見下面七八丈遠近處，有一塊大石現出，便將身一縱，縱了下去，打算離潭底近一些，看看那神鱷到底是何形象。誰知腳還未得站穩，忽然下面捲起一陣怪風，接著從下面黑暗之中躥起一條紅蟒一般的東西，直往若蘭腳底穿了上來。若蘭久聞師父說那神鱷厲害，嚇了一個膽戰心驚，知道不好，更不怠慢，將腳一點，縱上潭來。不知怎的一個不小心，手鬆處，那一個于潛琉璃脫手墜落潭心，上面依然漆黑。

金蟬早看見潭中捲起一陣怪風，一條紅蟒般的東西躥了上來，那于潛琉璃又從若蘭手中墜落，知道潭中妖物出來，不問三七二十一，把手中霹靂劍往下一指，兩道紅紫色劍光往潭中飛射下去。那妖物想也知機，不敢迎敵，撥回頭退了下去，轉瞬不知去向。那一團栲栳大的青光，熒熒流轉，半晌才得墜落潭底。

金蟬連喊有趣。忽然高聲叫道：「我看見那怪物了，原來是一個穿山甲啊！」

若蘭失去手中于潛琉璃，又羞又惜。且喜怪物不來追趕，回望潭下，依稀看出一絲青光閃動，潭上面依舊漆黑。黑暗之中，恐怕出了差池，不敢久停。正要招呼靈雲姊弟御劍飛行下峰，忽聽金蟬所說之言，與紅花姥姥所說神鱷形象相似，好生奇怪。還未及問他怎會看見，又聽靈雲道：「蟬弟，這黑暗之中，我們三個人就只你看得見潭中怪物，道力深淺難測，快些過來，領我們一同下去吧。」

若蘭聞言，才知金蟬目力果異尋常。金蟬也自走將過來，先拉了靈雲，靈雲又拉了若蘭，三人一同下了高峰。

若蘭對靈雲道：「令弟天生神眼，這破潭一層，想必不難了。只可惜我一時失手，竟把半邊大師的于潛琉璃失去。那塊琉璃原是半邊大師昔年在雁蕩修道，路過于潛，一晚夜行田間，看見一個小土坡上，有一道青光上沖霄漢，在那裡守了數十天，費了不少事，才將寶得到。起初原是一個流動質，經大師用本身先天真氣煉成此寶。一旦被我失去，萬一破潭之後，竟被怪物損壞，異日見了大師，如何交代？這真叫人為難呢。」

金蟬道：「姊姊不必擔心，適才我見那團青光墜到潭底，那形似穿山甲的神鱷竟掉頭撲了上去，撲離青光不遠，又退了下來，看那神氣，好似有些畏懼的樣子。因牠幾次撲近青光，我才看出牠形似穿山甲。起初我也不過只看見一團黑影，哪裡能看得仔細呢？」

靈雲聽他二人對答，只是低頭尋思，不曾發言。忽然笑道：「倘得仰仗紅花姥姥相助，文妹再告痊癒，明日破潭必矣。」若蘭雖然聽金蟬說到于潛琉璃未被神鱷損壞，到底還是不大放心，聽靈雲說起破潭那般容易，忙問究竟。

靈雲道：「我想多年得道靈物，大都能夠前知。我們先回去看看文妹病體如何，等到破潭之時，再作計較吧。」若蘭也知神鱷通靈，便不再問。

當下三人回轉桂屋，已是下午申牌時分。才進屋來，便聞一股奇臭刺鼻，中人欲嘔。若蘭忙招呼靈雲姊弟退出，先不要進去，在外暫停片刻。自己飛身上了三層，由窗戶進去。

靈雲姊弟放心朱文不下，剛要再次走進，忽聽若蘭在內喊道：「姊姊們快閃開！」說罷，一道青光過處，若蘭身上背著朱文，如飛一般往林外而去。金蟬不知朱文吉凶，大叫一聲，隨後追去。靈雲也是十分關心，跟蹤上前。

若蘭背著朱文，走到一個山洞底下，回首見靈雲姊弟跟在後面，叫：「姊姊快來幫幫忙，叫令弟不要下來。」靈雲知有緣故，止住金蟬，跳下澗去。只見朱文面如白紙，遍體污穢狼藉。她身上的衣履，若蘭正替她一件件地脫呢。靈雲忙問到此則甚？若蘭道：「你看朱姊姊身上這個樣子，快替她洗呀！」

靈雲見朱文臉上雖然慘白，只是神氣委頓，不似先前一身邪氣，知道若蘭定是依照紅花姥姥之言而行，便幫若蘭扶了朱文，將她渾身脫了個乾淨。

先前三人從桂屋走後，朱文迷惘中忽覺周身骨節奇痛非常，心頭更好似有千萬條毒蟲鑽咬，想喚靈雲姊弟，口中又不能出聲。似這樣難受了一會，下面一個大急屁，接著屎尿齊來。朱文雖然痛苦，心中卻是明白，怎奈四肢無力，動轉艱難，又羞又急。暗恨金蟬到底是小孩子心性，枉自在路上慇勤服侍了多日，在這生死關頭，卻拋下自己走開去玩，越想越氣。正在萬般難受，忽然一陣奇酸，從腦門直達腳底。緊跟著又是一陣奇痛，比較剛才還要厲害十倍。

她這時羞憤痛苦，急怒攻心，一個支持不住，大叫一聲，滾下床來。待了一陣，才得醒轉，耳旁聽靈雲等笑語之聲。剛要呼喚，便覺身子輕飄飄的，好似被一個人背起出門，被大風一吹，立刻身上清爽非凡，雖然頭腦洋洋，有些昏暈，身上痛苦竟然去盡。微睜秀目，見背自己的人竟是個女子。迷惘中醒來，先還忘了若蘭是誰，及至若蘭將她背到澗邊，才看清楚。恰好靈雲趕到，與她脫去衣履，不由有些害羞，還待不肯。忽然聞著奇臭刺鼻，再看自己身上，竟是遍身糞穢，連若蘭身上也沾染了許多，又是急，又是羞，索性裝作昏迷，由她二人擺佈。

靈雲將朱文上下衣一齊脫去，同若蘭將朱文扶到澗邊。見那碧泉如鏡，水底滿鋪著極細的白沙，沙中有千千萬萬個水珠，不住地從水底冒到水面上來，結成一個個水泡。微風過處，將那些水泡吹破，變成無數圓圈，向四外散去。水中的碧苔，高有二尺，稀稀落落地在水中自由擺動，甚是鮮肥。水面上不時還有一絲絲的白氣。靈雲順手往水中一摸，竟是一泓溫泉，知道朱文浴了於病體有益。

這時朱文已坐在水邊一塊圓滑的石頭上面脫鞋襪，雖然身子還有些疲倦，覺著胸際清爽，頭腦清明，不似前些日子那般難過的樣子，知道病毒全消。又見靈雲、若蘭不顧污穢，左右扶持，心中感激到了萬分。忽然覺著身旁還少了一人，不知不覺中抬頭往四外一望，一眼看見崖上有個人影一晃。猛想起自己一絲不掛，一著急，羞得「噯呀」一聲，撲通跳入水中，潛伏不動。

靈雲見朱文忽「噯呀」一聲，吃了一驚。及見朱文跳入水中已在游泳洗浴，方放了心。若蘭已看出一些形跡，因自己背負朱文，又與她脫衣解履，鬧了一身污穢，也想到溫泉中洗一洗。恐怕跟朱文一樣被人偷看，又不好意思明言，便對靈雲說道：「朱姊姊病後體弱，妹子身上又沾染了好些污穢，想下去陪朱姊姊同洗。我們俱是女兒家，意欲請姊姊先到澗上替我們巡風可以嗎？」

靈雲聞言，才想起金蟬現在澗上，適才朱文那般惶急，莫非他在那裡偷看？暗恨金蟬沒有出息。表面上卻仍裝笑臉，對若蘭道：「這有什麼，只是又累姊姊一人，太叫人過意不去了。」說罷，先將朱文身上佩的長劍、寶鏡等替她代收身旁，縱身上澗，滿打算責問金蟬一番，用目一看，哪有金蟬影子。心想：「適才下澗時，明明叫他在上面等候，為何此時不見？莫非錯怪了他麼？」正在尋思之際，忽見前面樹林之內，紅紫色的劍光與兩三道青灰色的劍光絞作一團，大吃一驚。急忙飛身進林。

一看，樹林之中，有一塊兩畝大的平地，金蟬指揮雙劍，正與兩個紅衣女子，一個凹鼻紅眼、披著一頭長髮、怪模怪樣的人，在那裡拚命爭鬥。靈雲知紅花姥姥性情特別，來往此山的人，大都是她的朋友，現在正是求於人之際，暗怪金蟬造次。正要上前問個明白，金蟬已一眼看見靈雲走來，忙喚道：「姊姊快來！這個紅眼塌鼻鬼，打算用暗箭來害我們，被我發現，追到此地。他又尋出兩個幫手來，三打一。姊姊快將他們除了吧！」

靈雲已看出來人劍光路數不正，只因身在人家勢力範圍以內，不願多事。便將手一指，一道金光過去，先將金蟬劍光與來人劍光隔斷，止住金蟬，喝問道：「我等來到此山，乃是奉了本山主人紅花姥姥的允准。你們三人是何人門下？因何暗中尋釁？快快說將出來，以免傷了和氣。」

那紅臉男子見靈雲劍光厲害，心中畏懼，可是還不甘伏，臉上一陣獰笑，說道：「好好！你們也是紅花姥姥約了來的麼？我們三人，乃江西廬山白鹿洞八手觀音飛龍師太門下，金氏三姊弟金鶯、金燕、金駝的便是。你們呢？」

靈雲道：「我乃乾坤正氣妙一真人長女齊靈雲，這是我兄弟金蟬還有我師妹朱文，奉嵩山二老之命，到此拜求紅花姥姥賜一些烏風草，並不曾得罪三位，為何與舍弟動起干戈？」

金駝聞言，大怒道：「你原來就是齊漱溟的女兒，來盜烏風草的麼？你可知道那烏風草，原是我師父向紅花姥姥預定下的？適才我等三人趕到此地，正遇見你等同申若蘭那個小賤人私探仙潭。你們哪裡得了姥姥允許？分明申若蘭瞞著姥姥，勾引你等來此盜草。是我心中不服，打算趁你們下澗洗澡，用九龍梭將你等打死。不想被這個小畜生看見，破了我九龍梭。我將他引到此地，正要同我兩個姊姊將他碎屍萬段！我要早知你們是峨嵋餘孽，豈能容你們活這些時候？」說罷，將口一張，一股白煙過處，那三道青灰色的劍光重又活躍起來。

金蟬哪裡容得？不等金駝說完，早已揮動劍光上去。

靈雲因金氏姊弟雖然路數不正，聽他口氣，與紅花姥姥頗有淵源，不願傷他，只將劍光把金氏姊弟劍光圍住，打算叫他們知難而退。這樣支持了有好一陣，日色已逐漸平西。靈雲恐怕金氏姊弟還有餘黨，又記掛著朱文病體，正想設法將金氏姊弟逼走，忽聽林外一聲嬌叱道：「大膽不識羞的紅賊，又到本山擾鬧！」

聲到人到！一道青光，神龍一般從林外飛將進來。只聽「噯呀」一聲怪叫，那三道青灰色的劍光，倏地破空遁去。

若蘭還待追趕，靈雲連忙上前喚住。這時朱文也從林外走將進來。靈雲見朱文臉上浮腫全消，雖然清瘦許多，卻是動止輕捷，不似先前委頓，知道病毒已除，好生高興。朱文看見金蟬，不由妙目含瞋，待要說他兩句，又不好意思說什麼似的。

靈雲剛要問若蘭有關金氏姊弟的來歷，金蟬搶先說道：「剛才那三個怪人，真是可惡已極！我們從福仙潭回到桂屋時，便見他們在我們後面藏頭縮腦。彼時因為擔心朱姊姊病體，急於進屋看望，我又疑惑他們是本山上人，沒有十分注意。後來申姊姊背了朱姊姊出來，那紅臉賊隱身樹後，手上拿著一個喪門釘，在申姊姊背後比了又比，好似要發出去的神氣。我又因為急於追趕三位姊姊，沒去理他。想是我們劍光快，那廝來不及發出。

「等到三位姊姊走向澗邊，姊姊只不叫我下去，又不說出原因。我在上面等得心煩，剛剛把頭往下一探，還未及往下看時，便聽後面作響。忙回頭一看，原來是那廝掩在後面，手中拿的那一根喪門釘，正朝我放將過來，出手便是一條孽龍，夾著一溜火光。被我用霹靂劍迎著一撩，那廝的釘看去厲害，卻是個障眼法兒，被我的劍光一碰，當時煙消火滅，跌在地上。

「先還想喊喊姊姊幫忙，一來怕朱姊姊病體受驚，二來見那廝本領不濟，發出來的劍光又是那般青灰色的，我便不想驚動多人，想獨自將他擒住。果然他的劍光與我才一接觸，馬上逃走。被我追進樹林，那廝同來的兩個賊婢出來相助，雖然同是下等貨，卻比那廝強得多。我聽那兩個女子直喊祭寶，想必要使什麼妖法。恰好姊姊們來到，便趕跑了。」

第三章　預示仙機

朱文聽金蟬說他曾在澗上面探頭，羞了個面紅過耳。金蟬卻天真爛漫，並未覺著什麼。靈雲本想說他兩句，又怕當著若蘭羞了朱文，只看了他兩人一眼。聽金蟬把話說完，笑道：「你說話老像炒爆豆似的，迸個不停。也不問清來人是誰，就忙著動手，萬一誤傷本山貴客，何顏去拜姥姥哩？」

若蘭道：「姊姊休要怪令弟。這三個鬼東西實在可惡，我現在想起還恨！適才劍光慢了一些，僅僅傷了他的左臂，沒有取他的首級，真是便宜了這賊。」

靈雲見若蘭那般深恨金氏姊弟，覺著奇怪，便問道：「那廝口稱令師紅花姥姥曾預先答應給他烏風草，想必與姥姥有些淵源，何以姊姊這樣恨法呢？」

若蘭道：「姊姊哪裡知道。他們三人原是盧山白鹿洞飛龍師太的三個孽徒，因他們的師父寵愛，簡直是無惡不作。他師父與家師當年原是好友，後來家師得了天書，把從前宗旨大變，兩下裡漸漸生疏起來，可是表面來往依然照舊。他們的師父在年前又來看望，家師談起只等盜草之人破了福仙潭，便要圓寂飛升等語。這次原是帶著她那三個孽徒來的。那紅臉的一個名叫金駝，最為可惡，聽說家師不久飛升，無端忽發妄想，打算家師走後霸佔此山，把烏風草據為己有，並對妹子還起了一種不良之念。

「他師父向來耳軟心活，聽了她三個孽徒之言，以為家師還是當年脾氣，便勸家師何必把這天材地寶奉之外人，昔時誓言不過與長眉真人打賭的一句笑話，豈能作準？叫家師只管飛升，將本山讓與她掌管，作為她的別府。又勸家師將我許配那個紅臉鬼。

「家師聞言，已知他們用意，情知他們沒有三世慧根、生有慧眼的童男女，下不去那潭，便敷衍她道：『昔日誓言，豈能變更？無論何派何人，只要破得了潭，便可作本山主人。我徒弟婚姻一節，要她本人願意，當師父的人，不便主張。』他師父知家師存心推託，住了兩日，覺得無味，不辭而去。那紅臉鬼還不死心，從那日後，便不時借破潭為由，來到本山。偏他又沒有本事下去，老在這裡胡纏。

「去年年底，他知我不大理他，異想天開，又運動他兩個不識羞的姊姊。先是假裝替她們師父前來看望家師，並謝昔日不辭而去之罪。家師洞中石房本多，她二人便賴住不走，天天與妹子套親近。妹子年幼心熱，哪知人情鬼蜮，不但不討厭她倆，反替她倆籌劃破潭盜草之計。住了些日，她們請求搬往桂屋中去，與妹子同住，以便朝夕聚首。相處在一起多日，倒也相安。

「也是活該她們奸謀敗露！有一天妹子在桂屋中，忽聽家師那裡呼喚，叫妹子一人前去，不要別人知道。這是一種千里傳音，別人是聽不見的。妹子奉命之後，只說回洞取些東西，便去見家師聽訓。才一進洞，見家師手中拿著三寸來長的一面小旗，上面畫著八卦五行。這便是昔年家師最厲害的寶貝，名叫『旗裏煙嵐』。家師將這旗賜與妹子，又教會用法，便催妹子回轉桂屋，也不說別的話。

「妹子知道家師脾氣，向來不喜歡人問長問短。而且每教人做一件事，總只預示一些跡兆，餘外全由受命的人自己辦理，辦好辦糟，她都不管。似這樣很機密地將妹子喚去，賜給她老人家最愛之寶，估量必有事故發生，可是還未料到金氏姊弟有不良的心意。當下由家師洞中回轉，走離桂屋不遠，看見一條黑影飛進屋中。

「我覺著有些奇怪，起初還疑心金氏姊妹有個出來回去，看那身材又似不像。急忙用家師傳的遁法，跟蹤到了屋的上層，往下一看，那人正是金氏姊妹的兄弟紅臉鬼金駝。我一見是他，本來就不樂意，再一聽他說的話，更是氣得死人。我伏在上面，偷聽他三人把話說完，才知他三人奸計：先是由那廝兩個姊姊與我親近，等到彼此交厚，才由那兩個賤人趁妹子用內功時，用她們本門的迷藥將妹子迷過去，由她們的禽獸兄弟擺佈。

「那廝本與兩個賤人同來多日，因為懼怕家師，還不敢驟然下手。那廝見妹子不在屋中，又來尋兩個賤人商議，不想被妹子聽見，哪裡容得，便下去與這三個狗男女理論。那廝見事已敗露，索性一不作二不休，逃到外面，與妹子交起手來。

「此時妹子人單勢孤，很覺吃力，便將家師賜的那面旗，如法使用出來。才一招展，便有百十丈煙霧雲嵐，將三個狗男女包圍，不大工夫，三個狗男女同時跌倒地面。我正打算取他們的性命，耳旁又聽家師說：『他等三人雖不好，看在他等師父分上，只可薄懲示儆，休要傷其性命。』妹子雖然不願，怎敢違抗家師之命，急切中又想不出怎樣懲治之法。適才洗澡的地方，原有兩個泉眼，澗後的一個卻是寒泉，其冷徹骨。便將他三人浸在那寒泉之中，泡了三日。到第四日夜間，正要去放他們，不知被何人救去。從此本山就多事了。想是三個狗男女懷恨在心，勾引了許多旁門邪道，來與妹子為難，俱被妹子仗家師法力打發回去。

「家師因飛升在即，不願妹子多結仇怨，為異日留下禍恨，把本山用雲嵐封鎖，道行稍差的人，休想入山一步。姊姊們來時，若非家師先就撤去雲嵐，慢說破潭取草，入山還有些費事哩。想是那廝心還不甘，今日又來尋我們的晦氣。因恨他不過，妹子將他臂肉削下一大片來。此仇越結越深，也顧不得了。」

話言未了，忽聽一聲怪叫道：「大膽賤婢！竟敢屢次傷我徒兒。今日叫你難逃公道！」

靈雲等聞言大驚，面前已出現一個中年道姑，生得豹頭環眼，黃髮披肩，穿著一件烈火道衣，手中拿著一個九節十八環的龍頭枴杖。若蘭已認出來人便是金氏姊弟的師父，廬山白鹿洞八手觀音飛龍師太，知道不是耍處，硬著頭皮上前叫了一聲「師叔」。

飛龍師太獰笑道：「你眼裡還有什麼師叔？況且不久你就要背師叛教，到峨嵋門下去了。這原是你那老不死的師父，把你寵慣得這個樣子，原與我無干。那烏風草本是此山靈藥，又不是你師父自己帶來的，被你師父霸佔多年。我見她死期不遠，不能再霸佔下去，打算好意向她求讓。既然允許了我，如何縱容你這小賤人，勾引外人前來盜草？又三番兩次，欺壓我的徒兒？今日別無話說，快快束手就擒，隨我到你那老不死的師父面前講理，還則罷了；如若不然，莫怪我手下無情，悔之晚矣！」

若蘭聞言，正待申辯，早惱了朱文、金蟬，也不答話，雙雙將劍光放起。

飛龍師太罵道：「怪不得小賤人猖狂，原來還有這許多倚仗。」說罷，長嘯一聲，手揚處，指頭上發出五道青灰色的光華，抵住朱文、金蟬劍光。一面還待伸手去拿若蘭時，忽然一陣天昏地暗過去，一霎時滿山都是雲嵐彩霧，分不出東西南北。只聽若蘭說道：「姊姊們休慌，我師父來了。」

話言未了，耳邊果聽得一種極尖銳極難聽的聲音說道：「飛龍道友，凡事莫怪旁人，只怪你專信一面之詞。我昔日誓言，原說不論何派的人，只要能下得潭去，烏風草便屬於他。今徒們既來取草，為何心存邪念，打算暗害若蘭？就以道友來說，也是得道多年的人，不該聽信讒言，算計我老婆子。我明日圓寂，今日要運用玄功，身子僵硬，不能轉動。你要欺負他們這些年幼孩子，若非我早料到此著，豈不受了你的暗算？道友休要不服，我對你與峨嵋派均無偏袒。如要取那烏風草，明日福仙潭儘管由你們先行下去。明知自己不行，徒自欺負他們，何苦呢？」又聽飛龍師太接著道：「你休要偏袒你的孽徒。你既量我不能入潭取草，等我明日取草之後，再取這一班小畜生狗命便了！」

說著，依舊一陣狂風過去，一輪紅日已掛樹梢，清光滿山，幽景如畫，宛不似適才雙方引刃待發神氣。

若蘭道：「想不到這個老賊竟會聽信三個孽徒讒言，前來與我們為難。若非家師相助，說不定還會吃她的虧呢。」

金蟬道：「適才雲霧堆中，我只看見那老賊婆一人，竟看不見你師父在哪裡。本想趁那老賊婆被雲所迷，暗中刺她一劍。誰知我才指揮劍光過去，好似有什麼東西擋住似的，看起來這個老賊婆還不好對付呢。」

若蘭道：「二位劍光被阻，想是我師父不願與人結仇。只是明日我們入潭取草，又要加上一番阻力了。」

靈雲道：「我看那飛龍師太發出來的劍光雖然不正，卻也厲害。那人怙惡不悛，性情古怪。明日仙草如被她取去，不但我等空勞跋涉，頑石大師性命休矣！如果那仙草被我們得到手中，她又豈肯甘休？這事須要想一妥善之法才好。」說罷，拿眼望著若蘭。

若蘭答道：「這倒不消慮得。這老賊婆性情雖然古怪，卻不知我師父比她還要特別，從未服輸過人。既然答應讓他們明日先下潭去，此中必有深意，決不會冷眼看我們失敗的。至於頑石大師急等烏風草救命，家師配的藥酒留存甚多，朱姊姊既能起死回生，想必頑石大師服了也是一樣。家師所以要人來將草取去者，一因昔日誓言；二因悟道以後，想將這些靈藥付託一個正人，好代她濟世活人，無論如何也決不會讓老賊婆得去的。」

靈雲聞言，略放寬心。四人在月光下又計議了一陣。

若蘭生性喜潔，因桂屋已然污穢，好在自己明日便要隨靈雲等同行，也就不打算再去屋中打掃。談到三更向盡，對靈雲等說道：「現在離天亮不多時，我們無須再回轉桂屋，就此先到家師洞府，等到天明破潭吧。」

靈雲道：「我等多蒙姥姥照應，以前聽姊姊說，姥姥不見生人，所以不敢冒昧進謁。轉眼我們破潭取草之後，就要離此他去，既然姊姊相邀到姥姥洞府，不妨順便代為通融，以便上前拜謝姥姥大德，也不枉來到寶山一場。姊姊意下如何？」

若蘭道：「家師洞府，就在福仙潭後，地方也很大。慢說姊姊們外人，就連妹子也只有明日行時拜別，或者得見一面而已。」說著，四人便一同前去，不久便到。

靈雲見紅花姥姥所居洞府，雖然是一座石洞，有數十間石室，到處都是文繡鋪壁，陳設富麗，更奇怪是合洞光明，如同白晝。朱文、金蟬覺得稀奇，幾次要問，都被靈雲使眼色止住。靈雲等三人隨著若蘭，到各室遊玩了一會，走到姥姥昔日的丹房落座。

若蘭從身上將紫煙鋤取出，對靈雲說道：「潭中那塊毒石，周圍十丈以內，發出一種黑氛毒霧，非常厲害。烏風草便長在那毒石後面，惟有這紫煙鋤能夠將它剷除。可惜于潛琉璃業已失落潭中，失掉好些幫助。明午破潭，若不是家師預先算定，妹子真不敢樂觀呢。」

靈雲正要答言，四人同時聽見一種尖銳聲音說道：「你們天亮後可由這丹房旁邊一個洞穴走了出去，那便是福仙潭的中心，離潭底才只十丈多高。那裡有一塊平伸出來的大石，石旁叢生著有數十莖素草，能避毒氛，可各取一莖，含在口內。到了辰刻，便有人來破潭，你們休出聲息，不要亂動，由他等替你們除了神鱷。那時他們無法破那毒石，必然前來尋我。

「前晚我接引你們三人來此，才知你們帶來矮叟朱梅的天遁鏡，勝似于潛琉璃十倍。等那先來破潭的人走後，才由歷劫三世的童男女，一個手持寶鏡照著下面，一個用紫煙鋤去鋤毒石。那時潭底不多一會便要冒出地火，四周的山峰也要崩裂。你們取得仙草以後，須要急速離開那裡。我也便在那時圓寂。先前的人必不甘心，定要與你們為難，可是我已早有安排，到時自知。若蘭可趁我法身未解以前，將我法身背在身上，擲入福仙潭內火葬以後，急速隨他們回去便了。」

若蘭聞言，知道師父一會便要圓寂飛升，並且生前不與她再見，想起這十餘年相隨恩義，不禁跪在地下痛哭起來。靈雲也領了朱文、金蟬拜謝姥姥昨晚接引之德。

若蘭痛哭了一陣，又聽姥姥的聲音說道：「我平日造孽多端，自從巧得天書，已頓悟前非，好容易才盼到今日。你如感念師恩，千萬不要忘記我前年在桂屋中對你說的那一番話，就算報答我了，有什麼悲傷呢？如今天色快明，爾等急速去吧。」

若蘭知道姥姥言行堅決，既不容她見面，求也無益，只得忍著悲懷，起來領了靈雲等三人走出丹房。果然見丹房旁似陷出一個地穴，便由金蟬前導，走了下去。往下走約數十丈遠近，又轉過好幾個彎，覺得前面愈走愈覺黑暗，不時聞見一股瘴癘之氣，中人欲嘔。幸喜金蟬能在暗中視物，四人拉拉扯扯，一任金蟬招呼行走。

好容易才摸到姥姥所說的那一塊平伸出潭腰的巨石。四面愈覺黑暗，頭腦兀自昏眩起來，除金蟬外，靈雲等對面難分。四人摸摸索索，才去尋那素草。靈雲正覺頭眼昏眩，忽然聞見一陣幽香，順手一摸，居然將那草摸著，心中大喜。立刻取來分與眾人，還不敢含在口內，用鼻聞了一聞，立刻頭腦清涼，心神皆爽，知道不會有錯，才把草含入口中。金蟬看下面青光熒熒流動，知是那于潛琉璃，離近了反看不出那神鱷存身所在。因姥姥適才囑咐，四人俱都屬息寧神，靜以待變。

四人坐了有好一會，忽聽那上面有人說話。金蟬便見似龍一樣的東西，直從上面投入潭中。還未到得潭底，靈雲等坐的那塊石頭下面，倏地也躥起日前所見那條紅蟒一般的東西，與那條火龍迎個正著，鬥將起來。金蟬定眼細看，怎奈四圍黑氣濃厚，只看出兩道紅光夭矯飛舞，分不出那東西的首尾。眼看這兩樣東西鬥了有一個時辰，兀自難分勝負。

猛聽潭上面大喝一聲，又飛下一道青森森的光華，往那兩道紅光中只一繞，便聽一聲怪嘯過處，先飛下來的那條火龍和那道青光，依舊飛回潭上。潭中卻是黑沉沉的，什麼跡象俱無。猜是神鼉已除，只不見潭上人下來。

金蟬性急，正要招呼朱文取出寶鏡，忽見潭上先前那道青光，同了一道較小的青光，飛入潭底。最奇怪的是那青光上面還附著一團丈許方圓白光，帶著那一道較小的青光，流星趕月一般滿潭飛繞。光影裡看出四圍黑氛非常濃厚，倒好似白光本身發出一團黑霧似的，在潭中滾來滾去。

似這樣上下飛舞了一陣，這青白三道光華，倏地聚在一處電也似疾地直投潭底，看看飛到那于潛琉璃發光的所在不遠。這道白光經下面于潛琉璃上面所發出來的青光反射，竟照得潭底通明。金蟬等才看出潭底是一大塊平地，偏西南角上黑茸茸的，不知是什麼東西，餘下簡直是一無所見。

這時前飛的那一道白光已到潭底，若蘭恐怕于潛琉璃要被旁人奪去，好生著急。誰知那道白光只略微頓了一頓，與後飛的那一道青光同時投向西南。還未飛到盡頭，忽見黑暗之中噴起幾縷極細的黑煙，倏地散開，化成一團濃霧，直向那三道青白光華包圍上去。一聲怪嘯過處，那三道青白光華好似抵敵那黑煙不過，撥轉頭，風馳電掣一般，飛回潭上。

金蟬迎面往上看時，黑暗之中，依稀有幾個人影閃動，幾聲喁喁細語過去，便聽不見動靜了。金蟬看得正出神，耳旁忽聽得有人喚道：「破潭的兩個人還不下去，等待何時？」靈雲等聞言，一齊警覺。

當下金蟬抖擻精神，向若蘭手中取過紫煙鋤。朱文從身旁也取出天遁鏡，才揭開那面乾坤鏡袱，便發出數十丈的五彩光華，照耀潭底。若蘭見朱文有此至寶，心中大喜。因姥姥之命，只叫這一雙童男女下去，便和靈雲仍站在原處警備。眾人在這天遁鏡的光華中，早看出潭底靜悄悄的，黑雲盡散，紫霧全消。惟有西南角上有一塊牛形的奇石，從那石的身上，不斷地冒出一縷縷的黑煙。

若蘭關心那一塊于潛琉璃，忙往潭底看時，那青光被這五彩光華一照，好似太陽底下的燈台，渺小得可憐。想看看潭中神鱷到底是何形象，竟不見蹤跡，想已被飛龍師太收了回去了。正在用目四望，忽聽朱文、金蟬「噯呀」了一聲。若蘭大驚，忙往潭中看去。

原來朱文、金蟬雙雙攜手下去時，金蟬性急，腳先沾地。誰知那潭底看似平地，卻是虛軟異常，金蟬才一落地，便陷了下去，心中一急，一用力，更陷下去尺許。那泥竟火熱一般燎燙，眼看要陷入這污泥火潭之中。幸喜朱文細心，處處留神，手中覺著金蟬往下一墜，忙用氣功往上一提，把金蟬提了上來。可是受了金蟬拉的力量，兩腳也稍微沾地，覺得熱燙難耐。知道不好，一面提著金蟬，喊一聲，各將身子懸空，離地約有三尺，飛身前進。倒把靈雲在上面嚇了一大跳。

金蟬飛到那塊于潛琉璃跟前，將紫煙鋤夾在左臂，順手俯身下去，拾將起來，揣在懷中。正要同朱文飛向西南角上去破那塊毒石，猛見地下有一灘血跡，依稀看出穿山甲一般的一條鱷魚尾巴，直往地下慢慢陷落。那上半截身子，想是在被斬時早已入土了。

朱文拉了金蟬飛離那塊毒石不遠，見石上發出來的黑氣越來越厚，知道厲害，便將手中寶鏡對準毒石。毒石黑氣被鏡上五彩光華近處一逼，紛紛四散。朱文見毒石為寶鏡所制，益發飛身近前。金蟬掄起紫煙鋤往那石上砍去，那鋤才著後面，便有一大團紫霧青光。那石受了這一擊，竟發出一種極難聽的呻吟聲，被紫煙鋤劈成兩半。

金蟬見毒石伎倆已盡，由朱文將左手寶鏡對準石頭上面，自己用力一連就是十幾鋤，把這一塊四五尺高的毒石連根鋤倒，四散紛飛。這石鋤倒以後，才看見石後面長著數十根菜葉一般的東西，葉黑如漆，在那裡無風自動，知是那烏風草。起初下來時，上了一個當，此刻自然處處留心。好在那烏風草長在乾處，便用紫煙鋤連根掘起，挑在肩上。那毒石一經掘倒，依然和鱷魚一樣，慢慢陷入泥中。

金蟬掘那烏風草時，因是身子懸空，不好用力，若不是朱文用力拉提，險些腳又沾地。

二人取到了烏風草以後，還想尋覓有無千年何首烏。正在四下尋找，耳聽一陣沸湯之聲，又覺身上奇熱。忙將寶鏡往潭心一照，只見潭心泥漿飛濺，熱氣上騰，恰好似剛煮開了的飯鍋一樣。一轉瞬間，四圍盡是泥漿，一圈大一圈小地沸漲飛沫。

朱文猛想起姥姥囑咐的話，喊一聲：「不好！」不及說話，拉了金蟬，才飛到適才站立的那塊巨石上面，腳底下的泥潭噗的一聲過處，泥漿飛起有十來丈高下，沸泥中心隱隱看見噴出有火光。再找靈雲、若蘭二人，蹤跡不見。知道此潭的四圍山峰就要崩裂，又驚又急，欲待從原路回轉姥姥洞府，已無路可通。

幸喜煙雲盡散，四外清明，二人只得飛身上潭。不由回望潭下，已是飛焰四張，泥漿沸湧，覺著站的地方隱隱搖動。不敢延遲，猛抬頭看見潭後一道青光和一道金光，正和一道青灰色的光華馳逐，知道靈雲、若蘭遇見敵人。才待趕上前去，又見飛起一團綠霧，接著飛起畝許方圓一塊烏雲，耳旁又是一陣轟隆砰叭的聲音，知是四圍山峰崩裂。

朱文等正在著急，不暇再顧別的，雙雙飛向潭後，見姥姥的洞府業已震坍。飛龍師太同著那日林中所見金氏姊弟，不知使用什麼法術，飛起一團綠霧，靈雲、若蘭用神網護著身體，正在相持。朱文不管金蟬，嬌叱一聲，手舉天遁鏡，照將過去，五彩光華照處，綠霧立刻在日光下化作輕煙四散。

那飛龍師太正在揚揚得意，忽見一男一女飛來，一照面便發出百十丈五彩光華。緊跟著那個男童手揚處，兩道紅紫色的光，夾著霹靂之聲，電也似地飛來。知道今日萬難取勝，情勢非常危險，只得錯一錯口中鋼牙，將腳一蹬，帶了三個徒弟，駕起劍光，破空逃走。

這時金蟬猛覺腳底奇痛，腿上也燙了無數水泡。朱文也覺腳底熱痛。便不再追趕敵人，上前與靈雲相見。正要細說破潭之事，猛見若蘭奔入室中，一會工夫，背起一個紅衣的人，頭上包著一塊紅布，分不清面目，跑了出來，口中連喊：「姊姊們閃開！」

靈雲見若蘭眼含痛淚，滿臉驚惶，忙把路讓開，跟上前去。這時福仙潭業已崩裂，火焰飛空，高起有數十丈，照得半山通紅。若蘭跑向潭邊，便把紅花姥姥屍身捧起，擲入火內，跪在地下，放聲大哭，直哭得力竭聲嘶。靈雲好容易才將她勸住。

若蘭道：「妹子從今全仗姊姊照應，如蒙視為骨肉，請改了稱呼吧。」靈雲見她楚楚可憐，愈加愛惜，點頭允了她的要求。將她扶起，又替她攏了攏雲鬢，手攙手走了回來。

這時金蟬火毒已發，疼得渾身是汗，滿地亂滾。朱文雖然比較輕些，也覺著腳底熱痛難耐。見金蟬那般痛苦，想起路上那般殷勤服侍，老大地不忍心，拉著金蟬雙手，不住地撫慰。金蟬索性滾入朱文懷中，得了這一種溫暖的安慰，雖然腳腿熱痛，心頭還舒服一些。

朱文恐怕若蘭走來看見，想叫他起來，又難以出口。正在著急，靈雲、若蘭已然回轉。朱文忙喊道：「姊姊們快來！蟬弟弟不好了！」靈雲聞言大驚，連忙上前問故。朱文便將誤踏潭底浮泥，中了熱毒，說了一遍。

若蘭聞言，也不答話，重又跑進石室，取出一瓶藥酒道：「朱姊姊與蟬弟既然中了火毒，這是先師留與妹子的烏風酒，擦上去就好。」

靈雲大喜，忙接了過來，先取些敷在金蟬腿上，覺著遍體清涼，金蟬直喊好酒。靈雲又將他的草鞋脫下，用酒將腫處擦滿，立刻疼消熱止。

金蟬猛翻身坐起，說道：「姊姊快替朱姊姊擦擦吧，她腳上也疼著呢。」

靈雲才想起忘了朱文，好生不過意，急忙過來與朱文脫鞋。朱文偏偏抵死不肯，一雙秀目只望著金蟬。金蟬道：「朱姊姊不肯擦藥，想是多我一人。偏偏我這時腿上剛好些，不能轉動，待我滾下坡去吧。」說罷便滾。

朱文見他神態可笑，自己也覺著腿底熱疼漸漸厲害，不能久挨，笑對金蟬道：「你剛好一些，哪個要你滾？你只把身子轉過去，背朝著我便了。」

金蟬笑道：「我也是前世作了孽，今生偏偏把我變作男身，有這許多避諱。」一面說，將頭一拱，一個倒翻筋斗，滾到旁邊大樹一邊，隱藏起來。招得若蘭哈哈大笑。靈雲也不好說什麼，繃著臉來替朱文脫鞋。朱文道：「由我自己來吧。」

靈雲笑道：「我們情同骨肉，這一路上，還少了服侍你？這會又客氣起來了。」

朱文道：「虧你不羞，還做姊姊呢。見我才好一些，就來表功勞了。做妹子的不會忘記姊姊的大恩啊！」

靈雲笑道：「你忘記我不忘記，當什麼緊？」說到這裡，朱文不知怎的，竟不願她再往下說。恰好靈雲也就止住。便用話岔開道：「不要說了，做妹子的年輕，哪一時一刻不在姊姊保護教訓之下哩。無非是見姊姊累了這多天，於心不忍，況且妹子不似日前不能動轉，所以不敢勞動姊姊，難道說還怪我嗎？」

靈雲這時已幫著朱文將腳上鞋襪脫去，只見她這雙腳生得底平指斂，脛跗豐滿，皮膚白膩，柔若無骨。近腳尖處紫黑了一片，炙手火熱。知道火毒不輕，無暇再和她鬥嘴，急忙將藥酒與她敷上。朱文覺得腳底下一片清涼，熱痛全止，便要穿上鞋襪。靈雲勸她：「既然藥酒見效，索性停一會，再擦一次，以收全功。」說罷，又拿了藥酒走到金蟬藏身之所，見他將身倚著樹根，正在仰天呆想。

金蟬看見靈雲走來，急忙問道：「朱姊姊擦了藥酒，可好一些麼？」

靈雲正色答道：「我們與朱姊姊本是同門，相聚數年，又共過患難，情逾骨肉，彼此親密，原是常情。你現在年歲不小，不可再像小時候那樣隨便說笑，以免外人見笑。況且你朱姊姊還有個小性兒，你要是招惱了她，就許一輩子不理你，頂好的兄弟姊妹反倒弄成生疏，多不合適呢。」

金蟬與朱文在黃山、九華相處多年，竹馬青梅，兩小無猜，又都有些孩子氣，時好時惱。自從醉仙崖誅蟒以後，朱文服了肉芝，靈根愈厚，常從餐霞大師口中聽出一些語氣，知道自己還有許多塵緣，驚心動魄，抱定宗旨，與金蟬疏遠。金蟬童心未盡，雖然覺著悶氣，還不十分在心。及至他二人成都相見，在碧筠庵、辟邪村兩處住了多日，金蟬便常尋朱文去一塊玩。

起初朱文還狠著心腸，存心不理。金蟬無法，好在同門小弟兄甚多，賭氣拋了朱文，與笑和尚、孫南等親近。朱文也不去理他，雙方也就日益地疏遠。偏偏這一班小弟兄們靜極思動，互相約成兩組去探慈雲寺，無形中又共了一次患難。後來朱文貪功，中了曉月禪師的妖法，金蟬捨死忘生，將她救回。朱文從迷惘中醒來，看見金蟬在旁，情急悲泣，芳心中不由得起了一種感動。

偏偏嵩山二老又命靈雲姊弟陪她取烏風草，路上承蒙她姊弟盡心愛護，不避污穢，為她受了許多辛苦。他二人感情本來最好，起初生疏原是矯情做作。好些日在患難中朝夕相處，彼此在不知不覺中，心情上起了一種說不出的變化。也並不似世俗兒女，有那燕婉之求，只覺你對我，我對你，都比別人不同似的。因此形跡之間，自然有許多表現。心裡頭本是乾乾淨淨，可是一聽旁人語含譏諷，便都像有什麼心病似的，羞得滿臉通紅。

剛才金蟬因朱文示意他迴避，便躺在樹後，仰天默想，男女之間為何要拘這形跡？又想起前些年與朱文交好，勝似手足，中間忽又疏遠起來，天幸這次因她中了妖毒，倒便宜自己得在她面前盡一些心。不曉她病好以後，會不會再和自己疏遠？正在胡思亂想，被靈雲走來數說了一頓，很覺自己絲毫沒有錯處——「你還不是一樣愛護她，偏不許我？」雖然這般想法，以為他姊姊說的話太無道理，說得他不服，可是臉上不知怎的，依舊羞起兩朵紅雲，做聲不得。只得把眼仰望天上的浮雲，順手折一枝草花，不住在手中揉搓。

靈雲以為他於心有愧，無話可答，記掛著朱文還要擦藥上路，便將藥酒與他敷了一遍，又走了回去。若蘭已然走開，只朱文一人坐在草地上，低頭看著那一雙腳出神。靈雲遠遠點了點頭，也不說什麼，走上前來，二次與她將藥酒敷好。

朱文見腳上已然一絲不覺痛苦，恐怕金蟬走來，忙將鞋襪穿著整齊，站起身來。舉目往洞後一望，只見福仙潭內火焰高舉，上衝雲霄，轟隆嘩啦之音不絕於耳，看去非常驚心駭目。

靈雲便問朱文：「若蘭往哪裡去了？」

朱文說道：「她適才好似忘了什麼要緊事似的，如飛一般跑進洞中。我問她，她說去去就來，沒對我說為什麼事。」二人正說到此地，忽聽一陣呼呼之聲，狂風大起，洞後火焰愈熾，熱氣逼人。

金蟬從樹後跑將過來，尋著適才脫的那雙草鞋。剛剛穿好，瞥見若蘭身上背了一個包裹，滿臉通紅，從洞內飛身出來，還未到三人跟前，口中大叫道：「姊姊們快駕劍光逃走，這裡頃刻就要崩裂了！」言還未了，先自騰身而起。

靈雲等三人見若蘭那般惶急，不敢怠慢，拾起地下的烏風草，飛身便起。這時腳底已在那裡搖動，一轉瞬間，轟隆一聲巨響過去，接著劈啪劈啪，好似萬馬奔馳的聲音，無量數的大小石塊樹木望空迸起，滿天亂飛。不是三人飛起得快，險些被那碎石打著。

三人在空中，見適才站立的那一個山坡，平空陷了一個無底深坑，一大股青煙由地心筆直往上激射起來，迎著日光，變成一團火雲。接著地底噴出數十丈高的烈火，泥石經火化成液體，飛濺滾沫，許多樹林濺著火星，燒成一片。那一座紅花姥姥所居的洞穴石室，已不知去向。

再望福仙潭那邊，業已變成一片火海。那未經噴火之處，經這一番大地震後，周圍數十里的大小樹木，有的連根拔起，有的憑空震動，一座名山勝景，洞天福地，在這一刹那間，竟會變成泥坑火海。無怪乎人世上的崇樓杰閣，容易變成瓦礫荒丘了。

靈雲見火勢逼人難耐，招呼一聲，正等飛身同行。若蘭道：「姊姊且慢，還有一點事。」靈雲等三人隨她回轉身來，才看見相距不遠，有兩個小小的峰頭，便隨若蘭飛身到了峰上。想是天留勝跡，不願教它全化灰燼，這樣小小一座山峰，竟是岩石幽奇，花明柳媚，居然絲毫沒有受著地震山崩的影響。

四人到了上面立定，往來路一看，只見數十處烈焰飛空，砂石亂飛，天已變成紅色，幸喜還是逆風，大家已是熱得遍體汗流。金蟬不耐炎熱，正要催大家快走，忽見若蘭望著福仙潭跪倒，重又大哭起來。靈雲、朱文正要上前勸慰，忽見福仙潭內火焰越來越大，一會工夫，騰起一塊畝許大的彩雲，停留不散。倏地一道紅光，往空沖起，紅光中一個遍體通紅、奇形怪狀的赤身女子，由那塊彩雲籠罩著，直往四人站立的那座山峰飛來。

靈雲等三人疑是火坑中出來怪物，正要準備放劍。若蘭哭道：「姊姊們休要造次，這是我師父啊！」靈雲連忙止住朱文、金蟬，跪伏在地。說時遲，那時快，那紅光中女子已飛到四人頭上，含笑向著下面點了點頭。然後電閃星馳，往西南方向飛去，日光底下，依稀看見一點紅星，轉瞬不見。

若蘭看見姥姥已然成道，屍解而去，悲哭了好一會。靈雲等三人費了若干唇舌，才將她勸住。便邀她同到嵩山見了追雲叟，送上烏風草覆命之後，再同回九華，引見到妙一夫人門下。

若蘭哽咽著說道：「妹子此後一任姊姊們提攜照顧，只要不離開姊姊，我全去的。」說時，拉著靈雲、朱文的手，越加顯得小鳥依人，動人愛憐。

靈雲便問若蘭：「是否還要回到桂屋走一趟？」

若蘭道：「要緊的東西全在身邊，去不去均可。只是那裡還有姊姊們的東西呢。」

靈雲道：「我們也沒有什麼東西，只有來時，因為文妹病重，張琪兄弟贈的被褥包裹。現在文妹病癒，也用不著那些東西；況且東西已然污穢，也不好還人。既是蘭妹不願回去，就算了吧。」

朱文因在姥姥洞中聽金蟬說起桂屋中景致，昨日病中不曾領略，想去一看。靈雲拗她不過，只好同去。四人到了桂屋一看，那株參天老樹業已震斷，幸喜桂樹不曾被火延燒，桂屋中零星用品遺了一地。

若蘭忽然看到一個小盒，便拾起揣在身上。朱文便問何物。若蘭道：「這便是妹子將這樹上所結的桂實製成的香末，本沒想帶著走，被我回來無心撿著，留在這裡白糟踐了可惜，將它帶到九華，無事時點著玩吧。」

靈雲因若蘭說起那香，猛想起昨日在澗邊，幸而留神身上沒有沾著污穢，連日風塵勞頓，且喜事已辦完，還添了一個山林閨伴，非常高興，便想到那溫泉中洗一回浴，商量分班去洗。

若蘭道：「不是姊姊提起，我還忘了呢。那日背朱姊姊去洗澡時，裹她的那一塊被單，連同妹子外邊披的那一件披風，因為沾了一點污穢，妹子曾把它洗淨，晾在石上，忘了去取。妹子在此山過慣了暖和歲月，九華高寒，原用得著；況且那披風又是先師所賜，更不該將它隨便丟失。等我去將它取來吧。」說罷，四人一同走到澗邊。

且喜溫泉無恙，只是水越發熱了些。商量既妥，還是金蟬在澗上巡風，靈雲等三人洗完，再讓他洗。這樣輪流洗浴完畢，大家上來休息了一會，又互把破潭和靈雲、若蘭遇見飛龍師太師徒的事說了一遍。

原來適才朱文、金蟬雙雙下潭之時，靈雲、若蘭在上面看見五彩光華當中，金蟬腳往下一墜，與朱文同時一聲驚叫，大吃一驚，幾乎飛身下去援救。再定睛用目一看，他二人已是駕起劍光，飛往西南角上，知道不曾失腳，才放了寬心。久聞奇石、神鱷的厲害，正想看個究竟，忽與若蘭同時聽見紅花姥姥呼喚，叫若蘭同靈雲快去後洞，並說她們站的那塊大石就要崩裂。

靈雲聞言大驚，不放心金蟬、朱文在下面，想要招呼他們。若蘭只說無礙，姥姥現在已被敵人包圍，危險萬分，催她快去。靈雲只得半信半疑，隨著若蘭，二次從石洞中回轉原來姥姥洞府。才得現出身來，便聽天崩地裂一聲巨響，前洞業已塌坍。前面站立一個二尺來高、長得嬰兒一般、渾身通紅的女人，身上發出十餘丈的紅光，與昨日林中所遇的飛龍師太及師徒四人苦苦相持。

若蘭見了大驚，忙喊：「姊姊快上前，我師父已被這老賊婆害了。」說罷，幾乎哭出聲來。靈雲早已料到那紅色女嬰定是姥姥煉的嬰兒，不俟若蘭說完，肩微動處，一道金光如蛟龍一般飛上前去，抵住來人四道青灰色劍光。那嬰兒見靈雲上前，急忙往後便走，若蘭道：「姊姊休放這四個狗男女逃走。妹子送家師回洞，去去就來。」說罷，隨那嬰兒如飛轉回後洞。

那飛龍師太起初以為靈雲人單勢孤，原未放在心上，誰知一交手，才知來人飛劍竟非尋常可比。本來昨日樹林交手，靈雲因不知金氏姊弟來歷，特意相讓。今天聽紅花姥姥已被她師徒所害，怎肯相容。劍剛發將出去，運用她父母真傳，一口混元真氣噴將出去。頭一個先遇著金燕的劍光，金燕剛覺著來人劍光厲害，重於泰山，知道不好，想要撤回，已來不及，被靈雲劍光往下一壓，立刻將她真氣擊散，化為一塊頑鐵。

飛龍師太知道自己三個徒弟絕非來人對手，忙叫金鶯、金駝退將下來；一面用自己劍光迎敵，將手從腰中掏出一個葫蘆，將在廬山多年修煉的綠雲瘴放了出來。這時恰好若蘭趕到，將飛劍放出，雙戰敵人。靈雲見飛龍師太放起一團畝許方圓的綠霧，遠遠便聞見腥臭觸鼻，不知破法，不敢造次。先將玉清大師贈的烏雲神鮫網放在空中，現出一塊畝許方圓的烏雲，將她與若蘭護住，各將劍光收回。這時四面俱是地裂山崩，火煙四起。忙問：「姥姥進洞可有話說？如今地震山崩，金蟬、朱文有無妨礙？」

若蘭悲泣道：「他二人倒決無妨礙。老賊婆師徒因取烏風草不成，險些被那毒石所傷，雖然斬了神鱷，只便宜後來的人少了一層阻力，心懷不忿，以為毒石是家師安排，並非天生。知道家師運用元神出竅的當兒，身子不能動轉，便去尋她晦氣。她用一種極毒的妖法，名叫烈火毛蟲，乃萬條毛蟲所煉，專攻人的七竅，打算立逼家師撤去毒石和潭中雲霧。

「誰知家師早已料就，在她老人家打坐的面前，安排下家師當年得意的法寶『五火乾坤羅』，以毒攻毒，將她千萬條毛蟲活活燒死。老賊婆愈加大怒，便同家師拚命，運用她的飛劍，身劍合一，從家師胸前穿過，原想將家師形神一齊刺死。家師原知昔日沒有修得外功，三劫只免得一劫，合該在她手內兵解。並且自己嬰兒剛能成道，如用飛劍抵敵，散了嬰兒真氣，非同小可，只得坐以待死。

「沒料想那老賊婆也料到此著，竟朝嬰兒致命所在刺去。幸而家師預先拚命將元神遁去，不然豈不遭她毒手，把百餘年來功行付於一旦？家師因為嬰兒剛剛成形，元氣還未十分堅固，不能和她久持，進洞等候姊姊們將老賊婆趕走，由妹子將她火葬，以完三劫。老賊婆所放的妖法，名為綠雲瘴，乃山中大蟒的毒涎所煉。家師說姊姊有護身之法，只留神飛劍受污，一會就有人來破。」

話言未了，忽聽外面射進數十丈長的五彩毫光，光到處煙消霧散。原來朱文、金蟬已然破潭回來，用矮叟朱梅的天遁鏡，將妖法破去，趕走飛龍師徒。

第四章 靈鵰通神

金蟬也將破潭取草的事，從頭又細說一遍。靈雲見那烏風草長得和蓮葉一樣，只是沒有那般大，莖長二尺，又黑又亮，拿在手中不住地顫動，真是靈藥。只可惜那千年何首烏，已被神鱷享受去，不能到手了。

四人談說一陣，不覺金烏西匿，皓月東升，遠望福仙潭火煙突突，依舊往上冒個不住，烘起滿天紅霧，與那將落山的紅日相映成趣，不時聽見爆炸之聲。靈雲急於到衡山覆命，便招呼朱文等三人，同時駕起劍光，望空飛起。在空中御劍飛行了不多一會，忽聽空中一聲鶴唳，知是髯仙李元化路過，便迎上前去。見面之後，五人同時落下地來。

靈雲介紹若蘭拜見髯仙。李元化見若蘭骨秀神清，雖在旁門，卻是一臉正氣，滿身仙骨，連聲誇讚。靈雲便說：「承紅花姥姥與若蘭相助，烏風草業已取到，現在就要往衡山。請問師叔雲遊何處？」

髯仙李元化道：「我就為取此草而來。」

原來頑石大師受傷以後，追雲叟等便將他護送到了衡山，元元大師即託衡山白雀洞金姥姥代為照料。經追雲叟用了不少的丹藥，雖然保得性命，卻是苦痛絲毫未減，幾次打算兵解，都給金姥姥勸住。追雲叟計算日期，請髯仙李元化迎上前來，將烏風草取回。並叫靈雲等無須回轉九華，逕往峨嵋飛去，便能在路上遇著她母親妙一夫人荀蘭因，見面之後，自有分派。髯仙李元化交代完畢，取了烏風草，回轉衡山。不提。

這裡靈雲等聽說路上能與妙一夫人相遇，並且叫他們無須回轉九華，不知有何分派，恐怕半路錯過，忙駕劍光，由莽蒼山經過，往峨嵋那一方向飛去。

一路留神在空中細看，直到第二日辰牌時分，看見山側一個小村集，圍著一圈子人和十來匹騾馬。金蟬眼光尖銳，看那十餘個男女，俱是非常年輕，穿著華麗，覺著奇怪，不禁凝神細看。忽見人叢中走出一個道姑，好似母親妙一夫人。便招呼靈雲等，在遠處按下劍光，跑進那村去一看，果然是妙一夫人領著十個少年男女，在那裡雇用騾馬山轎。

金蟬便要上前招呼，妙一夫人忙使眼色止住。靈雲等便也裝作不識，在旁閒看，不去拜見。一會工夫，見妙一夫人雇好騾馬山轎，打發這十個青年男女上路。靈雲等見眾人當中，有好幾個眼含淚珠望著妙一夫人，依依不捨，露出十分感激的神氣。也不知這一群人，怎會聚集在這荒山孤村之中，自己母親偏偏有此閒心替他們去雇騾馬。正在胡猜，妙一夫人已將眾人分別送走，向村中居民敷衍了兩句，作別出村而去。

那村中居民看見又來了一男三女，估量又是好買賣上門，便裝出一臉笑容走上前來，對金蟬說道：「小官人同這三位大姑娘，敢莫也是去朝四川峨嵋山，在前面上山遇著大蟒，嚇得轉回來，想雇用車馬回家麼？我們這裡牲口山轎都讓適才那十位香客雇用盡了。離此二十里，還有一個吳場壩，那裡牲口很多。如果小官人和三位大姑娘要用，只要多給點錢，我們可以代雇的。」說罷，笑容可掬。

金蟬正要問他說些什麼，靈雲、朱文已猜出妙一夫人定是在何處救了這十個人，假說是遭難香客來此雇用山轎，送他們回家。見夫人已走，不願再說廢話，便止住金蟬，搶先說道：「我等正想雇用車馬，既然被前面香客雇盡，承你指示，我們到吳場壩再雇吧。」說完，不俟那人答言，招呼朱文等三人，跟在妙一夫人後面，直往山中走去。那村人見四人走去，暗怪自己不該說出吳場壩，跑了上門買賣。不提。

靈雲等進山不遠，追上妙一夫人，便帶領若蘭一同上前拜見。妙一夫人見若蘭根基甚厚，頗為嘉許，當時答應收歸門下。若蘭大喜，上前恭恭敬敬行了拜師之禮。兩下裡互談經過。

妙一夫人將前事說了一遍，便對靈雲道：「你父親現在東海，仗著玄真子相助，將寶煉成，不久便要回歸峨嵋。後山的白眉和尚業已他去，李寧父女所居的棲雲洞，直通潭底的凝碧崖，打算將那裡闢出一個別府，作你們一班小弟兄姊妹聚會修道之所。英瓊現在途中，你們四人可以迎上前去，與她見面之後，一同回到峨嵋，借用半邊大師的紫煙鋤，將棲雲後洞當年白眉和尚封閉的石壁鋤倒。下面有百餘級石階，石級盡處，便轉到洞側深潭中心一塊巨石。從巨石缺口處翻將下去，便是一條斜坡，直通凝碧崖。那裡四季長春，到處都是奇花異卉，四外常有飛瀑流泉，終年無雨，最宜於練劍修道。

「你們到了那裡，由靈雲率領，朝夕用功，代傳若蘭、英瓊口訣。三個月之後，靈雲可去九華，將芝仙移植到峨嵋來。日前追雲叟派人向我借用九華洞府，我已答應了他，你們無須再回去。到了今年年底，你父回轉峨嵋，你們那時再聽他吩咐。

「我救的這些青年男女，原同矮叟朱梅約好，將他們分送回家。為免村民大驚小怪，適才我假說他們是附近各縣的人家子弟，發願去峨嵋進香，中途在莽蒼山被大蟒嚇回，替他們將山轎牲口雇好上路。但是我還不甚放心，恐怕他們俱都年幼，未出過門，路上出了差錯。好在他們差不多俱在附近雲南各縣，打算隨時暗中護送，等他們回了自己的家再說。英瓊還同著一個被難的女子裘芷仙一路，她二人騎著白眉和尚的神鵰，那鵰如不載人，比你們劍光還要迅速。這一路上頗多異派中人，英瓊雖然得著師祖的紫郢劍，但是有一個不會武術的女子同行，恐怕路上難免要遇麻煩。你們不必停留，急速去吧。」

說罷，妙一夫人腳一頓，一道金光，凌空而起。靈雲等四人也駕起劍光，直飛向峨嵋一路追趕。靈雲正走之間，忽見前面有一柄異派中人放的飛劍，夾著黑煙火光，如飛前進。依了金蟬，便要動手。靈雲連忙止住，想看個究竟，便跟在那飛劍後面緊追。

金蟬從煙火中看去，隱隱辨出飛劍前面一隻飛鳥，上面坐定兩個女子，猜是英瓊、芷仙二人坐著神鵰，被異派中人追趕。正要告訴靈雲上前相助，忽見那隻大鳥倏地似弩箭脫弦一般，飛向下面山坡落下。因擺脫煙火遮蔽，分外看得清楚，原來是一隻大黑鵰，背上背著兩個年輕女子，便知是英瓊無疑。靈雲等也都看得清楚。說時遲，那時快，還未容靈雲等上前相助，那鵰已放下背上兩個女子，驀地沖霄飛入煙火之中。

靈雲知那異派飛劍頗為厲害，還恐那鵰受傷，那鵰已將那飛劍用鋼爪抓住，飛落下去。再被下面女子劍上發出的十來丈長的紫光一撩，立刻煙消火滅，飛劍變成頑鐵，墜落地下。

靈雲見那女子小小年紀，竟是身輕如燕，發出來的劍光尤為出色，非常欣喜。知道她的敵人決不肯善罷甘休，便招呼眾人，遠遠按落劍光，隱身樹林之內，一來想暗中助那兩個女子一臂之力，二來看看她的本領。在林中待了一會，見那鵰向那用劍女子要吃了許多紅色果子，忽又沖霄而起，一會工夫，抓了一副大梅花鹿角回來。

金蟬見那鵰如此靈異，只喜歡得打跌。待了一會，見敵人無甚動靜，急於要問那兩個女子是否妙一夫人所說的英瓊、芷仙，又見那兩個女子要走，再也忍不住，不經靈雲同意，首先出了樹林。靈雲等也只得跟將出來。靈雲才要喊那兩個女子留步時，忽然狂風大作，飛砂走石，鬼聲啾啾，天昏地暗。

金蟬慧眼早看見黑暗中一對奇形怪狀男女，披頭散髮，施展妖法而來。朱文見是妖法，早將天遁鏡放起十餘丈的五色毫光，破了妖法。靈雲等已看出妖人站的方向，各將劍光飛起。靈雲劍快，首先將那女的當胸刺過。那男的妖人見這些幼年男女個個厲害，只一照面，他的同伴便死了一個，嚇得心驚膽裂，忙借妖法望空逃走。

這裡靈雲等與那兩個女子通問姓名之後，果是妙一夫人所說的李英瓊與裘芷仙，俱各心中大喜。英瓊見是同門師姊師兄，喜從天降。雙方施禮，又談了一陣。神鵰佛奴也飛了回來，英瓊便問妖人可曾抓死。神鵰搖了搖頭，知道被他逃走。靈雲等俱不知那妖人來歷，只得罷休。

金蟬、若蘭見那鵰靈慧通神，善解人意，不住上前撫摸牠的鐵羽。那鵰瞪著一雙金光四射的眼，站在當地，一任二人撫摸，紋絲不動，又神靈，又馴良，愛得二人都恨不能騎上一回，才稱心願。大家談談笑笑非常投機，大有相見恨晚之概。英瓊、芷仙劍術未成，也不同眾人客氣，竟自騎上鵰背。靈雲等四人也都隨後升起，緊隨那鵰前後左右，一齊往峨嵋飛去。

那鵰兩翼飛程，本比劍光還快，只因身上背了兩個凡人，禁受不住天風，只得慢慢飛翔。靈雲等又願意同英瓊在一起走，故爾兩下速度如一。金蟬、若蘭孩子氣比較重，既愛這兩個新同門，又愛那鵰，時而飛在鵰前，時而飛在鵰後，不時同英瓊、芷仙二人說話。怎奈鵰行迅速，撲面天風又急又沖，英瓊將頭藏在芷仙背後，還能勉強回答；芷仙兩手緊攀神鵰翅根，被對面天風逼得氣都透不過來，哪裡還回答得出？

偏偏芷仙天生好強，又極愛面子，自從遇救出險以後，總覺自己已非女兒之身，無端受盡妖人糟踐，羞恨欲死。偏先後遇見英瓊、靈雲這一班小輩劍俠，大半都是比她年紀還輕，一個個俱都本領高強，飛行絕跡，美若仙人，英姿颯爽。不禁又是羨慕，又是佩服，越想越自慚形穢，遠不如人。抱定宗旨，到了峨嵋，無論如何都要從他們學些飛行本領，巴不得承顏希旨，得他們一點歡心才好。見若蘭、金蟬飛近身旁，問長問短，自己連口也張不開，又怕若蘭、金蟬說她大模大樣，只好點頭微笑，急得渾身俱是冷汗，無計可施。

那英瓊一旦遇見許多本領高強的同門伴侶，並且可以永久和他們在峨嵋一處作伴，再不愁空山寂寞，只喜得心花怒開，洋洋得意。見金蟬、若蘭問那神鵰來歷，便把一個頭緊藏在芷仙背後，從李寧得病起，直說到莽蒼山月夜鬥龍，斬山魈，誅木魃，救馬熊，靈猩捨命相從，以至同他們四人見面的情由，滔滔不絕，詳細說了下去。

金蟬、若蘭聽到還有一隻神鵰，已經把一隻善通人性的大猩猩帶到峨嵋去了，越發覺得好玩高興。朱文本同靈雲並飛，偶爾順風，聽見一鱗半爪，後來也聽出趣來，便拉了靈雲飛近英瓊，聽得津津有味。

神鵰飛在空中，兩翼平伸出來，好似兩扇小門板一般。朱文知那鵰能載重，好在自己深通劍術，不怕墜落，又想挨近英瓊聽個仔細，便收了劍光，試坐到鵰翼上去。

那鵰見有人加坐在牠右翼上面，只回頭望了望，又轉頭望左叫喚了兩聲。

靈雲一面飛行，笑對朱文道：「你坐在神鵰翼上，輕重失了平衡，只圖你順便，牠可受了罪了。」說時，朱文見那鵰並不閃動，坐在上面迎著呼呼天風，平穩非凡，便望金蟬笑著，微一點首。金蟬明白她的用意，便把劍光收了，往左翼上坐去。若蘭也看出便宜，兩人對搶著坐了上去。那鵰連頭也不回，竟自往前飛去。

英瓊見靈雲一人向隅，好生不過意，便用手連招她來騎。

靈雲近前笑道，「盡夠神鵰受的了。」

英瓊偏著臉道：「我後面還空著許多地方咧，姊姊上來，抱著我坐吧。」連說了幾次。靈雲不忍拂她意思，想叫鵰翼力量平衡，便收了劍光，在英瓊身後，近左翼處坐下。那鵰不但不嫌重，益發加快速度，平穩往前飛行。若蘭、英瓊連喊有趣不置。

六人一鵰，一路說一路飛，正在高興非凡。忽聽那鵰長鳴一聲，倏地一道青光，流星趕月一般，往南方斜射過去。接著對面雲堆中，也是一聲鵰鳴，一隻白色大鵰橫開丈許長的銀翼，風馳電掣，摩空飛過，直向那道青光追去。

英瓊坐下的鵰往高飛，迎個正著，口中不住長鳴。那白鵰聞得同伴鳴聲，捨那青光不追，橫轉雙翼，減了速度，挨近黑鵰身旁，一同飛行，兩下一遞一聲叫喚著，顯得非常親熱。眾人見這隻白色神鵰比黑鵰還要大許多，一雙紅眼，火光四射，渾身銀羽，映日生輝，俱各連聲誇讚。

若蘭便問這個白鵰是否現在也歸英瓊所有。英瓊還未答應，金蟬滿擬白鵰也和黑鵰一樣，不問青紅皂白，將身一縱，打算騎了上去。誰知那白鵰竟不許金蟬騎，見金蟬飛身上來，倏地空中一個大旋轉，竟將金蟬閃脫。若不是金蟬會劍術飛行時，這一失足怕不落在地面化為肉泥。

金蟬受了這個失閃，吃了一驚，又羞又氣，罵一聲扁毛畜生，忙駕劍光，想二次上前將牠制服，收為己用。就連朱文、若蘭，也都躍躍欲動。幸而靈雲年長知事，知道白眉和尚座下神鵰厲害非凡，稍次一點劍仙，俱不是牠的敵手，適才見牠追那青光，本領已可想見，不敢造次。便連忙喝住金蟬，不得無禮，眾人休要亂動。又對那白鵰說道：「舍弟年幼無知，我到了峨嵋，自會責罰於他，仙禽休怪。」那白鵰聞言，也長鳴示意。

靈雲忙將金蟬喚上鵰背，不住地埋怨。金蟬本不甘服，怎奈適才路遇妙一夫人再三囑咐，無論何人，俱須聽從靈雲之命。又加上金蟬要跟靈雲學那屢次想學、靈雲吝而不教的一套練劍的口訣，只得坐上鵰背，乾生悶氣。這時英瓊的話也逐漸說完，當下幾個人倒清靜起來。六人二鵰，直飛到天黑，才到了峨嵋後山降下。

這時候已是星月交輝，天已二更向盡。眾人下了鵰背。那大猩猩早在洞門口徘徊瞻望，看見主人同了幾個嘉客騎鵰飛來，歡喜非凡，迎上前去，跑前跳後。英瓊便問：「你早被牠抱回來麼？」那猩猩橫骨已化，能學人言，便學著答道：「回來麼？」英瓊大喜。金蟬便道：「你說那猩猩，是否就是牠？怎麼大得嚇人？」

英瓊道：「你光說牠大，牠的心性卻靈巧著哩！」說罷，黑鵰陪著白鵰，自在外頭盤旋，英瓊便自揖客進洞。猩猩猜知主人之意，先搶到前面，把洞口封的大石推開。英瓊笑道：「這東西真靈，不然我只顧讓客，還忘了開洞呢。」

靈雲道：「俱是一家人，無須客氣。我們這裡地理不熟，還是你先進去領路吧。」

英瓊聞言，便同了猩猩前行，先取出一盞油燈點上，然後邀眾人坐定。忙放下背上包裹，跑到洞後，取了四個臘鹿腿出來。說道：「姊姊哥哥們先坐一會，我去餵餵那金眼師兄同牠的朋友，就回來的。」說罷，匆匆往洞外就走。若蘭、金蟬、朱文都想去看一看，拉了靈雲往洞外便走。

芷仙在鵰背上坐了這一天，頭暈腿酸，周身如同散了一樣，看見洞中有一個石床，再也支持不住，恨不得躺一會才好。靈雲見她累得可憐，叫她不要勞動，躺下養養神的好。說罷，便隨眾人出洞。

芷仙猛見床側石桌上有一封信，寫「英瓊姊親拆」，知是英瓊的信，便取來藏在身畔，一倒身睡在石床之上歇息，不多一會，竟自睡著。

靈雲同眾人出洞，見英瓊正餵那黑鵰，爪喙齊施，風捲殘雲般在吃那鹿腿。白鵰站在地下，只是不動，也不去吃。金蟬雖是恨那白鵰，適才在空中不讓他騎，可是心裡頭還是非常之愛，見牠不吃，便隨意舉了一隻鹿腿去餵。那白鵰把頭一偏，連忙跳開。金蟬不捨，趕得白鵰亂蹦亂躲。靈雲怕金蟬把白鵰逗急，急忙止住金蟬道：「白仙禽業已成道，想必不食人間煙火了，你強牠則甚？可惜晚上無處去採果子，不然著猩猩去採些果子來，或者仙禽肯吃，也未可知。」

一句話把英瓊提醒，才想起自己包裹中還有九個朱果，同一些黃精、松子之類。見兩個神鵰又在長鳴，恐怕飛走，急忙回身進洞。見芷仙已自睡著，扯了一床被與她蓋上。打開包裹，取了些黃精、松子同四個朱果，走將出來，對白鵰說道：「我知你是吃素。這個朱果乃是仙果，我聽我師父說，吃了可以延年輕身。可惜一路被我糟掉了不少，如今只剩下九個。我打算請你吃兩個，給我爹爹帶兩個去，餘下的五個我留在洞中待客了。」

那白鵰聞言，果然毫不客氣走近前來，將兩個朱果吃了，長鳴一聲，點了點頭，好似道謝的意思。接著伸出一隻鋼爪，英瓊便將兩個朱果遞在他的爪中。這白鵰抓了朱果，一個迴旋，望空便起。黑鵰佛奴也隨著飛起，月光下一白一黑兩個影子，轉眼不見。金蟬、若蘭忙問英瓊：「二鵰可要飛回？」

英瓊道：「那黑的，我叫牠金眼師兄，牠名字叫佛奴，白眉師祖業已賜與了我。白的是師祖座下仙禽，這次是送牠同伴回來，不會在此停留的。」金蟬不住口地直喊可惜。果然不多一會，黑鵰飛回。

英瓊二次揖客進洞，坐定後，便取出那五個朱果，遞給每人一個。說道：「裘姊姊業已吃過幾個了，這一個留給余姊姊吧。早知此果是個仙果，不易得到，我先前也不把它豬八戒吃人參果，當飯吃了。」眾人聞言，哈哈大笑。因適才聽英瓊在鵰背上說過，知是仙果，大家慢慢咀嚼，果然甘香無比，食後猶有餘甘。

靈雲細看這洞，有好幾間石室，石床、石几、石灶樣樣俱全。洞外風景也甚清幽。只不知洞底凝碧崖風景如何，且待明早再去開闢。這時在燈光下，重新細看英瓊，真是一身的仙風道骨，神采清爽，目如寒星，光彩照人。暗想：「她並未入門，卻比那修煉多年的人，看去功行還要深厚。與若蘭一比，真似一瑜一亮，難定高下。母親說她生具異稟，果然不差。」

大家正說得高興，忽聽芷仙在床上大叫道：「姊姊們千萬提攜我這苦命妹子呀！」眾人知她夢中囈語，境由心生，俱都可憐她的遭遇。尤其靈雲，自從遇見芷仙，便覺她性情溫和，英華內斂，談吐從容，動人憐愛，不由得點了點頭。

第五章　神針禦寇

英瓊在這空山古洞之中，寂寞慣了的人，一旦涉遠山川，迭經奇險，死裡逃生回來，得了許多飛行絕跡、本領高強、同自己差不多的劍仙，來常共晨夕，喜歡得不知如何才好。一會指揮猩猩幫著她打掃床榻，一會又去燒鍋煮水弄飯弄菜，把過年時在城內買的那些年貨俱搬出來，請大家食用，又把四壁宮燈點起，忙了個不亦樂乎。逗得若蘭、金蟬高了興，也幫她忙進忙出。中間還夾著一個大猩猩蹦前蹦後，顯得四壁輝煌，人影幢幢，滿洞生春，笑語喧嘩，非常熱鬧。

靈雲、朱文雖然斷絕煙火，但是也還不禁飲食，禁不住英瓊勸客情殷，每樣都用了些。

英瓊又去看了看芷仙，見她睡得正香，知道她多少夜不得好睡，昨晚熬了一夜，路上受了許多辛苦顛連，便不去喚她，只與她留下些吃的，灶中添上火，準備她醒來食用。自己仍同大家圍坐，計議明早用紫煙鋤去掘開通往凝碧崖的後洞。英瓊又把同余英男交好之事說了一遍。

靈雲道：「她就是寒瓊仙子廣明師太的師弟，女韋護廣慧師太的徒弟麼？自從那廣明師太誤收了神手比丘魏楓娘做徒弟，把平生本領不惜盡心傳授。誰知那魏楓娘在新疆博克山十年冰雪寒風中，將廣明大師獨創的天山派法術學成以後，假說奉了師命，到西南各省收羅弟子，光大門戶，其實卻是仗著本領，到處淫惡不法。又收了西川的黃驌、薛萍、錢青選、伊紅櫻、公孫武、厲吼、許人龍、邱舲等男女八魔做徒弟，愈加胡作非為起來。氣得廣明師太從新疆博克大阪趕到四川尋她時，被她約來滇西魔教中一個慣使妖法害人，名叫布魯音加的蠻僧，埋伏在她的巢穴之中，假說請師父去賠罪悔過，由那妖僧暗中用烏鳩刺，廢了廣明師太左臂，還算見機尚早，得逃性命。

「廣明師太逃出來後，因為她素來好勝，吃了徒弟的虧，雖然恨在心裡，卻不好意思尋人報仇，反倒避在一旁，裝聾作啞。那魏楓娘見師父都不敢管她，越加無惡不作。去年被家母同餐霞大師在成都城外將她殺死，八魔才害怕，躲往青螺山斂跡，輕易不敢出頭。

「事後廣明師太寫信來道謝家母同餐霞大師替她清理門戶，並說她因誤中孽徒暗放毒刺，不久便要圓寂，又說她還有兩個徒弟，甚是不才，只有一個徒弟很好，名叫余英男，可惜不是空門中人，現在她師弟廣慧門下，請家母同餐霞大師便中照應等語，想必就是此人了。」

英瓊道：「她只說幼遭孤露，五六歲被惡嬸趕將出來，倒在大雪之中，醒來已在一個山洞內，旁邊還生著火，面前站定兩個尼姑，一個年紀較長的，先收她做了徒弟。不多幾天，那年紀較輕的，忽然要告別回山，行時對年長的說道：『此女資質甚好，師兄莫再把她誤了啊！』那年長的聞言，嘆了口氣說道：『你既如此說，你就把她帶了走；我救她一場，算是我記名徒弟。』說完，便叫英男重又拜師。

「英男拜罷剛站起身來，那年輕的便解開僧袍，將她抱在懷內。她覺著有些氣悶，還未說出，忽覺身上寒冷。偷偷用小手拉開袍縫一看，只見下面盡是白雪雲霧從腳下飛過。她雖然年幼，已猜出這兩個師父都不是凡人，又喜歡，又害怕。如是過了好半天，才落到一個山上。她新認的師父已覺察出她在半空中往下偷看，笑對她道：『你看在雲霧中奔馳，好玩麼？』她也是福至心靈，當時便跪下求救。

「她師父道：『早呢，早呢。你先認的那個師父，名叫廣明。我叫廣慧，是她的師弟。我倆都不是教你的人。不過你同我二人有緣，所以被我二人將你援救到此。你要從我兩人學本領，便會走入旁門，反誤了你。不如等你機緣到時，再說吧。』當時英男同她師父還不太熟，又是小孩子，見師父不允，也就罷了。

「後來英男年長一些，屢次跟她師父出門，飛來飛去，仗著她師父非常疼愛，便執意要學。她師父被她磨不過，才教她坐功練氣，及許多輕身擊劍之法。又過了幾年，她見她師父能在二三十里外飛劍取人首級，又打得一手好梅花針，她又磨著要學。她師父道：『我教你打坐馭氣，便是學飛劍的根底，那是從峨嵋派一個好朋友處問來的，與我的飛劍不同。我的飛劍實是旁門，因為克欲功夫不純，你的資質太好，反誤了你。』執意不教。

「她又要學那梅花針，她師父道：『你這孩子，真是見一樣，要學一樣。這原是我一個救急防身的東西，你既一定要學，好在於你現時用的內功並無妨礙，就教與你吧。』英男學成梅花針以後，在四五年前，她隨廣慧師太在西川路上，遇見一夥強人，劫一個鏢客的鏢。那強人劫了鏢，還要將保鏢的人殺死。英男好生不服，便請她師父上前打抱不平。

「她師父道：『你不要忙，自有人出頭的。這些強人，還是自家人呢。』說罷，果然看見路旁縱出一個壯士，先替那鏢客求情，那夥強人不允，動起手來。那壯士武功雖好，怎耐強人太多，堪堪寡不敵眾。英男氣恨不過，在暗中對那夥強人放了一把梅花針，那夥強人才敗了下去。

「她師父見她放針出去，急忙帶了她回到山上，埋怨道：『你怎麼愛闖禍，你看那壯士雖然不能抵敵，那旁邊樹林內還隱著一個能人呢，何苦我們結怨則甚？』說罷，便對英男道：『三五日內，如有人來問我，便說我病了十來天，好多日不曾下山。不論來人怎樣無禮，不可輕舉妄動，以免再生事端。那來人不久便有人收拾她，她雖萬惡，何苦我們自殘呢？』果然到了半夜，廣慧師太忽然真病起來。倒把英男急得要死，日夜衣不解帶地服侍。

「到了第三天，果然來了一個女子，直闖進來，首先看見英男，便冷笑道：『我聽說我那老不死的師父在雪堆中救出一個女化子，想必就是你麼？』英男年輕氣盛，見那人盛氣洶洶，剛要質問她為何出口傷人，廣慧師太已在裡面呻吟喚道：『外面是哪位道友來了？恕我病中懶於行動，請進來吧。』那女子聞言，又冷笑一聲，闖進室內。

「英男在外偷聽，只聽廣慧師太與來的女子辯論了好半天。那女子一口咬定，各派劍仙中，使用這一種梅花針的，只有她師父同廣慧師太，現在真憑實據在此，如何不認？口氣非常強硬，咄咄逼人。廣慧師太卻說自己因誤食山中藥草，已病倒十來天，聲音非常低弱，好似病勢越發沉重。英男心如刀割，剛走進房，廣慧師太忙對她使眼色，只得重又退出。

「那女子爭論了一陣，半信半疑，說是還要去察訪放針人下落，並要用飛劍去殺那壯士。出來時，一眼看見英男，眼中閃出凶光，硬要英男送她出洞。英男剛要倔強，又聽廣慧師太在內說道：『你這賤丫頭，來了幾年，連什麼也沒學會，枉自生了一副聰明面孔。你師姊叫你送她，你也不肯，你就那樣懶麼？』英男上山以來，從未受過師父責罵，一聞此言，猜是病人肝火太旺，不好不依，只得忍氣吞聲，送那女子出洞。

「那女子走了不幾步，忽然回頭叫道：『你這小鬼丫頭！這事定是你偷偷幹的吧？』說罷，手揚處，便有兩道青光飛來。英男見那女子下毒手施放飛劍，嚇得往房內飛跑，連喊師父救命。剛剛跑到病榻之前，廣慧師太一伸手，便把她攬在懷裡，只說：『你師姊嚇你的，不要害怕。』英男等了半晌，不見動靜。廣慧師太忽然站起說道：『這個業障，真正可殺不可留了！』

「英男再看廣慧師太，面容依舊紅潤，哪有什麼病容。身後青白光已不知去向，還疑是來人飛劍已被師父收去，好生奇怪。正想問時，廣慧師太道：『來的那女子，名叫神手比丘魏楓娘，是我師兄廣明師太以前的得意門徒。那中梅花針的強人，便是她手下黨羽。我知道你闖了那禍，她一定看出梅花針是我獨門傳授，要尋我們的晦氣，故此才將真氣內斂，裝病哄她。不想由此倒看出你一番孝道，越發令我歡喜。她進門時，本不信我的話，反因你一臉愁苦之容，錯疑我生病，才相信我果不曾下山。又見你一身仙骨，滿臉英姿，以為你已將我劍術同梅花針學成，私自下山，抱打不平，才逼你送她，放出飛劍，試你一試。

「『你如果已會飛劍，勢必也放劍抵敵。她已盡得我師兄所傳，漫說是你，我也不好對付。我不想因不願你學旁門劍術，不曾傳授，你自然不會，無法抵敵，逃了進來。她這人雖萬惡，卻從不肯親手殺一個無能力抵抗的人，因此才未下毒手。反越加相信我師徒果然不曾離山，收了劍光，又尋旁人晦氣去了。這賤婢如此驕橫，目無長上，惡貫已盈，不久便遭慘劫。我師徒也犯不著嘔氣，由她將來自作自受吧。』

「英男姊姊因了這一次小風波，練劍之心越急，日夜運用內功。怎奈廣慧師太到如今，也未把飛劍口訣傳授給她。在我離開峨嵋之前，常同她見面，承她教給我許多打坐刺劍之法，有好些頗與仙師妙一夫人所傳相似。她並說不久便要搬來與我同住。等我明日陪著諸位姊姊哥哥，把凝碧崖這條道路打開，再去接她來同住吧。」

靈雲聞言，也甚贊同。自己師兄妹，頭一次聚在一處暢談，大家越談越起勁，一個也不去做功夫，也不去安歇，一直談到天明。

床上芷仙睡了一夜，業已醒轉，見洞口透進來的曙光，還疑是月色。見眾人俱在圍坐暢談，急忙翻身坐起道：「諸位姊姊，天到什麼時候了，怎麼還未去睡？」

若蘭道：「天都亮了，你還睡呢。我們昨晚暢談了一夜，誰也捨不得走開，偏你一人好睡。」

芷仙聽說天明，急忙爬下床，說道：「我昨日也不知怎會那樣困法，原想倒下去稍歇一歇，竟會睡得那樣死法。可是諸位姊姊也都受過好多日辛苦，倒一絲也不睏，真可算得龍馬精神了。」

英瓊道：「你哪裡知道，慢說姊姊們劍術已成，就連我不過稍微懂得一些坐功，常時三五晚不睡，也不當要緊，這有什麼稀奇？」說罷，見眾人不會再睡，一會便要去開闢凝碧崖通道，與沖沖跑到後面去燒水煮粥去了。

那猩猩睡伏在石桌旁邊，見主人入內，便也跟了進去，幫著燒火打水。一會工夫，先將水燒好，取出與大家盥洗。若蘭、金蟬覺著好玩，便也跟進去幫英瓊動手。芷仙更是連臉都不洗，先替英瓊將杯箸等類擺好。

大家忙了一陣，英瓊將粥煮好，切了一盤臘味，又取了一大盤鹹菜捧將出來。金蟬、若蘭最愛吃那臘味，讚不絕口。

朱文笑對金蟬道：「九華雖然清苦，辟邪村玉清大師頗預備許多葷素吃食，我不信這一趟莽蒼山，會把你變成一個饞癆鬼。今天才到李師妹家中第二天，也不怕人家笑話。」說罷，抿著嘴，用兩個指頭在臉上刮。

金蟬見朱文羞著笑他，便也反唇相譏道：「朱姊姊你還不是不住口地吃鹿肉，還說我呢。當心把神鵰的糧食吃完，神鵰不依吧。」

朱文正要還言，英瓊見二人鬥口，忙道：「朱姊姊、金哥哥愛吃臘味，我還多著呢。即使吃完，只要叫我金眼師兄出去幾趟，便能捉得好幾個回來。我們都跟親手足一樣，誰還笑話不成？」

朱文冷笑道：「我不過見他吃得野相，好意勸他幾句，他反倒來說我。這類煙火食，我一年也難得吃上兩回，因見李姊姊勸客情殷，又加上頭一次吃鹿肉，覺得新鮮，才拿兩片撕著就稀飯。誰似他狼吞虎嚥的，這一大盤倒被他吃了一多半。為好勸他兩句，還反說人吃不停嘴，吃你的嗎？」

金蟬見朱文嬌嗔滿面，便低下頭只顧吃，不再言語。

靈雲是一向看他二人拌嘴慣了的，也不去答理。見大家都吃得津津有味，便也取了筷子夾一片慢慢咀嚼，那一股燻臘之味竟是越吃越香。笑對金蟬道：「無怪你們爭吃，果然這鹿肉很香。英瓊妹子小小年紀，獨處深山，居然佈置得井井有條，什麼飲食設備樣樣俱全。與若蘭妹子一樣，都是那麼能幹，叫人見了又可愛又可敬。要像這種殷勤待客，怕不賓至如歸，把山洞都擠破了嗎？」

若蘭見朱文、金蟬拌嘴，在旁邊也不答言，只顧吃。這會聽靈雲讚她能幹，便笑道：「姊姊怎麼也誇獎起我來？我哪一點比得上諸位姊姊們？不過平日仗著先師疼愛，享享現成的罷了。」

這時朱文停箸不食，坐在那裡乾生氣。金蟬不時用眼看著朱文，想說什麼，又不好說出似的。

英瓊惦記著那隻神鵰，匆匆在後面取了兩隻鹿腿，出洞餵鵰去了。芷仙怕他二人鬧僵，看他二人神氣，知道金蟬業已軟化，容易打發，便勸朱文道：「姊姊不要生氣，等會涼了，不受吃。」還要往下說時，靈雲忙攔道：「我們休要勸他們，他二人是這樣慣了的。」

朱文誤會靈雲偏袒金蟬，本想說兩句，猛想起靈雲患難中相待之德，不便出口，越發遷怒金蟬，假裝看鵰，立起身來，獨自行出洞去。金蟬見朱文出洞，知她心中不快，訕訕地立起身來，也跟了出去。

若蘭天真爛漫，還不曾覺察。芷仙年歲較長，見他二人這般情況，已然看出他二人情感與眾不同。暗想：「原來劍仙中人，一樣也有男女之愛。」不由想起自己的未婚夫婿來，好生傷感。

靈雲見芷仙盡自發呆，便勸慰她道：「姊姊有何心事，這樣愁悶？何妨說將出來，我們多少也可替你盡點小力。」

芷仙道：「妹子自遭大難，萬念皆灰，恨不如死。多蒙恩師救援，得同諸位神仙姊姊長聚一處，真是平生之幸。不過妹子天生薄質，深恐學道不成，有負恩師同諸位姊姊一番厚意罷了，哪裡有什麼心事？」靈雲見芷仙不說，便也不去強她。

這時若蘭業已吃完，便對靈雲道：「天已不早，我去將師兄同二位師姊請回來，商量開闢凝碧崖吧。」說罷，跑出洞去一看，只見英瓊一人站在崖邊凝望，便問朱文、金蟬二人去向。

英瓊道：「我想叫金眼師兄去請英男姊姊，在這裡等牠回來。適才朱姊姊出來，同我說了幾句話，見師兄出來，便帶了猩猩往崖後走去，師兄跑在後面，想是到崖後採梅花去了。」

第六章　慧質仙根

若蘭猛想起適才二人吃鹿肉拌嘴情形，猜是金蟬與朱文陪禮，不及還言，照英瓊指的方向便走。才將身轉到崖後，便聽朱文笑語之聲，忙把身掩在一旁偷聽。只聽朱文笑道：「該死的！花未採著，倒撒了我一頭的花瓣。那邊那邊，我要那西北角上斜出來的那一個橫枝。誰要這麼大的，拿回家去當柴火燒麼？」

若蘭猛聞一股幽香襲來，定睛往前面一看，原來崖側生著一株大梅花樹，開得十分繁茂。朱文站在當地指說，金蟬同猩猩分據在梅樹枝上。一會工夫，金蟬照朱文所要的小橫枝採了下來，那猩猩卻採了五六尺長的一根大枝。金蟬、猩猩下地以後，把梅花都去遞與朱文。朱文似嗔似喜地看了金蟬一眼道：「你採來了，我偏不要你的。」說罷，接過猩猩手中那枝長梅，回身就要走去。那猩猩非常淘氣，也學著人言，對金蟬道：「偏不要你的。」惱得金蟬怒起，上前舉拳便打。嚇得那猩猩連躥帶縱，飛一般跳下山崖，無影無蹤。

金蟬便向朱文陪話道：「你還跟我生氣麼？下次我再不和你強嘴了。」

朱文站在那裡，只是不理。金蟬仍是不住地說好話，定要朱文接他採的那枝梅花。朱文吃他糾纏不過，正要伸手去接，若蘭忍不住要笑出來，連忙忍住，高聲說道：「天都不早了，你們還採梅花玩，大師姊她們叫回去開闢凝碧崖呢。」

朱文見若蘭忽然現身出來，不禁臉上一紅，不再理會金蟬，回身便走。

金蟬無法，只得同若蘭跟在後面。剛走到洞口，眾人俱在那裡，神鵰業已飛回，英男並未接來。英瓊手中拿著一件白色半臂短袖衣，正和靈雲、芷仙講說，三人不由湊上前去。只聽英瓊說道：「適才我因想念英男姊姊，打算叫金眼師兄將她背來，與我們一同開闢凝碧崖。不想金眼師兄回來，只帶了她穿的這一件半臂，問牠英男姊姊可在家中，牠只搖頭。難道她又隨她師父出門去了麼？」

靈雲道：「神鵰飛回，想必英男不在庵中。不過這半臂又是何人與牠帶來？是何用意？這倒叫人難解呢。」正說到這裡，神鵰忽用牠的鋼喙，把英瓊衣角拉了幾下，又朝解脫坡那邊長鳴了兩聲。

英瓊對眾人道：「我同金眼師兄處得日子不少，牠的舉動十九我能猜出，這會牠要我到解脫坡去。莫非英男姊姊生了大病，沒人照看，故爾將她穿的半臂與我帶來，叫我前去看她麼？」話剛說完，神鵰又叫了兩聲，不住地搖頭，英瓊好生不解。

朱文道：「這有何難？反正解脫坡離此不遠，我們何須為此小事只管商量不決？我看天已不早，請大師姊領著眾人開闢凝碧崖，我代英瓊妹妹到解脫坡去看上一看，如果有病，我這裡還剩有嵩山二老賜的丹藥，與她吃上兩粒，將她背到此間便了。」

英瓊聞言大喜，便將解脫坡方向說與朱文，就請朱文騎鵰前去。那鵰不待英瓊吩咐，便自挨近朱文身旁蹲下。朱文越加高興，騎上鵰背，一個迴翔，便已沖霄飛起。

這裡眾人急於開闢凝碧崖，大家一路說笑，回身往洞內便走。剛走到洞門跟前，英瓊忽然回頭，「咦」的一聲。靈雲問是何故。英瓊道：「那解脫坡原離此地不遠，那神鵰為何到了那裡不往下落，反朝西南方飛去，是何緣故？」

靈雲道：「我看那神鵰在白眉禪師那裡聽經多年，非普通仙禽可比。看牠背著文妹去的神氣，此中必有緣故。此鵰業已通神，文妹又非弱者，等她少時回來，必有分曉。我們還是辦我們的事吧。」說罷，英瓊在前領路，靈雲等隨在後面，按照妙一夫人指定的方向進去。原來是半間石室，盡頭處石壁非常堅固。估量地點已對，便由若蘭取出紫煙鋤，向那石壁上面打去。立刻紫光閃閃，滿洞煙雲，大的石塊隨著飛迸。不消十幾下，已將這數尺的石壁鋤了一個六七尺長、二尺來寬的石門，盡可容一個人出入。

靈雲便止住若蘭且慢動手，先縱身進去一看。原來這裡昔日原是後洞門戶，那塊石壁是從別處移來封閉的。洞內只有兩丈多的面積，還是個斜坡，下臨絕壑，旁邊便是那萬丈深潭，雲霧瀰漫，看不見底。地洞中一塊丈許方圓、三四尺厚的大石蓋在上面，四圍俱是符咒，知道下面便是通凝碧崖的捷徑。若蘭縱身進來，站好方向，往那石上便鋤。鋤下去後，金光閃閃，那石還是紋絲不動，任你半邊大師鎮山之寶，也是無效。

靈雲見那紫煙鋤竟然無功，知道是白眉和尚的佛法，連忙止住若蘭，率領大家跪倒，默祝了一番。祝罷起身，眼前一道金光亮處，石上符咒竟然不見蹤跡。便再次命若蘭動手，這次鋤才下去，那塊大石居然應手而碎。靈雲、英瓊也同時拔出劍來動手，不消頓飯光景，將那塊大石擊成粉碎，現出一個石洞。若蘭順便用鋤將那石洞中碎石撥開。靈雲見下面黑洞洞的，便道：「此洞定是通那凝碧崖的捷徑。偏偏文妹又到解脫坡去了，下面黑洞洞地不知深淺。只好等她回來，用天遁鏡照著下去吧。」

若蘭猛想到金蟬是一雙慧眼，能在黑暗中看物，可以領著大家下去。回頭一望，竟然不在面前。原來適才朱文騎鵰走時，金蟬本想跟去玩玩，還可藉此與朱文陪話，因怕姊姊攔阻，特意走在眾人後面。靈雲等因急於開闢凝碧崖，不曾注意到他。他見眾人進洞，早抽身追趕朱文去了。

靈雲發現金蟬不在跟前，猜是追趕朱文，他二人俱不在此，無法下去，只得等他二人回來再說。誰知等了兩個時辰，朱文、金蟬才得回轉，見了英瓊說道：「你說的那個余英男，大概被人搶了去了。」英瓊聞言大驚，忙問究竟。

朱文道：「我騎上鵰之後，直過了峨嵋山六七百里，還不曾往下降落，我覺著非常奇怪。神鵰不時回頭朝我長鳴示意，飛得比我們駕的劍光還快，又飛出去好幾百里，落到一個不知名的大山中。下了鵰背走不遠，看見一座洞府，洞門緊閉，四外風景好極了。

「我正在那裡想主意，神鵰忽然跑將過來蹲下，那意思要我騎上。我先疑心牠飛累了，下來歇一歇力，再往前飛。誰想我二次騎了上去，牠就往回路飛來。不多一會便遇見蟬弟趕來，一同騎上鵰背，這才飛到你所說的那個解脫庵中落下。看見一個年老佛婆，滿面愁苦，在那裡唸經，見我們從天飛下，非常害怕。

「我對她說明來意，她才說她本是廣明師太傭人，後來又跟隨廣慧師太。廣慧師太五日前在本庵坐化，由英男同她將廣慧師太埋葬以後，英男便說師父遺命，叫她到峨嵋後山投奔英瓊姊姊。她也知你出外未歸，每日俱要到後山去看你回來不曾。到第三天上，忽然來了一個姓陰的道姑，說是與她有緣，硬要收她做徒弟。英男執意不肯，偏偏那道姑法術非常厲害，不由英男不從，只得勉強拜她為師。那道姑便要帶英男到一個山上去修道。

「英男老想拖延，等你回來見上一面，費了許多唇舌，那道姑才容她再待兩日。她恐你回來尋她無著，特到後山來與你留下一信。今天早上，那道姑便把她帶走了。去的時節，她將廟中一切都送與了那老佛婆。又再三囑咐，她走後如果有一個姓李的小姑娘來，便把以上情形對她詳細說明，要緊要緊。那老佛婆把我錯當作了你，才把這許多情形對我說。我問她那道姑什麼模樣神氣，那老佛婆上了幾歲年紀，說得不十分清楚。聽她語氣，那道姑決非好人，英男定是被逼無法，被人強搶了去。那神鵰領我去的所在，想必便是那道姑的巢穴，也未可知。」

芷仙聞言，忽然想起昨日進洞時，曾在石桌上撿起一封信，上寫「瓊妹親拆」。彼時英瓊出洞餵鵰去了，自己因見人多，好意替英瓊收好，不知怎的，一倒頭睡著，便把此事忘卻。聽朱文所說情形，英男昨晚尚在廟內，今早才被那道姑逼走，豈不是自己誤了人家？不由又羞又急，又不好意思直說出來。正在為難，忽聽英瓊著急說道：「那老佛婆既說英男姊姊走前曾到我洞中留信，如何我們都沒有看見呢？」

芷仙知道英瓊與英男交厚非常，不便再為隱瞞，好在自己是一個無心之失，忙接口道：「昨日我進洞時，曾看見石榻旁邊有一封信，也未看清上面寫的什麼，因彼時身子睏倦已極，被我隨手塞在床褥底下，也不知是與不是？」

英瓊聞言，不暇與芷仙答話，急忙奔至榻前，將信取出一看，果然是英男親筆。信中大意說：英男前十天到後山來尋她，見洞門緊閉，以為她在左近閒遊，尋了一遍，不見蹤跡。起初還疑心她騎鵰出遊，後來接連來了數次，最後一次將洞中石頭搬開，看見留的信，才知她被赤城子接引到崑崙派女劍仙陰素棠那裡，神鵰佛奴已於事前飛去。她想了一陣無法，只得回去把前事告訴廣慧師太。廣慧師太聽說她被陰素棠接去，大為驚異，說那陰素棠現時已經脫離了崑崙派，如果被她接去，恐不會有好結果。並說自己後日就要圓寂，原想叫英男到後山與她同住，不想中途出了差錯，好生替英男發愁。英男既擔心好友，又見恩師就要永訣，心中悲傷已極，無法可想，自己每日守著廣慧師太哭泣。

過了兩天，廣慧師太果然坐化。那老佛婆原是當年西川路上有名的女飛賊鐵爪無敵唐家婆，因為行劫一家大戶人家，被廣慧師太收伏，從此洗手皈依，跟隨廣慧師太已十多年，本極為忠心。英男同唐家婆將廣慧師太埋葬後，又到後山來看英瓊回來沒有。

英男的意思，以為英瓊縱使暫不回來，神鵰佛奴總要回來的。倘若遇見神鵰，便請牠將自己背到白眉禪師那裡，問一問白眉禪師：如果那陰素棠是個好人，自己便設法尋了去，與英瓊一齊拜在她的門下；假使陰素棠是個壞人，也好求白眉禪師搭救英瓊，仍回峨嵋同住，誰知來了幾次，均未遇見。

第三天上，又到後山，忽然遇見一個中年女道姑，自稱她是女劍仙陰素棠，當時就叫英男隨她回去。後來問明來意，才知她請赤城子接引英瓊，路過莽蒼山，遇見仇人史南溪，受了重傷。幸而遇見嵩山二老中的矮叟朱梅，給了幾粒奪命神丹，才得保住性命，養息了些日，回轉棗花崖，請人報仇。陰素棠聽說她所要收歸門下的李英瓊，遺落在莽蒼山中一個破廟之內，因史南溪與烈火祖師不是一時能尋得到的，先放下報仇之事，急忙駕起劍光，沿途尋找英瓊，並無蹤影。猜她已從原路回轉峨嵋，故跟蹤到此，英瓊卻並未回家。巧遇英男，見她根骨甚厚，便要收她為徒。

英男聽說英瓊在半路上孤身遺落，因聽師父說過陰素棠不是好人，見英瓊未被她網羅了去，不禁心喜。但是聽陰素棠說英瓊孤身一人在荒山破廟之內，並且已尋不見蹤跡，又非常擔憂。加上那陰素棠見尋英瓊不著，執意要帶她走，又害怕，又不願意。後來陰素棠用飛劍相逼，英男被迫無奈，再三哀告，假說亡師後事未了，請容她再在解脫庵中住上幾日，再隨著她同去，費盡許多唇舌。英男的嘴本甜，一套花言巧語，居然將陰素棠哄信，但是卻不准她多延，只能再等兩天。英男無法，只得應允。

她的原意，只因英瓊信上說神鵰只去十幾日回來，想捱到神鵰回來，騎了逃走。又假對陰素棠說，她與英瓊情同骨肉，起初所以不願隨她同去，是因捨不得英瓊。求陰素棠允許她這兩日內常到後山，探望英瓊回來不曾，如果回來，與她一同拜師，豈不是好？這幾句話，果然大合陰素棠心願，知道英男不會飛劍，不愁她逃走；又見英男一臉小孩子氣，談吐真誠，便答應了她。英男背著陰素棠，偷偷寫了這封長信，留與英瓊，託英瓊回來，千萬請神鵰到棗花崖陰素棠那裡將她背回，再一同逃到白眉禪師處安身……等語。

英瓊看完這一封信，一陣心酸，幾乎流下淚來，當下便請靈雲等設法去救英男。

靈雲道：「我看陰素棠既然這樣愛惜人才，英男在她那裡決無凶險。我們不願她歸入旁門，去接她回來，自是正理。不過也用不著忙在這一時，等到將凝碧崖開闢出來，再從長計議如何？」

大家聞言俱都贊同。英瓊雖性急，也只得任憑靈雲調度。當下重又進石洞，靈雲先命朱文、金蟬二人持著天遁寶鏡前導。初下去時那洞只容一人出入，加上適才墜下去的碎石礙路，頂又不高，只得魚貫俯身而行。及至走下去有數十丈遠近，忽然覺著空氣新鮮起來。

靈雲忙叫朱文收起寶鏡。果然看見透出一片光亮，和早上出來的曙光一樣。便往那有光所在走了下去，繞了幾個彎子，竟是越走前面越亮。及至走到盡頭，原來已出洞口，面前是一座峭壁。那洞口上下半截，平伸出去，上面只露出寬約數尺的一個孔洞，四外一無所有。朝上一望，只見雲霧瀰漫，伸手可接，看不見青天，也不知離上面有多高。再走到崖側，往下一望，下面也是層雲隔斷，看不見底。

若蘭失聲笑道：「這裡就是凝碧崖麼？外頭上不見天，下不見地，洞內又是這樣黑洞洞的，我們又不是要逃走避難，好端端地跑到這裡來居住，有什麼意思呢？」話言未了，金蟬忽然狂呼道：「在這裡了！」

原來眾人起初以為妙一夫人既說凝碧崖是白眉和尚禪悅之所，又叫連九華都不要回去，只在此處學道，估量那裡一定是美景非凡。適才下來時，便充滿了好奇之想。走了好一會黑路，好容易前途才出現一些光明，滿心歡喜。及至走到了盡頭，卻是寸草不生，枯燥無味的一個死崖口。除了靈雲年長，知道妙一夫人叫大家來住，不是別有用意，便是自己同眾人還未走到地頭。

英瓊是去過的人，已知道這裡決非凝碧崖。餘人大半失望。還未容英瓊說話，若蘭已先說出不滿意的話來。

那金蟬更是性急，他見崖口上下俱被雲遮，不由分說，將朱文寶鏡搶到手中，揭開錦袱，向下一照。再加上他的一雙慧眼，霞光到處，下面雲霧衝散，早看見底下一個廣崖，崖上下叢生許多奇花異草，嘉木繁蔭，溪流飛瀑，映帶左右，果然是一個仙靈窟宅。心中大喜，不由狂喊起來。這時英瓊正對靈雲說：「這裡不是凝碧崖，那凝碧崖我昔日去過，哪裡是這般光景？」

大家聽見金蟬高興狂呼，也都圍將過來，雖然看得沒有金蟬那般清楚，也看出下面的山光水影，一片青綠，別有洞天，果然無愧「凝碧」二字。眾人便商量著要駕劍光下去。

靈雲道：「我想這條道路到此而止，便要駕劍光才能下去，決沒有這般簡單。母親既叫我們從上面開闢，想必還有路可通。我們下去，原不費事，裘、李二位妹子不會御劍飛行，如何下去？」

金蟬道：「姊姊總是這樣慮前慮後，慢吞吞的。我們適才從上面下來，不就是這一條路麼？至於裘、李兩位姊姊，你同朱姊姊俱都劍術高強，不會背她們下去麼？」

靈雲道：「話不是這般說法。一個人做事，總要做徹，沒有說畏難苟安，只做一半的。英瓊妹子生具仙骨，又得了一口仙劍，吃了許多仙藥靈果，身輕如葉，只消照父親口訣去練，我從旁再稍微指導，不消一月，便能御劍飛行。芷仙妹子就難得多了，她至少還要練個三年五載。以後常要出入，只有我一人才能帶她進出，倘若我們有事他往，豈非不便？」

金蟬還要爭論，朱文搶先說道：「我們既然看見下面景致，是不是凝碧崖還不一定，何妨大家將裘、李二位背的背，帶的帶，先同到了下面，看清地點是與不是，再由我們一同去尋那通下面的捷徑，豈不是好？」

金蟬聽了這一番話，固是心服口服；眾人大半少年喜事，俱都贊同。靈雲也只得同意。便議定由靈雲帶芷仙，朱文帶英瓊，連同若蘭、金蟬，共是六人。正要舉足，忽聽頂上鵰鳴。英瓊聽出是佛奴鳴聲，忙喚眾人稍停一停再下去。不多一會，果然佛奴從上面崖旁那數尺圓的孔洞中，束翼翩然而下，背上面坐著那個大猩猩。

若蘭笑道：「這個猩猩倒會享福，莫非求神鵰攜帶，也到凝碧崖走走麼？」言還未了，神鵰已飛到英瓊面前落下。猩猩看見主人，忙從鵰背上跳了下來，趴伏在地。英瓊道：「這番我同裘姊姊不必二位姊姊攜帶了。」說罷，拉了芷仙騎上鵰背。那鵰等二人坐穩，將身往下一撲，就勢舒展兩隻鋼爪，抓起地下猩猩，橫開雙翼，朝孔洞中斜飛下去。

若蘭拍手哈哈笑道：「他們倒好耍子。將來等我遇見機會，也收伏一隻神鵰來騎騎多好。」朱文道：「你們不用羨慕人家了，快些下去吧。」當下同了金蟬、靈雲、若蘭四人駕起劍光，飛身下去，一會工夫，便已著地。英瓊同芷仙已先到，笑對眾人道：「這裡正是凝碧崖，昔日曾被金眼師兄背我來過的，你看那邊崖壁上面不是有『凝碧』兩個大字麼？」

靈雲等舉目往前一看，果然前面崖壁上面有丈許方圓的「凝碧」兩個大字。左側百十丈的孤峰拔地高起，姿態玲瓏生動，好似要飛去的神氣。那凝碧崖與那孤峰並列，高有七八十丈，崖壁上面藤蘿披拂，滿佈著許多不知名的奇花異卉，觸鼻清香。右側崖壁非常峻險奇峭，轉角上有一塊形同龍頭的奇石，一道二三丈粗細的急瀑，從石端飛落。

離那奇石數十丈高下，又是一個粗有半畝方圓、高約十丈、上豐下銳、筆管一般直的孤峰，峰頂像缽盂一般，正承著那一股大瀑布。水氣如同雲霧一般，包圍著那白龍一般的瀑布，直落在那小孤峰上面，發出雷鳴一樣的巨響。飛瀑到了峰頂，濺起丈許多高。瀑勢到此分散開來，化成無數大小飛瀑，從那小孤峰往下墜落。

峰頂石形不一，因是上豐下銳緣故，有的瀑布流成稀薄透明的水晶簾子，有的粗到數尺，有的細得像一根長繩，在空中隨風搖曳，俱都流向孤峰下面一個深潭，順流往崖後繞去。水落石上，發出來的繁響，伴著潭中的泉聲，疾徐中節，宛然一曲絕妙音樂。聽到會心處，連峰頂大瀑轟隆之響，都會忘卻。那濺起的千萬點水珠，落到碧草上，亮晶晶的，一顆顆似明珠一般，不時隨風滾轉。近峰花草受了這靈泉滋潤，愈加顯出土肥苔青，花光如笑。

眾人遇見這般仙景，一個個站在那裡沒聲響，耳聽大自然的仙音，目接無窮盡的美景，不約而同地靜默得呼吸都要停止。金蟬快樂到極處，忽在靜寂中一聲狂呼。大家不知不覺地互相歡呼跳躍起來，一同讚賞了一陣。英瓊又向著崖前一株綠蔭如篷、蔭覆數畝地面的參天老楠樹，指給靈雲等看，說此樹便是昔日白眉和尚結廬之所，把前事補敘了許多。

正說得高興，忽然一團黑影從樹頂飛落，接著又是哧溜一聲，溜下一個黑東西來，把芷仙嚇了一跳。定睛一看，原來是神鵰背著猩猩，猩猩爪上還抓著一串佛珠同一張紙條。

英瓊接過一看，正是師祖白眉和尚所留。大意是說：他已早算出他們要來此地居住，崖壁上面有一個洞府，裡邊有一百多間石室丹房，昔年原是長眉真人準備光大門庭時開闢出來的，後來還沒有用，便已道成升仙，一直沒有人用過。自從白眉和尚到此借住，又開出來一道靈泉，從各大名山福地移植了許多靈藥異卉，瑤草琪花，更為此地增色不少。那石洞中的石頭，本是一種透明質地，日夜光明，最宜修道人居住。洞門西面有一條上升的道路，直通後山飛雷嶺髯仙李元化洞府旁邊的一個已經閉塞的石洞之中。南面還有一條上升道路，便是通李寧父女所居的棲雲洞。佛珠贈予英瓊，後來自有妙用等語。

英瓊見紙條上面提到她的父親，不禁動了思親之念，流下淚來。靈雲勸慰了幾句，便從她手中接過那一串佛珠看時，一共只有十八粒。拿在手中輕飄飄的，非金非玉，非木非石，顆顆勻圓，有龍眼般大小。發出來的烏光黑黝黝的，鑑人毛髮。知是一個寶物，想必將來定有用處，仍遞與英瓊，套在手上。

第七章　芷仙學道

英瓊恐楠樹上面還有東西，將身一縱，躥起十餘丈高下，攀著樹梢，將身往上一翻，只兩三縱，已躥入了白眉和尚所居的楠巢之內。靈雲等縱能飛行絕跡，看見她這種輕如飛鳥、捷比猿猱的輕身本領，也不由點頭讚賞。

金蟬、若蘭好奇心盛，雙雙不約而同地跟蹤上去。三人先後到楠巢裡面一看，那巢全是一些黑白鳥羽做成，又乾淨，又整潔。面積並不大，只有不到兩丈方圓。當中有個大蒲團，旁邊又有兩個小蒲團，此外空無一物。尋了一陣，並無遺物，三人也不再留連，同是縱身下地。

靈雲便領眾人同上高崖，去尋那座洞府，一路上又看了許多奇蹟仙景。走了一會，尚未尋見那座洞府，忽聽泉聲聒耳，如同雷鳴一般。眾人往前面一看，對面崖壁下面有一條長澗，寬有數丈。中流倏地突起一座石峰，石峰上面叢生著無數的青松翠柏，四圍俱是大小孔竅。澗中之水，被那小石堆分成十數條銀龍，從崖側奔騰飛湧而來。流到那石峰根際，受了那石的撞擊，濺起幾丈高的水花落下。再分流繞過石峰，化成無數大小漩渦，隨波滾滾往下流頭奔騰澎湃而去，好似那中流砥柱都要被沖走。水撞在石縫孔竅中，收翕吞吐，響成一片黃鐘大呂之聲，與剛才瀑布的鳴聲，又自不同。

靈雲等正佇足玩賞，若蘭見那石峰體態玲瓏，屹立中流，一任下面奔流沖射，兀自一動也不動，又雄美，又好玩，心中高興，飛身一縱，便到了石峰上面。金蟬、朱文、英瓊也要隨往，忽聽若蘭高叫道：「那底下不是座洞府？」說罷，便飛身回來，拖了靈雲往下走。眾人也隨著下崖。走下去不到十餘步，果然看見一座石洞。

那洞寬大宏敞，正對著那座中流砥柱，洞門上藤蘿披拂，叢生著許多奇花異草，上面有「太元洞」三個大字。大家便走了進去。但見石室寬廣，丹爐、藥灶、石床、石几色色皆全。裡面鐘乳下垂，透明若鏡。就著石洞原勢，闢出大小寬狹不同樣的石室，共有一百多間。知是祖師長眉真人所留無疑。

走到最後，忽看見一間兩三畝寬的石室，上面横列著二十五把石凳，猜是將來同門聚會之所。走過這間石室，地勢忽然越走越高。靈雲記著白眉和尚留紙所說，便率眾人往南走去，果然發現一條甬道。循著這條甬道走了有好半會，越走光線越暗，便由朱文、金蟬用天遁鏡在前照著行走。又走了二十多丈遠，前面忽然有石壁擋住，業已到頭，不能前進。

正疑錯了方向，忽然鏡光照處，石壁上面似有字跡。近前一看，上面寫著「棲雲門戶」四個篆字。摸了摸石壁，手感微軟，頗似石膏凝結而成。靈雲仔細想了一想，便命若蘭用紫煙鋤姑且試試。一鋤下去，那石頭竟似豆腐塊似的，隨手而落。靈雲忙從若蘭手中要過紫煙鋤，親自動手，不多一會工夫，便已開闢出一個六尺高、三尺寬的門戶，正齊那篆字下面，恰好篆字當成門額。

石門開通後，見那石壁竟有三尺多厚，探頭往門內一看，忽然看見亮光。大家走出門去一看，不禁同時歡呼起來。原來外面正是適才由上面下來時，到此無路可通，後來駕劍光下去的那個洞口。此門開闢，上面英瓊所居的棲雲洞，與下面凝碧崖，便打通一氣，無須由半山當中再駕劍光下去了。大家高興頭上，便商量在上面先住一宵，明日再將應用東西搬將下去，仔細安排。

這時天色將近黃昏，英瓊便去安排飲食，大家一齊幫她動手將飯做好。未及食用，英瓊猛想起神鵰同猩猩尚在下面，適才急於開闢洞府，不曾想到牠們。急忙出洞看時，已不知在什麼時候竟自回轉。便回洞切了一隻臘鹿腿，送出洞去與那鵰吃。因那猩猩吃素，莽蒼山中帶來的黃精、松子業已吃得所剩有限，好生發愁。便對牠說道：「金眼師兄的糧，牠自己能夠去找，還能有富餘，讓我們沾光。你吃的東西大半是些果子，你也有法去尋麼？」那猩猩聞言點頭。英瓊因洞中飯已做好，天已快黑，且過了今天再說，便把所剩的一些松子、黃精都給了那猩猩吃。隨即招呼眾人就座。

靈雲在席上說道：「這次毫不費事，便將師爺遺留的仙府開闢出來。我比諸位年長，我不同諸位客氣，忝做諸位一個老姊姊。不過從今日起，諸位也就此各按年歲稱呼，大家都方便一些，省得客套。此後既在一起練劍學道，便是一家人了。」

當下各人序了一序齒，除靈雲外，芷仙最長，其次便是朱文、若蘭、金蟬，仍是英瓊年紀最小。各人改了稱呼以後，分外顯得親密。靈雲又給那神鵰、猩猩各取一個名字：神鵰原名佛奴，因是白眉和尚座下仙禽，不便照此稱呼，取名「鋼羽」，算是大家同輩中的異類道友；那猩猿便將牠原來名稱顛倒過來，去掉兩字的犬旁，叫做「袁星」。

天黑以後，靈雲便將許多學劍祕訣，按程度不同，分別傳與若蘭、英瓊、芷仙三人。除芷仙是初次入門，只先學習坐功外，若蘭、英瓊二人，一個已得旁門真諦，一個生具仙骨慧心，一點便會。就連芷仙，也是絕頂聰明，不過根行較淺罷了。靈雲傳罷劍訣之後，便不許再為熬夜耗神，率領大家分在幾個石床上打坐練功。一會工夫，除芷仙外，俱都入定。

一宵無話。到了天色微明，眾人下床盥洗已畢，便將一切應用東西逕由洞後捷徑運至凝碧崖太元洞中。英瓊想起昔日曾由崖上騎鵰飛下凝碧崖去，便打算再騎著下去一回，以後劍術學成後，多一個出入之地。

這時芷仙已與靈雲、朱文、金蟬三人到太元洞佈置去了，只剩若蘭在上面幫她檢點零星用品。英瓊便將一切應帶的輕便東西打了兩個包裹，拉了若蘭走出洞外。只見洞外已堆著兩個死鹿，同一大堆山果黃精之類，知是神鵰鋼羽與猩猩袁星找來的食糧，心中大喜。便引袁星將那兩具死鹿、果品攜回洞中，到那通太元洞入口之處，叫牠連上面遺留的粗重東西，陸續搬到下面太元洞去。自己同若蘭依次出洞，騎上神鵰，從那萬丈深潭之中飛了下去。

若蘭初次從雲霧中往下飛行，覺得非常有趣。不一會工夫，便到太元洞口落下。二人走進洞去一看，靈雲等已將各人住室指定，俱都相離洞口不遠。除金蟬與若蘭各獨居一室外，朱文是與英瓊一室，靈雲是與芷仙一室，以便早晚間用功，可以從旁指點。

不消幾個時辰，袁星將上面應用東西一齊運來。各人到了新居，貪戀美景，不是臨流觀瀑，便是登峰長嘯，誰也不願再行上去。若蘭、金蟬更是小孩子心性，高興異常，搶著騎鵰飛行。那鵰也忽然馴良起來，無論誰騎都不倔強。朱文卻同了英瓊，帶了袁星去尋景選勝，遊玩了大半天，又採來不少奇花異果，大家食用。從此眾人每日隨著靈雲，在太元洞凝碧崖修煉，十分快樂。

英瓊幾次要請靈雲去接英男，靈雲總說無須忙在一時。山中日月，轉瞬到了四月下旬，雖只三四月工夫，英瓊竟進步得駭人，照著妙一夫人所傳的口訣，加上靈雲旦夕在旁指點，竟能御劍飛行，指揮如意。眾人俱覺她前途遠大，未可限量，非常歆羨。

一天早上，靈雲領了眾人，各自分據一個樹巔，發出飛劍，練習劍術。忽從崖頂雲端飛下一道疾若閃電的金光。英瓊、若蘭不知就裡，正要上前抵擋。靈雲已用手一招，那金光便落在她的手中，略一停頓，倏又往空飛去。眾人俱從樹巔飛身下來，圍攏靈雲面前。卻見靈雲手上拿著一封書信，原來是乾坤正氣妙一真人的飛劍傳書。上面寫著：

八魔年來見無人干涉，故態復萌，新近又做了滇西毒龍尊者的記名弟子，愈加淫惡不法，西川路上的商民受盡他們的荼毒。現在矮叟朱梅來信，說三遊洞俠僧軼凡的弟子趙心源，同他新收的門徒陶鈞，還同了幾個少年劍俠，要在端午日到青螺山下劫赴八魔之約，了結昔日八魔邱舲劫鏢一重公案。朱梅因自己有事，屆時恐怕來不及前去相助，趙、陶二人難免不遭毒手，寫信請妙一真人派人在暗中前去助他們出險除害。妙一真人命靈雲、朱文、金蟬三人即日動身，前往川邊青螺山，假說是去滇西，作朝山拜佛的香客，在青螺山左近尋一個僻靜處安置，隨時到魔宮察看，助趙、陶諸人一臂之力……等語。

金蟬最是年少喜事，聽見這個消息，歡喜得直蹦起來。英瓊近日來已能御劍飛行，便要同去。靈雲因信上沒有寫著她，又因她劍術還未精純，八魔名聲很大，不知深淺，不願叫她前去涉險。英瓊卻以為自己雖然拜在峨嵋教祖門下，但只見過妙一夫人，信上沒有提她，焉知不是妙一真人還不知道妙一夫人已收她為徒？磨著靈雲要跟了去。

靈雲本極愛她，知道父親不叫她去，不是因為洞府無人主持，便是別有原因。見她的解釋非常幼稚可笑，不忍過分拂她意思，再三婉言勸解說道：「你的劍術還未精純，上不得這般大陣。好在你的資質聰明，異乎常人，再有一年半載，便能出神入化，以後要修外功，何愁沒有這種熱鬧機會呢？」

英瓊還要拉著靈雲撒嬌，忽見若蘭在靈雲身後不住地對她使眼色。暗想：「芷仙姊姊是本領不濟。若蘭姊姊早就學會劍術，還會許多法術，她為何也不說去？我要去，她又止住我，必有緣故。」這幾個月光景，英瓊與若蘭感情最好，便想同她商量商量，再同去要求靈雲。裝作賭氣，往洞內便走。

若蘭假裝相勸，隨到房中，對英瓊道：「教祖未提我們，想必是妙一夫人尚未與他見面，不知有我等二人。靈雲姊姊一向做事謹慎小心，像個道學老夫子，同她商量，有何益處？好在你已能御劍飛行，加上座下神鵰，難道她會去，我們就不會去？只管讓他們先走。好在離端午還有七八天，他們三人前腳走，我們不會隨後跟去，還愁追不上麼？」

英瓊聞言大喜，正要回言，忽聽外面有人說道：「你們好算計，待我告訴我姊姊去。」

英瓊大驚，見是金蟬，忙起身問道：「蟬哥，真要去告訴姊姊麼？」

金蟬笑道：「哄你呢！誰不願大家一起去？又熱鬧，又壯聲勢。連我這個最無用的人還要去呢。蘭姊劍術高強，道法通神，瓊妹又得了師父的紫郢劍，同白眉禪師座下神鵰，反不叫去，莫怪二位生氣，連我也不服。只是姊姊一向慣用大帽子壓人，偏有些歪理，不便同她抬槓。剛才你說我們先走，你們隨後跟來，那是再好不過。你們進來時，我姊姊同文姊俱說蘭姊剛才一句話不說，瓊妹先前急於要去，後來忽然不說話，往洞內便走，蘭姊又急忙跟進來，疑心你們二位要出花樣，叫我前來探聽口氣，果不出她二人所料。不過她二人猜得倒不錯，可惜所託非人，我不肯把二位真話拿出去報告罷了。」

英瓊聞言，不住口地稱謝。金蟬便向英瓊借那神鵰一騎。若蘭哈哈大笑道：「怪不得要做漢奸，原來是別有所圖呀！」正說之間，靈雲、朱文、芷仙三人也一同進來。

若蘭便朝英瓊使了使眼色，英瓊仍是裝作生氣模樣。金蟬重又說起借鵰的事。靈雲道：「你總是小孩子脾氣，我們都能御劍飛行，你偏借瓊妹的鵰則甚？」

金蟬道：「姊姊休要處處怪人，我向瓊妹借神鵰，實含有兩種用意：第一，我身劍合一，剛會不滿半年，劍光沒有你們快，省得為我耽誤時光；第二，我們萬一到了青螺山，對敵人家不過，蘭妹、瓊妹到了五月初六七日見我們尚未回轉，便可騎著那鵰前去接應，現在讓那鵰先去認一趟路多好。」

靈雲知他強辯，因是小節，便不再說。英瓊更是無有問題。當下靈雲等便與申、李、裘三人作別動身，若蘭等送靈雲等三人出洞，靈雲又再三囑咐三人好生溫習功課，不要妄動。然後同了朱文、金蟬分別御劍騎鵰，破空而去。

靈雲等走後，依了英瓊，就要隨後動身。若蘭卻主張何必忙在一時，且等神鵰回來再說，省得追趕不上，迷失路途。

芷仙這幾個月來非常崇拜靈雲，見申、李二人商量跟去，留她一人守洞，一則空山寂寞，二則恐怕她二人走後，萬一發生事端，獨力難支，心中好生不願。但是知道若蘭性情溫和，還好講話；英瓊素來剛直好勝，說做便做，任何人都勸說不轉，靈雲一走，更無人敢干涉她。只得偷偷與若蘭商量，求她婉勸英瓊，不要前去。若蘭也是極願前去的人，好勝好強之心也不亞於英瓊，未便明裡拒絕，卻去推在英瓊身上。

芷仙見二人都執意要走，想跟她二人前去，又恐洞中無人照管，靈雲回來怪她；自己又是本領不濟，去了不但不能幫助大家除魔，反添累贅。左右為難，好生焦急。無奈何，又把守洞責任重大，恐怕外人前來侵佔，自己不會飛劍，無法抵禦的話，再向若蘭懇求。

若蘭見她說時神態非常可憐，便對她道：「此洞深藏壑底，外人哪裡知曉？我們出去，不久就回，哪有這麼巧法，就會發生事端？姊姊能力有限，大家都知道，即使有事，大師姊也不能怪你。姊姊如對本身多慮的話，我有兩個小玩藝，乃先師早年叫我到深山採藥時作防身之用的。一個類似隱身法，叫作『木石潛蹤』；還有一個是一面小旛。倘若遇見敵人鬼怪，抵敵不過時，先將這旛一展動，立地生出雲霧，遮住敵人視線，好借劍光遁走。

「姊姊不會劍遁，你可再念『木石潛蹤』口訣，只要覷定身旁，不論是樹木山石滾到跟前，便和它一樣，變成樹木石頭，等敵人走開，便可逃走。我將以上兩法現在傳授與你，以作萬一防身之用。那袁星力大通靈，捷如飛鳥，力劈虎豹，再留牠作為你的護衛，料無妨礙了。」

芷仙聞言無奈，只得請若蘭將以上法術傳授。若蘭便從懷中取出一面小旛，連同各樣口訣一同傳授。雙方又演習了幾回，演習純熟，天已近夜。英瓊等神鵰不回，跑來尋若蘭商量，正瞧見二人在那裡演習法術，覺得好玩，便也要學。若蘭只得笑著也傳授給她。英瓊問起根由，又安慰了芷仙兩句，同回房中用功。

次早出洞，神鵰業已在夜間回轉。英瓊更不再商量，只囑咐了袁星幾句，叫牠一切須聽芷仙調遣，不准擅離洞府，早晚幫她煮飯做事。袁星數月來隨著眾人打坐，愈加通靈，已將人言學會，聽見主人吩咐，急忙點頭遵命。

英瓊高高興興地與若蘭二人手拉手騎上鵰背，向芷仙道聲「珍重」，健翮凌雲，直往青螺山飛去。芷仙目送申、李二人走後，便命袁星去將通上面門戶用大石封閉，日夕用功，靜等她們回來。不提。

第八章　湘江避禍

話說前文所說的「煙中神鶚」趙心源，自從在江西南昌陶家莊上打走了許多騙飯耍貧嘴的教師，便在陶家莊上居住，因見陶鈞心地純厚，資質聰明，有心將平生本領傳授給他，師徒二人每日用功習武，倒也安然。

不想一日同陶鈞在莊前閒眺，忽見前面坡上樹林中飛來一支銀鏢，接著遠處飛到一人，近前一看，認出是西川八魔手底下的健將神手徐岳。只因八魔主邱舲在西川路上劫一個鏢客的鏢車，被趙心源出來干涉，看看取勝，又從暗處飛來一把梅花針，將邱舲打敗。四處尋找那放針的人不著，疑是心源同黨，恨如刻骨，歸山與七個兄長商議，定要尋著趙心源同放針的人，碎屍萬段，以報前仇。

心源當時原是激於一時義憤，本不認得邱舲。後來既已結下冤仇，知道自己不是對手，滿擬跑回宜昌三遊洞，去求師父俠僧軼凡相助，不想反被俠僧軼凡數落一頓，逐了出去。心源無計可施，只得避難，奔走江湖，才在陶家安居。豈料不幾時便被八魔手下人探聽明白，拿著銀鏢請柬前來。

心源知大禍將臨，明知勝不過人，但是長此避逃，也非長法。昔日還可推作不知，如今已和敵人來使對面，再要藏躲，豈不被天下人恥笑？當下挺身承認，明年端午節準到青螺山赴約。遂辭別陶鈞，打算在這半年多的時間內，尋幾個幫手。

離了陶家莊，路上仔細盤算，知道師父怪他不該學業未成就自請下山，闖出禍來又無法收拾，不來管他。除了師父俠僧軼凡外，所有生平幾個好友，也不過如陸地金龍魏青之類，俱非八魔敵手，何苦拉人家前來陪綁？想來想去，想起師父的兩個好友：一個是嵩山二老中的矮叟朱梅，但是這位老頭子行蹤無定，可遇而不可求；另一個便是長沙谷王峰隱居的鐵蓑道人，他是終年不常下山的，尋他比較能有把握。以上兩人但能尋著一個，就能幫自己除魔，還可強拉他師父俠僧軼凡加入相助。主意打定後，曉行夜宿，便往長沙進發。

這時正當滿人入關不久，那一些叛臣漢奸名節既虧，哪有幾個知道天良，廉潔愛民的？再加上一些為虎作倀的土豪惡霸、猾吏奸胥，狐鼠憑城，擅作威福，到處所聞見的都是民間疾苦與不平的悲呼，差點沒把心源肚皮氣破。

心想：「以前在川中居住，因為地廣人稀，土地肥沃，雖然也遇見許多贓官惡霸，卻不似湖南路上這般厲害。有心伸手打個抱不平，又因日期迫近。如現時想不出一個根本解決辦法，徒救個一家兩家，不但無濟於事，甚而連累事主，為善不終。倒不如暫且由他們委曲偷生，等到自己過了端陽，僥倖除了八魔，再聯合多數同道來個大舉，反倒痛快。此時索性裝作不知，辦完自己的事再說。」

心中有事，自然腳程加快。等趕到谷王峰頂，在全山上下尋了一個遍，哪裡有鐵蓑道人蹤影。後來走到岳麓山腳下，看見一個道人，打扮神情有些異樣，心源眼光尖銳，知非常人。那道人也覺心源是個能者。雙方同到岳廟面前坐定，談起彼此來歷，才知那道人名叫黃玄極，也是來訪求鐵蓑道人的。他說心源來得不巧，鐵蓑道人已在三日前到雲貴一帶去了。心源大失所望，見那黃玄極人甚正派，本領也不弱，便把自己心事說出，求他相助。

黃玄極道：「你的仇人八魔，同我也是仇人，只因我人單勢孤，奈何他不得。我二人正好聯合進行，尋找能手，為民除害。我還有一點小事，再耽擱一天，便可同行了。」

心源雖然心急，也不在此一天。好在自己是孤身一人，同黃玄極商量好了，便自回轉寓所，攜了自己的小包裹，搬到黃玄極所住的一個小破廟中。時間已是向晚，見黃玄極正同一個穿白的中年人說話，見心源到來，便同雙方引見。問起那人姓名，才知他便是昔年名馳冀北「齊魯三英」中的雲中飛鶴周淳。心源見周淳雖然俗家打扮，卻是一臉英風道氣，談吐俊朗，目如寒星，非常敬服。黃玄極與周淳本來談得正起勁，見他進來，坐定以後，卻不再言語，猜是有背人之話，便起身告辭。

黃玄極看出心源意思，便笑道：「其實我們說幾句話，原不避人，不過暫時尚未到明說的時候，道友不要介意。」

心源客氣了幾句，便獨自走出廟來閒眺。這時夕陽業已啣山欲沒，暝色蒼然，四面峰巒，隱隱籠罩上一層紫煙。東望湘江，如一條匹練，綿亙直下。一面是群峰插雲，環峙星羅。一面是平疇廣野，村舍茂密。一縷縷白色炊煙，從林樾間透出，裊裊上升。因在隆冬之際，草木凋零，越顯出一些清曠之致。

心源正看得出神，忽身後有腳步聲。回頭一看，原來是一個穿著破舊的窮老頭，一臉油膩，拖著兩片破鞋，踢趿踢趿地朝心源走來。心源眼光是何等敏銳，還未等那老頭近前，已覺出他行動異樣；及至走到對面，不由大吃一驚。見那老頭雖然窮相，卻生得鶴顱鳶肩，行不沾塵，臉上被油膩所蒙，那一雙半合的眼睛神光四射，依舊遮掩不住那人行藏，知是一位前輩高明之士。心中一動，便湊上前去搭訕道：「老丈，你看這晚景好嗎？」

那老頭聞言，大怒道：「狗子！你看我這般窮法，還說我晚景好，你竟敢無緣無故挖苦我嗎？」說罷，摩拳擦掌，怒氣沖沖，大有尋人打架的神氣。心源知他誤會，被他罵了兩句也不生氣，反向前賠禮道：「老丈休要生氣，我說的是夕陽啣山的晚景，不是說老年的晚景。小可失言，招得老丈錯怪，請老丈寬恕吧！」那老頭聞言，收斂起怒容，長嘆了一口氣，回轉身便走。心源連忙上前問道：「老丈留步，有何心事，這樣懊嘆？何不說將出來，小可也好稍盡一些心力。」那老頭聞言，連理也不理，腳下反倒快起來了。

心源見那老頭步履矯捷，越猜不是常人，拔腳便追。一直繞到岳麓山的東面一個溪澗底下，那老頭才在一塊磐石上面坐定，口中仍是不住地嘆氣。心源趕到老頭面前，把剛才幾句話又說了一遍。那老頭忽然站起身來，劈面一口唾沫吐到心源臉上，說道：「你要幫我的忙嗎？你也配？連你自己還照管不過來呢。」

心源無端受那老頭侮辱，心中雖然有氣，面上仍未帶出。及至聽到末後一句，愈覺話裡有因。揩乾了臉上唾沫，陪笑答道：「小可自知能力有限，不能相助老丈，但是聽一聽老丈的身世姓名，也好讓晚生下輩知道景慕，又有何不可呢？」

那老頭聞言，哈哈笑道：「你倒有好涵養，不生我老頭子的氣。你說的話，我有幾句不大懂。你大概要問我為什麼嘆氣？你不知道，我有一個好老婆，名叫凌雪鴻，多少年前死了，丟下我老漢一人，孤孤單單。有她在的時候，仗著她會跳房子，到人家去偷些錢來與我買酒喝。如今慢說是酒，就連飯都時常沒有吃了。我有一個姓周的徒弟，叫我不要時常偷騙人家酒吃，他情願供給我，我又不願意；何況他前些年又是做賊的，他請我吃的酒，多少帶點賊腥氣，我越吃越不舒服。才跑到岳麓山底下，想遇上兩個空子，騙他一些酒吃。

「誰知等了三天，一個也沒遇到。只有那小破廟內有個老道，他倒願意請我吃酒。可是我算計他請我吃完了酒，定要叫我辦一件極難而又麻煩的事，因此我又不敢領情。我在他廟前廟後想了多少時候，不給人家辦事吧，人家不會請我喝酒；辦罷，我又懶，其實前些年比他這類還難的事，我都不在乎；如今老了，又懶了，打算白吃，又遇不上空子。好容易遇見你，又說什麼晚景水井的，勾起我的心事，這還不算，又追來嘮叨這半天。我也不知道你是幹什麼的，只看你請我吃酒不請，就知道你是空子不是。」

心源見那老頭說話瘋瘋癲癲，知道真人不肯露相。尤其他說他妻子名叫凌雪鴻，非常耳熟，怎奈一時想不起來。心中略一轉念，計算那老頭不是劍俠一流，也定是一名有道之士。抱定宗旨，不管他如何使自己難堪，決定同他盤桓幾時，終要探出他行藏才罷。便笑答道：「原來老丈想喝酒，小可情願奉請。但老丈肯賞臉嗎？」

老頭道：「慢來慢來。這些年來多少人請我吃酒，沒有一次不是起初我把他當成空子，結果吃完以後，我卻是吃了人家口軟，給人家忙了一個不亦樂乎，差點沒把我累死。我同你素不相識，一見面就請我吃酒，如今這世界上哪有你這種好人？莫不成我把你當成空子，等到吃完，我倒成了空子？那才不上算呢。」

心源道：「老丈休要過慮，小可實是竭誠奉請。不過小可這裡尚是初來，地方不熟，請老丈選擇一家好酒舖，小可陪老丈一去如何？」

那老頭道：「如此說來，你是心甘情願地當空子了？」

心源見他說話毫不客氣，竟明說自己請他是當空子，情知故意做作，也覺好笑，面上卻依然恭敬答道：「小可竭誠奉請，別無他意。天已昏黑，我們去吧。」

老頭道：「去便去。適才我看你從那小破廟出來，便猜你是個空子。你大概與那廟的老道認識，他對我沒安好心，你要同時去約他，我情願甘受餓癆，也是不去的。」心源本想順道約黃、周二人同往，見老頭如此說法，只好作罷，好在黃玄極原說等一天再走。只是與周淳見面未及暢談，不無耿耿罷了。當下點頭應允。兩人下山，一路往西門走去。

路上心源又問那老頭姓名。老頭道：「名字前些年原是有的，如今好久不用它了。你口口聲聲自稱小可，想必就是你的小名了，我就叫你小可吧。你也無須叫我老丈，新帳我還沒打算還呢，叫我老丈，我聽著心煩。這麼辦，我平時總愛穿白的，卻可惜穿上身一天就黑了，你就以我愛白，就叫我老白，我就叫你小可，誰也無須再問姓名。再若麻煩，我不同你去了。」心源這時已看透那老頭大有來歷，只好恭敬不如從命。

二人走進城後，在西門大街上尋了一家著名的酒樓，喚來酒保，要了許多酒菜。那老頭見酒如見命一般，搶吃搶喝，口到杯乾，手到盤乾。心源幾番用言試探，那老頭也不言語，只吃他的。心源無法，只得耐心等候他吃完了，跟他回去，想必便知究竟。這一頓酒飯吃了有兩個時辰，直到店家都快上門，酒客走盡，那老頭才說了聲：「將就行了！」酒氣薰薰，站起身來。

酒保開來帳目，計算僅酒吃下有四十多斤，慢說店家，連心源也自駭然。當下由心源會了酒帳，陪著老頭下樓。剛到街上，老頭便要分手。心源便請問他住在何處，並說自己意欲陪往。那老頭聞言大怒：「我知道你沒安好心，明明是借著這一頓酒，想將我灌醉，假說送我回轉衡山，認清我住的地方，再去偷我。你恨我白吃，等我吐還你吧。」說罷，張口便吐。心源連忙避開，一個不留神，撞在一個行人身上。

那人是一個年輕公子，卻神采飄逸，眉目間隱有英氣。心源誤撞了人，連忙陪話時，那人知心源是無心誤撞，也不計較，雙方客氣兩句，各自分別。心源在黑暗中看出那人臨去時，臉上卻帶著愁苦之容，也未十分在意。忙尋老頭時，業已走出很遠。

心源連忙就追。老頭回頭看見心源追來，拔腳便跑，任你心源日行千里的腳程，也是追趕不上，雙方相差總是數丈遠近。直追到城牆旁邊，這時城門業已緊閉，一轉瞬間，那老頭已經站在城上。心源何等快的眼光，並沒有看見他怎麼上去的。既已看出一些行徑，如何肯捨？口中不住地央告，求那老頭留步。腳底下一使勁，也縱到了城牆上面。

那老頭見心源縱身追將上來，「噯呀」一聲，一個倒翻觔斗，栽落護城河下面。心源急忙隨著縱身下去，再尋老頭，哪裡還有蹤影。雖知老頭是個奇人，特意試他，只猜不出是何用意。見天上繁星隱曜，寒風透骨，大有下雪光景。呆想了一陣，無可奈何，只得無精打采回轉岳麓山破廟之內。

那黃玄極、周淳已不在廟內，看那供桌上燈台底下壓著一張紙條，上面寫著：黃、周二人因等他不見回轉，現在有事須到衡山一行，明午後準可回來。廟中茶水、燈火俱已預備，請他務必等他們回來，一同上路等語。心源見了這張紙條，只得在廟中等候。隨便在一個板桌上躺下，思潮起落，再加上泉聲松濤響得聒耳，益發睡不著。重又起身，走出廟外一看，四面漆黑，白日所見的峰巒岩岫業已潛跡匿影。心源隨便在廟旁一塊大石上坐下。

一會工夫，樹定風息，鵝掌大的雪花一片片飄揚下來。在這萬籟俱寂的當兒，連那雪花落地的聲音，彷彿都能聽見。心源越坐越無聊，忽然覺得前額上流下冰冷一片，用手一摸，原來是雪落在他的頭上，被熱氣融化流了下來。心源見雪越下越大，便站起身來，抖了抖身上積雪，便要回轉廟中，忽聽一陣破空的聲音。

心源劍術雖不高明，卻是行家，聽出來人厲害，連忙把身體藏在樹後，隱在暗中，看個動靜。剛剛藏好身形，那駕劍光的人已到面前，兩道黃光一閃，在破廟門前現出兩個奇怪裝束的人，竟與昔日西川路上所遇八魔邱舲一樣打扮，俱是披頭散髮，手持喪門長劍，穿得非僧非道，黃光影裡看去，形態非常凶惡。

心源大吃一驚！猜是八魔跟蹤尋來為仇。自思能力決非來人敵手，伏在那裡連動也不敢動。正想之間，那二人來到廟前，更不尋思，已走進廟去。心源暗暗僥倖自己不在廟內。正要趁他二人不見時逃避，猛覺左臂一麻，身子立時不能動轉。情知中了別人暗算，來的尚不止那兩人。不由長嘆一聲，只得坐以待斃。

不大工夫，那先前進去的二人已然走了出來，口中連喊奇怪，說道：「明明徐岳說他在這裡住，如何會不在此地？」內中另一個人卻說道：「三哥不要忙，你看廟中燈點著，料定那廝不會遠離，終要回來，我們坐到那石上去等他回來如何？」說著便往心源剛才坐的那塊大石走來。

這時雪已停止，地上積雪約有寸許。心源在樹後看得清楚，見來人往自己身旁走來，不由暗中捏著一把汗。幸而那二人並不曾看見心源，只來到了樹前，便在那石頭上用手拂了拂餘雪，隨便坐下。還未坐定，便聽一個說道：「六弟，你看這石頭上面顯有厚薄痕跡，明有一人在此坐過。莫非那廝就在這附近，不曾走遠？」

還有一個答道：「這有何難，我們只消把劍光放出，四處一尋，除非他不在此地，不然還怕他不現身出來不成？」話言未了，忽聽叭的一聲。那先說話的人跳起身來，大喊道：「六弟留神！有人在暗算我二人了。」說罷，先將劍光放出，護住身體。

那後說話的人便問究竟。那先說話的答道：「我正在聽你說話，忽從黑暗之中有人打了我一個大嘴巴，打得我頭上金星直冒。不是有人暗算，還有什麼？」正說著，又是叭叭兩聲，一人又挨了一下，打得還非常之重。

這二人都大怒起來，各人將劍光放出，上下左右亂刺了一陣。誰知劍光舞得越快，挨打也來得越重，只打得二人頭昏腦脹，疼痛難忍。

心源在樹後正當擔驚害怕，忽見二人被一個潛身暗處的人打了個不亦樂乎，非常好笑，幾乎忘了自己也是動轉不得，同處危險之境。又聽那二人當中有一個說道：「六弟，我看今晚之事，有些稀奇。起初尋那廝不見，原是好好的，為何才往那石頭上一坐，便挨起打來？要說是你我敵人，憑著那人能夠隱形這一點，便能取我二人性命如同反掌。大概我們衝撞了樹神，他竟打我們幾下，以作儆戒也未可知。」

另一個道：「你說話不要如此隨便，現在諸事還不知真假，留神出了笑話。那人既不在廟中，莫如我們暫且回去，明早再來吧。」言還未了，每人臉上又是叭叭兩下。嚇得這兩個魔王也不說話，不約而同地駕起劍光便走。

心源在樹後見二人膽怯逃走，神情非常狼狽，也覺好笑。忽見黃光在空中直轉，好似有什麼東西阻住似的，逼得那兩道黃光如同凍蠅鑽窗紙一般，四面亂衝亂撞，只是飛不出圈子去。心源暗暗驚異。一會工夫，兩道黃光同時落下，依舊出現先前二人，走到心源藏身的大樹面前，交頭接耳商量了一陣，各人盤膝在雪地裡坐定，將劍光護住身體，口中唸唸有詞，半晌不見動靜。只聽一人道：「怪哉！怪哉！怎麼今晚連我們的法術都不靈了？」

另一人答道：「我看此地不會有這麼大本領的能人，能夠不現身形，破了我的妙法，還將我等困住的，定是那樹神與我二人為難。」說到這裡，聲音便放低了。又待了一會，那二人雙雙走近大樹跟前，朝著那樹說道：「我二人來此尋找仇人，並不曾與尊神為難，何苦與我等作對？」

第九章 雪夜尋仇

話說心源見那二人站在自己面前，相隔不到丈許，嚇得連大氣也不敢出。聽他二人那裡祝告，連自己也疑心是衝撞了本山神靈，故爾不能動轉。正在沉思，忽聽腦後「噗哧」一聲冷笑，把心源嚇了一大跳。

那二人正是八魔當中的三魔錢青選與六魔厲吼，因為當初同黃玄極結下深仇，後來知道黃玄極是東海三仙中玄真子的弟子，奈何他不得。前年忽聽人言，黃玄極因同他師兄諸葛警我奉師命分別看守兩座丹爐，黃玄極道根不淨，走火入魔，第七天上，丹爐崩倒，白糟踐了多少年工夫在天下名山福地採來的靈藥仙草。玄真子見他塵心未淨，犯了道規，本要從重處罰，因念他在平日尚無過錯，只將他逐出門牆。經諸葛警我再三替他求情擔保，說他昔日奉命採藥，同異派中人結下了不少的仇怨，求師父給他留一點防身本領，才未追去他的飛劍。

在不到三年工夫，黃玄極一意苦修，立志到各處名山，將以前在自己手中失去的那一爐丹藥採辦齊全，再求各位前輩師叔替他向玄真子求情。知道前輩劍仙中，只有峨嵋派掌教乾坤正氣妙一真人齊漱溟及嵩山二老，能在玄真子面前講情。妙一真人教規素嚴，恐怕自己懇求不了。想來想去，只有二老中的追雲叟白谷逸，與峨嵋教祖長眉真人以及玄真子、妙一真人，都是兩輩至交，最為合適。

但是老頭子性情特別，自己沒有把握。知道長沙谷王峰鐵蓑道人與追雲叟有極深的淵源，自己與鐵蓑道人先前本是忘年之交，非常莫逆。將藥草採齊後，先尋了一個適當地方藏好，逕來尋鐵蓑道人時，已往雲貴一帶雲遊去了。正在失望之際，忽然碰見心源也是來尋鐵蓑道人。

他見心源根骨非凡，又是俠僧軼凡的弟子，俠僧軼凡與苦行頭陀本是同門師兄弟，便想萬一尋鐵蓑道人與追雲叟不成，再請心源引見到俠僧軼凡那裡，求他轉託苦行頭陀講情，留一個最後地步。這時黃玄極已聞說八魔要報昔日青螺峪奪草斷指之仇，時刻小心在意。心源也與八魔為仇，更是同病相憐。雙方越談越投機，才約定跟蹤去尋鐵蓑道人。

心源告辭去取包裹時，黃玄極一人站在岳麓山畔，越想越後悔昔日不該大意，走火入魔，被師父逐出，還受了許多苦楚和同門恥笑。倘若這次求人講情，師父再不允許，惟有死在師父面前，也不想活在世上了。

正在愁煩之際，忽聽頭上有破空的聲音。黃玄極眼光敏銳，來人飛行又低，早認出是同門中人，自己忍辱負重，本不好意思上前相見。一轉瞬間，不禁又起了一種希冀之想，便將自己劍光飛出，追上前去打了個招呼。一會工夫，劍光斂處，落下二人：一個正是自己大師兄諸葛警我；那一個是個中年男子，英姿勃勃，儀表非凡。不由心中大喜，幸喜不曾當面錯過。由諸葛警我引見那人，才知是追雲叟新收的弟子雲中飛鶴周淳，雖然劍術才得入門，因為名師傳授，已很可觀了。黃玄極便把自己心事說了一遍。

諸葛警我道：「如今我們老少同輩，都忙於要去破慈雲寺。周師弟前些日，才在衡山頂上紅砂崖採來朱靈草，與醉師叔煉劍。適才我奉師叔妙一真人之命去見白師伯，承周師弟美意，定要送我一程。因為談話方便，飛行很低，看見岳麓山下站定一位道友，極像你的打扮，正想下來，就接著你的飛劍，不料果然是你。我現在很忙，急於回山覆命之後，還要到別處去。鐵蓑道人已往貴州去了，你要尋他，可到安龍、貞豐瘴蠱最多的一帶，前去尋他，必能遇見。

「至於求師父再收你回到門下一層，師父已知你這三年來的苦修，雖未明說出來，看去意思很好，能求白師伯講情，那是再好不過。你這兩年所採的藥，頗非容易，你到處奔走，萬一失落，豈不可惜了？由我先帶回去吧。如今你既和周師弟認識，你請他引見白師伯便了。」說罷，又託付周淳幾句。並說送君千里，終須一別，請他不必再送。然後一道金光，破空而去。

周淳也追他不上，只好恭敬不如從命，便同黃玄極在廟中談了一陣，很是投機。一會心源來到，黃玄極因是初交，不好意思說出前事。心源知機退出後，二人又談了一陣。黃玄極便求周淳引他去見追雲叟，周淳點頭應允。二人出廟，見心源不在廟外，回頭留了一個紙條與心源，便同往衡山去了。

那三魔錢青選與六魔厲吼，本是到長沙來閒逛，順便擄個美女回山受用。才到長沙，便遇見徐岳，說起八魔主的仇人趙心源，準定明年端午拜山赴約。又說他無意中遇見昔日在青螺峪用青罡劍削去四魔主伊紅櫻四指，又用振霄錘連打六魔主厲吼、七魔主許人龍的黃玄極，現在岳麓山一座破廟內藏身等語。

三魔、六魔一聽，勾起舊仇，仗恃近年來在神手比丘魏楓娘那裡學成劍術，又學會了許多妙法，馬上便要到岳麓山尋黃玄極報仇。還是徐岳再三勸二位魔主不要心急，先把敵人根底察看明白，是否還有厲害幫手，再行定奪。三魔倒不怎樣，六魔卻是心急非常。當下議定，先尋住所，吃罷酒飯，仍由徐岳去觀察動靜。二人便去尋好店房，一人尋了一個土娼，飲酒淫樂。這兩個土娼頗有幾分姿色，各樣都來得。二人一高興，便商量就帶這兩個土娼回山，無須再在長沙作案了。

到了半夜，不見徐岳回轉，好生奇怪。直等到第二天用完晚飯，還是不見回來。三魔、六魔猜是中了敵人毒手，心中大怒。同土娼們盤桓了個盡興，等到夜靜更深，駕劍光同往岳麓山去尋黃玄極。走到廟中一看，只見屋內油燈還亮，到處尋了個遍，並無一人在廟。打算出廟尋找，不想在暗中挨了無數嘴巴，情知不好，便想駕起劍光逃走。誰想空中好似布下天羅地網一般，無論如何走法，都似有一種罡氣擋住，飛不出去。因為適才在那大樹旁的石頭上坐了一坐，才挨的嘴巴，疑是樹後有人暗算。

兩人商量了一下，打算用妖法暗下毒手。誰知念了半天咒語，那一把陰火竟放不起來。借遁又遁不走，才害了怕，向樹神祈告。雖似有點服輸，可是都沒安著好心。原打算假裝祈告，只要看出一些破綻，或者發現一些異狀，便立時用他倆最厲害的看家本事五鬼陰風釘，連他二人的飛劍，發將出去。剛剛祈告不到一半，忽然樹後「噗哧」一聲冷笑，先還疑真是樹神復活，嚇了一跳。三魔何等機警，已知上了人家大當。留神往前一看，已看出心源的一些身體，故意裝作不知，口中還在祈告。一個冷不防，左手陰風釘，右手飛劍，同時朝樹後那人發將出去。

心源先時聽到後面冷笑，本已嚇了一跳。方幸前面二人不曾看見自己，忽見黃光綠火飛來，自己身體不能動轉，不但無法抵禦，也不能逃走，只得長嘆一聲，閉目等死。半晌工夫，耳邊只聽一種清脆的聲音，好似小孩打巴掌一般清脆可聽。偷偷用目一看，前面二人竟然對打起嘴巴來，你打我一下，我還你一下，都是用足了力氣，彷彿有什麼深仇似的。

心源好生不解。再用目往四外搜尋時，忽見身旁不遠，有一叢黃光綠火不住地閃動，與適才二人所發出來的一模一樣。先還疑是那二人同黨，後來定睛一看，不由心中大喜。原來那旁站定的，正是白日拿自己當空子，請他吃酒的窮老頭子，一手托住綠光，一手托住黃光，在那裡擺弄著玩。不由恍然大悟，才明白這兩個人無端挨打被困，定是受了那老頭子的法術所制。只看他來去隱形，伸手收去人家的法術、飛劍，便知決不是等閒之輩。只不明白他為何將自己也困在這裡，可惜不能轉動，不能過去相見，急得心中不住地默祝。

那二人直對打了半夜，還是不肯停手。最奇怪的，是下半身站在那裡不動，上半身就只兩手可以掄動起來。剛好三魔的左手打在六魔的臉上時，六魔的左手也同時打在三魔的臉上。左手打罷，右手又照樣來打。二人站的地方，也再沒有那麼合適。你打過來，我也打過去，快慢如一，距離一樣。「叭叭叭叭」的聲音連響個不住，要快也一樣快，要慢也一樣慢，好比轉風車一般，勻稱極了。

心源驚魂初定，知道那二人已被老頭困住，暫時不能侵犯自己。仔細往那二人看時，雪光底下，業已看出他二人臉腫血流，氣竭力盡。再看那老頭，將那綠火與黃光擺弄了一會，好似玩得討厭起來，倏地兩手合攏，只幾搓的工夫，光焰漸小，轉眼隨手消滅。然後踽踽踽踽地跑到那兩人面前，笑嘻嘻地說道：「你們這兩個魔崽子，平日狐假虎威，無惡不作，無論誰衝犯你們一點，不管有理無理，動不動尋人報仇。今天老頭子教訓教訓你們，再不洗心革面，我看你們還能看幾回龍舟嗎？」

那二人已然痛楚非常，四條有氣無力的臂膀，還是一遞一下地打著。聽了老頭之言，知道遇見能手將他們制住，無法脫身，又羞又急，又痛又怕。怎奈嘴裡說不出話來，兩隻手又不聽使喚，各把自己的人打個不休。萬般無奈，只得把一雙眼睛望著老頭，露出乞憐之態。

那老頭想是看出行徑，笑對二人道：「你兩個魔崽子也有打人打累的時候？你們也不打聽打聽，岳麓山上有你們魔崽子發橫的地方嗎？」正說之間，隱隱聽出有破空的聲音，老頭拿眼睛往空中一望，說道：「我的帳主又來了，便宜了你這兩個魔崽子！」

說罷，那兩人才得住手不打，各人垂著兩條臂膀，在雪地裡直哆嗦，兩張臉上業已打得嘴破出血。有心用手去摸，都抬不起膀子來。你望著我，我望著你，哭不得，笑不得，把初來時盛氣銷磨了個乾乾淨淨。再看那老頭子時，已拖著兩隻鞋，「踢趿踢趿」往廟後走去了。

心源見那老頭行徑，再把那白天遇見他所說的那一番話仔細一尋思，忽然心中大悟。暗想：「他曾說他妻子叫凌雪鴻，凌雪鴻的丈夫，不是五十年前江湖上人稱追雲叟，嵩山二老之一的白谷逸白老前輩嗎？自從凌雪鴻在開元寺坐化以後，久已不聽見他的蹤跡，不想倒被自己無心遇見。」暗恨自己無緣，白天只覺凌雪鴻三個字聽去有些耳熟，如何竟會想不起來，把這樣第一等的有名劍仙當面錯過了。

心源越想越後悔，一生氣，伸手把自己打了一下。猛想起適才看見二魔時，被人用法術將自己制了個動轉不得，這一嘴巴倒把自己打醒。再伸了伸腿，也能動轉，知道法術已解。正要邁步走出，又想起這兩個魔主，追雲叟雖然收拾了他們一頓，並未將他二人除去，現在外面未走，出去豈不碰個正著？重又縮了回來。

那錢、厲二魔法術解去後，知道這裡不能容他們猖狂，本想遁去，怎耐適才自己打了半天，手腳疼痛得要斷，臉破血流，周身麻木，只得在地上你靠我，我靠你，打算溜個幾十步，活動活動血脈再走。正在這時，忽聽樹後叭的一聲，與剛才打嘴巴聲音相似，嚇了一大跳。六魔厲吼不顧疼痛就要逃走。三魔錢青選比較鎮靜，連忙用目往樹後一看，見那樹後出來一人，口中說道：「大膽魔崽子！還敢在此逗留，莫不是還嫌打得不夠麼？」

三魔錢青選著膽子問道：「我二人少停即走。仙長留名，好作將來見面地步。」

那人答道：「你不必問我姓名，適才走的，便是我師父追雲叟，因見你二人竟敢跑到本山擾鬧，將爾等懲治了一頓，命我在此監視爾等逃走。若再留連，我就要不客氣了。」話言未了，錢、厲二魔才知剛才那老頭子是嵩山二老中的白谷逸，知道碰在硬釘子上，嚇了個魂不附體。不等那人說完，不顧疼痛，駕起劍光，逃回青螺峪去了。

原來心源在大樹背後，因為一個不留神，被錢、厲二魔發現。知道不能再隱身，要憑本領又絕不是他二人的對手。急中生智，知道二魔被追雲叟戲弄半天，已成驚弓之鳥，好在除八魔邱舲外，錢、厲二人並不認識自己，索性假充字號詐他一詐。不想二魔果然上了他的當，嚇得負痛而逃，心源暗暗好笑。忽見前面山麓畔又縱出二人，急忙定睛一看，見是黃玄極同周淳，才放了心，三人聚在一處。

黃玄極同周淳是因為到了衡山，追雲叟業已出外，二人等了一會也無法可想。周淳受了諸葛警我的敦囑，為友心切，知道追雲叟常到岳麓去閒遊，便又陪了黃玄極一同回來，或者僥倖能夠在路上相遇。二人駕起劍光，飛離岳麓山畔不遠，黃玄極練就一雙夜眼，早看出廟前雪地上，有兩個奇形怪狀的人在那裡打旋轉。他為人精細，忙拉周淳按落劍光，在稍遠處降下，將身伏在一個大岩石後面。用目往前看時，那兩個奇形怪狀的人中，有一個正是自己當年結下深仇的六魔厲吼，那一個想來也是八魔中同黨，前來尋自己晦氣的。

他大吃一驚。知道如今八魔學了許多妖法，自己絕非敵手；周淳初學劍術，根底還淺，更不願連累朋友一同受害。正打算招呼周淳逃走，忽見樹後又出來一人，只一照面，便將二魔驚走。定睛一看，見是心源，並不知追雲叟業已將二魔制伏，還疑心是心源本領，好生佩服。及至同心源見面一問，才知是追雲叟所為，好生後悔來遲了一步，不曾相遇，白白跑了一趟衡山。

心源同周淳二次見面之後，才知就是追雲叟新收的弟子，想起傍晚酒樓上所說的那一番話，暗暗好笑。這時黃玄極也不再隱瞞，便把自己得罪師父，意欲請追雲叟緩頰的話說了一遍。三人同進廟內，議定先在廟中住下，決意設法求見了追雲叟再說，如能直接請他相助，豈不大妙，又談了一會，周淳告辭回山，黃、趙二人便請他見了追雲叟，代為先容，明日二人即去求見。周淳道：「家師對待門下極為恩寬，我雖入門不久，有時話說得冒瀆一點，他老人家向不怪罪。話是我可以替二位說，不過他老人家若不願相見，二位無論如何想法，仍是無效的。」

周淳作別走後，黃、趙二人到了第二日早起，至至誠誠，一同到了衡山，追雲叟仍未見回轉。心源想起追雲叟愛喝酒，又同黃玄極把城裡城外大小酒樓酒鋪尋了個遍，仍是尋訪不出一絲蹤影。似這樣每日來來往往，連去衡山多少次，總未見著追雲叟。

過了十多天，二人正預備動身到衡山去，忽然周淳御劍飛來，說是峨嵋派與各異派明年正月十五在成都慈雲寺、辟邪村兩處鬥劍，追雲叟業已回山，傳了周淳好些劍術，叫周淳日內先到成都，與醉道人送還飛劍。周淳便把黃、趙二人求見之事代為婉陳。追雲叟說，此時忙於布置成都之事，無暇及此，好在距離端陽為期尚遠，叫黃、趙二人不必性急，也不必到成都去，只在岳麓山暫住，暫時也無須到雲貴去尋鐵蓑道人，尚有用他二人之處。並帶來書信，叫他二人到了明年二月初三，按照書信行事等語。

黃、趙二人聞言大喜，立時心中一塊石頭落地。又過了不幾天，周淳果然來與他二人作別，逕往成都去了。周淳到了成都情節，前書已有交代。

且說黃、趙二人，自從周淳送信，知道已蒙追雲叟應允相助，各人去了一塊心病。又知錢、厲二魔受了追雲叟懲治，八魔知道追雲叟在衡山隱居，決不敢輕易前來啟釁。心源內功雖佳，飛劍卻是未有深造。黃玄極得過玄真子真傳，自比他較勝一籌。心源便不時向他請教，黃玄極也毫不客氣，盡心指點。二人安住在岳麓山，倒也不顯寂寞。衡山原有七十二峰之稱，湘江又環繞其下，襯上平原的紅土與青山綠水，交相輝映，在在都能引人入勝。二人除了練習劍術及打坐外，不時也到各處名勝地方閒遊。

光陰迅速，不覺已將近除夕。有一天，二人無意中走進城去，忽見路旁有一座酒肆，裡面顧客雲集，非常熱鬧。心源看那地方很熟，才想起昔日同追雲叟初遇時，在這裡喝過酒。偶一高興，便約黃玄極上去，沽飲幾杯。上樓一看，業已座無虛席，候了有片刻，才由酒保在朝街一個小角上，收拾出一張小桌同兩把椅子。

心源心想：「今天已是二十八，還有兩日便要過年。店家都忙於收帳齊市，普通人家誰不籌備過年，怎麼今天這酒樓上會這麼熱鬧？好生奇怪。」正在尋思，酒保已將杯箸擺好，問要什麼酒菜。心源隨意要了幾樣葷素酒菜。酒保招呼下去，半晌還不見端菜上來，人也不見。黃、趙二人本來涵養功深，知道客多事忙，倒也不在心上。

接近心源有一張桌子上面，原坐著兩個買賣人，只喝得一半，因久等酒菜不來，喊來酒保，剛要發作，那酒保卻悄悄地在那人耳邊說了幾句話。那兩個買賣人聞言，不但沒有發作，臉上反顯出一些驚恐之容，也不再催下餘酒菜，匆匆給了酒保一些散碎銀子，慌不迭地下樓而去。

這二人剛走不多一會，又上來一個酒客，生得虎背熊肩，堂堂一表，上樓只看了看，逕往那張空桌上坐定。這時滿堂客人正在哄飲，呼么喝六，熱鬧非常。那人上來時，酒保正送先前二人下樓，見又來了這麼一位，眉頭一皺，走將過來，陪笑說道：「小店今日因是快過大年的時候，不曾預備得多少東西，不想今天來客特別得多，所有酒菜差不多俱已賣盡。請客官包涵一點，上別家去吧。」

那人剛要答話，正趕上先前招呼黃、趙二人就座的酒保，一古腦兒連同酒飯包子都端了上來。心源原想同玄極兩人慢慢淺斟低酌，不曾想到先是久等不來，一來卻是連酒帶飯一齊來，有許多吃食並未要過，他也一齊送來，惟獨酒卻只有一小壺。心想：「也許灶上大忙，故爾趁空並作，一齊送來；再不然就是適才酒保聽錯了話。既已一齊送來，只好將就。惟獨這一小壺酒，如何夠二人之飲？」便笑對那酒保道：「這酒太少，好在酒不要現作，你給再來七八壺吧。」那酒保聞言，又跟對待先前二人一樣，湊近心源耳畔說道：「今天這裡有事，客官最好少喝一點酒，改日再補量吧。」

心源聞言，知道其中必有隱情，揣知必是當地有什麼土豪惡霸要在此生事。適才上樓不曾留意旁人，這時不禁用目往四外一看，果然那滿堂酒客，除了雅座以內看不見外，餘下差不多一個個俱是橫眉豎目，短裝縛褲，愈加明白了大半。知道盤問酒保也不肯說，估量這些人無非市井無賴，憑自己一人也足以對付，索性不問也不走，借著吃喝看一個究竟。便用好言向酒保商量道：「你只管放心，我同這位道爺俱是外鄉人，決不會在這裡多言多事。不過我二人因聽說你酒菜好，特意前來過酒癮，飯吃不吃不算什麼，酒卻不能不飲。我二人酒量大，酒德好，只躲在這偏角吃喝，回頭多給你小費，還不行嗎？」說罷，便取出十兩一錠銀子，叫他存櫃，吃完再說。

那酒保略尋思了一下，便囑咐心源：「少時無論看見什麼，不要說，不要動。如果看見有人相打，這樓角有一個小門，進去便可轉通到另一個樓梯下去。剩的銀子，改日再算。」說罷，剛要轉身，忽聽一人大聲說道：「眾人都賣，為什麼偏不賣我？我在這裡吃喝定了！」

心源回頭一看，正是適才上樓那一個酒客，因為酒保勸他到別家去飲，言語不合，爭吵起來。同他說話的那個酒保，見他發急大嚷，不住地低聲央告。那人還是執意不從。心源回頭的時節，正與那人打了個照面，覺得他英姿勃勃，一臉正氣，一望而知是一個江湖上的豪傑，不禁動了惺惺相惜之意。見他同那酒保爭執不已，一時高興，便過去排解道：「他們今日買賣委實甚忙，想是知道酒菜預備得不齊全，怕耽誤了客官飲食，所以請閣下到別家去飲。我們萍水相逢，也算有緣，閣下如不嫌棄，何妨移尊到兄弟那張桌上同飲，何必同他們小人嘔氣呢？」

那人見心源談吐豪邁，英氣內斂，不禁心中一動，見心源相邀，連忙接口道：「在下一個出門人，本不願同他嘔氣。這廝說酒菜不全，原也不能怪他。末後他說，如果我定要在此飲酒，等一會兒出了差錯，休得埋怨他們。問他細情，他又不說，反說上許多恐嚇的話語，叫人聽了不服。既是閣下美意，在下也未便再同他計較。不過萍水相逢，就要叨擾，於心不安罷了。」

心源知他業已願意，又客氣了兩句，便請那人入座。說話時節，先前同心源說話的那個酒保，不住站在那人背後使眼色。心源知他用意，裝作不知，竟自揖客入座。那個酒保無法，只得問那人要吃什麼。心源搶著答道：「這裡有許多菜，才端上來還未動。你們今日既是菜不齊全，隨便把順手得吃的配幾樣，先把酒拿來就得了。」

那酒保重又低聲說道：「客官是個常出門的好人，適才我說的全是一番好意，還望客官記在心頭，不要大意。」

心源道：「我們知道，你先去吧。」酒保走後，心源又將黃玄極向那人引見。彼此通問姓名之後，那人忽然離座，重向心源施禮，連說「幸會」。

原來那人就是陶鈞在漢陽新交的好友「展翅金鵬」許鉞。自從他與余瑩姑江邊比劍，矮叟朱梅解圍，眾人分手之後，便決意照朱梅所說的話，將一切家務料理完竣，開春之後，到宜昌三遊洞去投到俠僧軼凡門下。光陰迅速，轉瞬年關，猛想起：「長沙還有兩處買賣，因為這兩年懶於出門，也沒有去算過帳。如今自己既打算明年出外訪師，何不趁著這過年將它結束，是賠是賺，省得走後連累別人。」想到這裡，便將他的一兒一女接回家來，告訴他的姑母，說自己年前要趕到長沙收帳，不定能不能回來過年，家中之事便請他姑母照料。

一切安排妥當，又在家中待了幾日，直到臘月二十左右，才由家中到了長沙。問起他所開的那兩家買賣，恰好一賠一賺。許鉞大約看了看帳，便吩咐主事的結帳收市，將這兩處生意盤與別人。這兩處主事人都甚能幹，聽了東家吩咐，勸說兩句無效，只得照辦。到了二十六，兩處買賣分別結束清楚，一算帳，除償還欠帳外，還富餘三千多兩銀子。這樣迅速，大出許鉞預料。便將這三千多兩銀子，分給主事的舖掌同人一半，將餘下的一半打成包裹，準備帶回家去。

他因想到衡山岳麓一帶去遊玩個暢，便不想回去過年。第二天假說回家，辭別眾人，搬到店房去住，先在岳麓山去遊了一天。第二日無意中聽人說這家酒樓酒菜極好，跑上來買醉，不想那酒保卻託詞拒絕。

第十章　親事波折

許鉞為人原極平和機警，酒保初同他說時，語近恐嚇，知道話出有因，其中必有緣故，本不想同他計較。忽然看見大桌子上坐著七八個人，裝束相貌，周身俱是匪氣。內中有一個人更生得兔耳鷹腮，一臉橫肉，一望而知不是善良之輩。許鉞同酒保爭執，他不住地在一旁斜視，帶著一種極難看不屑的神氣。

許鉞先還想忍耐下去，後來一想：「日前聽說長沙城內出了一個惡霸，叫作老疙瘩羅文林。另外還出了一位英雄，叫作玉面吼白琦，非常了得，看今日酒樓上神氣，必與這兩人有關，何不趁此機會見識見識？自己不久便要出世，倘在此遇見不平之事，何妨伸一伸手，替人民除去禍害，自己再趕回家中料理料理，遠走高飛。」想到這裡，不禁勾起雄心，故意大聲說話，原是取瑟而歌之意。

心源過來解勸，一見面便知不是常人。及至問起姓名，才知是好友陶鈞的師父，那一個道士也是劍俠一流。心中大喜。雙方敘禮之後，許鉞又把陶鈞已得了一位劍仙為師之事說了一遍。他為人持重，因為俠僧軼凡是否收他為徒，尚說不定，故此把這一節沒有說出來。

三人在酒樓上正談得投機，忽然樓下一陣大亂。接著樓梯登登直響，上來一人。生得非常矮小，手中拿著四個鐵球，在手上滾得叮噹亂響；招耳掀鼻，尖嘴鷹目，眼光流轉，一臉精悍之氣。

這人未上來時，樓上面酒客吃酒豁拳，聲音嘈雜。這人剛一上樓，立刻全堂酒客停杯放著，站起身來，恭恭敬敬地喊了一聲「九大爺」，隨即深深施了一禮，滿堂鴉雀無聲。那人連正眼也不看他們，彷彿在鼻孔裡哼了一下。早已由一間官座裡擠出來的七八個人，眾星捧月一般將那人簇擁到官座裡去了。

心源等坐的地方在偏角上，本不容易被那人看見，偏偏從官座出來的那一群當中，有一個身體高大的漢子，看見全堂酒客只心源等三人未曾起立，狠狠地打量了心源等一眼，竟自進屋去了。

那矮人進去後，全堂酒客重又亂將起來，這一次可與適才喝酒時情形不同，沒有一個敢大聲說話，俱都是交頭接耳，嘰嘰咕咕。那些酒保也全都上來，趕往官座內張羅去了。先前伺候心源這一桌的酒保，卻跑過來悄悄對心源說道：「客官酒飯如果用畢，就請回吧。」

心源正要答言，忽見那官座內有一個人走出來，對著樓上面那一夥人只招呼得一句話，滿樓酒客轟然四起，拿東西的拿東西，穿衣服的穿衣服，只聽樓板上一陣雜亂之聲，一霎時這百多酒客爭先下樓，走了個乾淨。許鉞耳聰，恍惚聽見那人說的是「戴家場」三字。

那酒保見心源假裝聽不見，知道他們三人尚無去意；又見這一班酒客紛紛走去，知道不會再有什麼差錯。恰好樓下有人喚他，便自走去。

許鉞問心源：「酒保是不是又來催走？」

心源道：「你猜得正對。我看今天這些人皆非善良之輩，想必是又要欺凌什麼良善，在此聚齊，也未可知。」

許鉞道：「後輩日前來此收帳，一路上聽見人說，長沙出了一個惡霸，名叫老疙瘩九頭獅子羅文林。想必這些人當中就沒有他，也必與他有關。適才我彷彿聽見他們說出『戴家場』三字，大約就是他們去的地點了。」

還要往下說時，黃玄極忽對二人使了一個眼色，便都停止不語。回頭看時，官座門簾起處，那矮子已慢條斯理地走了出來，其餘七八個人跟在後面。內中有一個生得特別高大，走到樓梯跟前，猛回頭看見黃、趙、許三人，便立定了腳，待要說些什麼似的。正在此時，樓梯登登直響，又跑上來一人，朝那矮子悄悄報告了幾句話。那矮子聞言，雙眉倏地一豎，也不再顧黃、趙、許三人，喊一聲走，由這一夥人簇擁著下樓而去。

他們走後，先前酒保才上來招呼心源等道：「這番清靜了，諸位請自在安心吃酒吧。我們東家知道三位是過路人，適才多有怠慢，特意叫我們這裡的大師傅做了幾樣拿手菜，補敬三位。三位還要什麼，我一同去取來吧。」說罷，轉身要走。心源連忙一把將他拉住，說道：「你們有好菜何不早說？我們如今業已酒足飯飽，改日再擾你們吧。只是我不明白，你們開的是酒飯舖，先前我這位朋友要酒要菜，你們那一個夥計竟然不願賣他，彷彿欺生似的，如今又來陪話，是何緣故？」

酒保聞言，先抬頭四下看了一看，才悄聲說道：「本不怨三位應生氣。今天因為羅九太爺在此請客，這座樓面原不打算讓給外人的。偏偏羅九太爺手下什麼樣人都有，照例不許人問的，我們這本地差不多都知道，只要遇見，自己就會迴避。先前你老同這位道爺上來時，我們也不知是不是羅九太爺的客。及至坐定，要完酒菜，才知二位是過路客官，已經要了酒菜，怎好說出不賣來？後來東家知道，著實埋怨了我幾句，說今天九太爺請客，是在怒火頭上，非比往日，忠心伺候還怕出錯，如何將座賣給外人？

「話雖如此說，但是也不便催二位走，只得叫大師傅匀出工夫，將二位酒菜一齊做得，端了上來。原想二位吃完就走，不想又上來了這位客官，我們那個夥計不會說話，招得這位客官生氣。幸而所說的話，因是外鄉口音，沒被他手下人聽了去；又多虧你家解勸，給請了過來。要被他們聽見，那亂子才大呢！雖然三位在這裡吃喝，我們背地裡哪一個不捏著一把汗？也怪我們剛才不預先打個招呼，以致九太爺上來時，三位連起立都不起立。幸而在偏角上，九大爺不曾看見；他手下人，又因為九太爺心中有事，顧不到這裡，沒有閒心和三位淘氣。如若不然，慢說九太爺不答應，連他那一班手下人也不肯甘休的。」

心源聞言，笑問道：「這羅九太爺這般勢要，想必是做過大官的吧？」

酒保聞言，抿了抿嘴笑道：「你家少打聽吧，三位俱是外路人，多一事不如少一事，耳不聽，心不煩，吃喝完了一走，該幹什麼幹什麼，比什麼都好。」心源知他不敢明說，還待設法探他口氣，樓下已有人連聲喊他。

這時樓上除心源三人外，並無他客。許鉞起身漱口，無意中挨近樓梯，聽見店主人嘴裡嘰咕，好似埋怨剛才那個酒保，耳邊又聽得「戴家場」三字。知道酒保決不再吐真言，便回桌對心源一說。心源道：「我想這裡頭必有許多不平之事在內，店家恐怕連累，未必肯說實話。許兄如果高興，何不問明戴家場地址，我們一同去探看個明白何如？」

許鉞自然深表贊同。當下重喚酒保，果然不是先前那人，三人也不再說什麼，將酒帳開發。下樓之時，走過櫃房，許鉞順便問了問戴家場路徑。櫃上人一聽問的是戴家場，臉上立刻有點驚異神氣，反問許鉞找誰。許鉞心中卻不曾預備有此一問，因日前聽說過一個姓白的俠士，隨口答道：「我找一位姓白的。」櫃上人聞言，愈加驚惶，忙說道：「這個地方我們不知道，你出了南門再問吧。」

三人見櫃上的人如此說法，知道他們怕事，便不再問。聽他說話神氣，料那戴家場在南門外，便一同往南門外走去。出城走了十多里路，問了好幾個路人，才知道那戴家場在白若舖西邊，離長沙還有五六十里路哩。再一打聽羅九同白琦的為人，提到白琦，差不多還有肯說一句「這是個好漢子」的；再一提羅九，便都支吾過去。

三人問不出所以然來，見天色尚早，好在沒事，雖然許鉞不會劍術，也能日行數百里，索性趕到戴家場去看個明白。行路迅速，走到酉初光景，已然到了白若舖。從路人口中打聽出戴家場還在前面，相隔有六七里地。趕到那裡一看，原來是位置在一座山谷之中的一個小村。

這時天已黃昏，四野靜盪盪的，看不出絲毫跡兆，疑是適才許鉞聽錯了地方，或者長沙城外另還有個戴家場也未可知。不過既然到了這裡，索性打聽個明白，便往村內走去。走出不多遠，見有人家，是一個鄉農，正從山腳下撿了一綑枯枝緩步回村，看上去神態很安閒。心源便上前打聽這裡可是戴家場。那鄉農朝三人上下望了兩眼，點頭道：「我們這裡都姓戴。三位客官敢莫是尋訪我們戴大官人的麼？請到裡面去，再尋人打聽吧。」

心源道聲「打擾」後，同了黃、許二人，照他所說的路徑走去。只見前面高山迎面而起，擋住去路，正疑走錯了路。及至近前一看，忽然現出一個山谷，兩面峭崖壁立，曲折迂迴，車難並軌。這地方真是非常雄峻險要，大有一夫當關之勢。

在谷中走了有二三里路，山谷本來幽暗，天又近黑，三人走路的足音與山谷相應，越加顯得陰森。三人不時抬頭，看見半山崖壁間有十幾處類乎大鳥巢的東西，也沒做理會。又走了里許路，谷勢忽然平展開來，現出一方大廣場，場左近有百十戶人家。近山麓有許多田壟，方格一般，隨著山勢，一層層梯子似的，因在隆冬，田都是空的。

這時天已昏黑，心源走近那些人家一看，且喜俱未關門，不時聽見織麻織布的聲音。恰好這家人家正走出一個中年漢子，見心源等在門外盤旋，便問作什麼的。心源仍照先前一樣，問這裡可是戴家場。這時房內又走出一個年輕漢子，先前那人不知嘴裡說了一句什麼，這後出來的便朝心源看了一眼，走向後面去了。

先前那人便向心源道：「這裡正是戴家場。你們是從哪裡來的？為何事到此？」

可笑心源、許鉞在江湖上奔走多年，只因在酒樓上看見羅九那般大氣焰，疑心他率領多人，到戴家場欺壓良善，激起滿腔義俠之心，一路趕來，逢人便問，匆忙中竟會沒有預備人家回問。黃玄極又是素來不愛多說話的人，這一下幾乎沒有把心源問住。只得隨便編謊道：「我等聽說戴家場明天有集，特意前來趕集辦年貨的。」

那人聞言，只冷笑了一聲，回身便走。心源也知自己答得不對，豈有住在城裡的人，除夕頭兩天還連夜到鄉下趕集的？三人吃了一個沒趣，只得離了那家。

黃玄極猛道：「我們真是太呆了。你想那一夥人下樓不多一會，我們便追了出來，我們三人的腳程何等快法，那羅九縱然了得，他帶的那一夥人差不多都是些無用之輩，豈有我們追趕不上的道理？這條路上通沒有見那些人的蹤跡，我們莫非上了當吧？」

趙、許二人恍然大悟，暗笑自己魯莽。正商量回轉岳麓，等明早再設法打聽時，忽然一道九龍趕月的花炮，從廣場北面一家院落中沖霄而起，一朵碗大的星燈，後面隨著九條大花，飛向雲霄，煞是好看。

許鉞道：「想不到這一個山凹小村裡，還造得這般好花炮，這裡居民富足也就可想了。」說罷，正要轉回來路，忽聽嘡嘡嘡一片鑼聲，山谷回音，響聲震耳。先還疑是打年鑼鼓過年，一會工夫，遍山遍野四面俱是鑼聲。黃玄極道：「鑼聲之中帶有殺伐之音，莫非許居士沒有錯聽，畢竟那話兒來此尋釁吧？」話音未了，鑼聲停處，廣場北面捲出一隊人來，接著遍山火把齊明。

黃、趙、許三人正在驚異，那一隊人已走離三人立處不遠，為首二男一女。兩個男的，一人手持兩根十八環鏈子架，一人手持一桿長槍；那女的手持雙劍。除那使槊的年紀稍長外，其餘一男一女都年約二十左右。走到近前，一聲號令，隊伍條地散開。那使槊的首先喝道：「羅九門下走狗速來納命！」

許鉞見那使槍的少年非常面熟，手上的兵器又和自己門戶中所傳的式樣一般，好生奇怪。還未及三人還言，那使槍少年已縱身上前，失聲喊道：「來者不是馨哥麼？」許鉞聽那人喊他乳名，越發驚異，近前仔細一認，只覺面熟，還是想他不起。那人卻已認出許鉞，一面止住眾人，上前施禮道：「我是你離家逃走在外的十三弟許鐵兒，現在改名許超的便是。馨哥事隔十二年，不認得兄弟了吧？」

許鉞這才想起，這人便是十二年前因為學武逃走的一個叔伯兄弟許鐵兒，彼時他才九歲。他的父親原和許鉞的父親是同胞，生了有七八個兒子，最後一個便是許超，乳名鐵兒。從前在書房中不喜歡讀書，時常偷偷去看叔伯哥哥許鉞練許家的獨門梨花槍，將招式記在心頭，背著人練習，書卻不愛讀。到第九歲上，因為逃學習武，被他父親打了一頓，便從家中出走，久無音信。不想在這裡見面，如何不喜？

當下許鉞便將黃、趙二人介紹見面，許超也把他同來的人引見。那使槊的便是此間地主飛麒麟戴衡玉。那女的是衡玉的妹子戴湘英，人稱登萍仙子。大家見面之後，知是自己人，戴衡玉便邀三人至家中敘話。黃、趙二人正要打聽羅九為人，許鉞又是骨肉重逢，自是願意。

心源便問衡玉道：「如今大亂之後，地方倒還安靜，貴村設備這般周密，莫非左近還藏有什麼歹人不成？」

許超搶著答道：「話長著哩，三位回到家中，見了我們大哥再說吧。」

這時山上火把依然通明，隊伍也跟在眾人後面，步列非常整齊。衡玉笑道：「只顧招呼遠來嘉客，也忘了開發他們。」說罷，把手一揮，一聲梆子響處，這些隊伍倏地左右分開，化成兩隊，一隊往南，一隊往北，遠望過去，好似兩條火龍，蜿蜒緩向村後。遍山火把，通都不見，仍是一片空廣場，靜盪盪地一個人影也無。只剩明星在天，寒風吹到枯樹上颼颼作響。

心源回望來路，山崖上面也有十幾處火光依次熄滅。才知適才進來的山谷中所見鳥巢一般的東西，皆是埋伏，不禁佩服此中人布置得周密。若不是許鉞同來，兄弟重逢，自己同黃玄極會劍術的話，要想出去，還不一定怎麼樣呢！

一行談談笑笑，走到北面一家人家，迎面有座照壁，門牆高大。門首站定一人，後面跟著許多長年。見眾人走近，迎上前來迎接，笑道：「適才聽人誤報，說是羅九又派人公然尋上門來。不想俱是自己人，做張做勢的，好叫嘉客見笑！」

許超忙向黃、趙、許三人引見道：「這位便是我們的大哥玉面吼白琦的便是。村中行兵部署，全是大哥出的主意呢。」

戴湘英見許超毛急，瞪了他一眼，說道：「也沒有你這人這般猴急，什麼話都怕說不完似的，無論什麼人見了面，恨不能連家譜都背出來哩。」許超吃了一個搶白，低頭不語。

這時黃、趙、許三人同白琦、戴衡玉又說了許多仰慕和客套話，才一同進內。裡面房屋甚是闊大，傭人也甚多。未及敘話，長年已來催客入席。白琦道：「今日是我二弟先父忌日，備有酒筵，適才上祭之後，正預備吃年飯，忽聽人報說陳圩來了奸細，滿以為這年飯要吃不舒服。不想來了三位嘉賓，真是幸會！我們索性入座再談吧。」黃、趙、許三人見這三個主人英姿勃勃，非常豪爽，倒也不客氣，由主人邀進廳堂入座。上酒菜之後，問起根由。

衡玉道：「那羅九原是長沙城外一個破落戶，因為他生得雖然矮小，卻是力大如牛。他能運氣，將一隻臂膀上鼓起九個疙瘩，於是人家都叫他作羅九疙瘩。後來因為在賭場和人打架，被一個有名武師衛洪打了一頓，栽了跟頭，立腳不住。不知怎的，會跑到陝西太白山積翠崖峨嵋派劍仙『萬里飛虹』佟元奇門下，學了一身驚人本領，去了九個整年頭，去年年底才回轉長沙。第三天，便去尋衛武師報仇，才兩三照面，便被他用內功將衛武師心臟震碎。回去不到三天，生生腹痛腸裂而死。

「衛武師本是資江人，長沙城內有一家姓俞的富家，名叫俞允中，請來教武的。他死之後，羅九便託人向俞公子說，打算要謀那教師席位。偏偏俞公子雖然年輕好武，人卻正派，並且念舊，不但拒絕了他，還要四處聘請能人給衛武師報仇。聽說我會幾手粗拳粗腳，幾番著人前來聘請。我因自己原是務農為業，不願招惹是非；再說衛武師是長沙有名的人物，尚且不是敵手，那廝又是劍仙門徒，不知他的深淺，萬一抵敵不過，白白丟人，只得託詞拒絕。

「離我們西南二十里一個山凹中，有一個村莊名叫陳圩，同俞家因是世仇，聽說羅九本領了得，忙用卑詞厚禮聘到家中。羅九因見俞家不用他，本已懷恨在心，陳家派人前去聘請，正合心意，當下一請就到。陳圩的首領名叫陳長泰，外號人稱地頭蛇追魂太歲，原來就橫行鄉里，無法無天。羅九一來，更是如虎生翼，不多幾日，便尋俞家開釁。

「俞允中自知不敵，又親來尋我。我彼時正為先人營墓，無法分身，又自知不是對手，才教俞允中差人與陳圩送信。大意說：你無須倚仗人多逞強，我姓俞的自有個交代，請等我一年，讓我把家務料理清楚，明年今日，我準到陳圩來領教便了。那天恰是今年二月初三。

「自從回覆他們之後，按照江湖上的規矩，雖未再去尋俞允中生事，可是把俞家挨近陳圩的一條水溝硬給霸佔了。俞允中無法，只得忍氣吞聲，四處訪請能人。直到中秋節前，白大哥從善化回轉長沙，在岳麓山腳下遇見一夥人打群架，勸解不從，被白大哥將山腳下一塊六七尺方圓大石舉將起來，將眾人鎮住，一時威名傳遍了長沙。俞允中聽見信，連夜趕到此地，苦苦央求，給他助拳出氣。白大哥先還不肯，經不住我在旁邊苦勸，才得應允，只叫他在期前不要傳揚出去。

「白大哥原是湖南『善化大俠』羅新的表弟，在長沙頗有名聲，從幼小便和我在一起長大。他家只在長沙城內開一家筆鋪，除了有老年寡嫂同兩個幼年姪兒外，並無他人。出門時節，叫我代為照應。我索性就請搬來同內人們一起住，又方便，又熱鬧。所以他每次回來，總住在我這鄉下，很少往長沙城內去。

「俞允中回家之後，因為遵從大哥之言，只說大哥謝絕了他。羅九聽了愈加高興。衛武師也是合當有事。陳長泰原是懼怕衛武師才搬到鄉下去住，住了兩年，未免嫌厭。衛武師已死，又添了一個厲害爪牙，還怕誰來？過了中秋，便同羅九帶了一班狗腿，重回城中居住。俞允中知他回來，便避著他，不常出門。起初兩人不見面倒還沒事。到了臘月初頭上，俞允中因有人與他提了一門親事，往城外岳家前去行聘。這女家姓凌，也是練武的世家，世代單傳。末後這一代名叫凌操，只生一女，名喚凌雲鳳，生得非常美貌，武藝超群。

「陳長泰以前幾番慕名求親，凌操本精於風鑑，見面後，背地告訴別人：陳長泰腦後見腮，三年之內必遇奇禍，執意不允。陳長泰雖然懷恨在心，怎奈自己本領奈何凌操不得，只索作罷。後來另娶了一個妻子，又買了許多美妾，把此事早已忘卻。這天聽見凌雲鳳反要嫁給他的仇人，如何不恨？便想不等明春之約，就在期前將俞允中打成殘廢，把兩種仇做一起報。怎奈羅九以前在長沙落魄時，受過凌操許多好處；他被衛武師打傷，又是凌操用家傳金創藥給治好的，於心不忍。但是吃了人家的飯，平日又說得嘴響，怎好不從？只得含糊應允。

「當俞家向凌家提親時，曾有人警告凌操說：『現在陳長泰同羅九正與俞允中尋仇，這場親事恐有波折。』凌操道：『我見允中為人敦厚，氣度端凝，文武兩面都來得，決非夭折之相。羅九那廝曾受過我的大恩，憑他敢怎樣？』不但立刻應允了媒人，因為愛女的緣故，很鋪張了一下。至於俞允中的心裡，未嘗不知事情危險，一則久聞凌女才貌，二則知道凌家父女本領，想多得一個好幫手。

「到了行聘這日，親自前往凌家過禮。才走離凌家門前不遠，陳長泰同羅九的埋伏忽然出現。正在不可開交，凌操得信趕到當場，把羅九痛罵了一場。羅九羞惱成怒，同凌操動起手來。凌操到底上了兩歲年紀，一個不留神，中了羅九一掌。俞允中見乃岳受傷，情急不顧利害，奮身入場，他哪裡是羅九的對手。

「正在危急之間，恰好三弟從四川回來，路見不平，上前助陣；凌雲鳳也得了信從家中趕來。雙方一場混戰。陳長泰手下傷了不少人，三弟同凌氏父女和俞允中四人，還是敵不過羅九，凌操左手又受了內傷，一路打，一路走，直打出南門外十幾里路。我同大哥得著俞家飛馬報信，迎個正著，將他四人接回來。從此，便與陳長泰、羅九等結下深仇。

「轉眼就是明春三月，彼此都戒備很嚴。羅九因見我們這裡人多，還另約了好些助拳的。我們這裡雖是一個山村，卻是富足。那年吳三桂起事失敗，到處都鬧土匪。自從經大哥用兵法部勒村民，設了許多守望，我們這裡的人都會幾手毛拳，又加上地形太好，深藏山谷之中，稍差一點的地痞棒客，輕易也不敢前來侵犯。這兩年地方逐漸平靖，大哥常往善化，本用不著像早先那樣戒備。偏偏本村人民因見以前設備收有成效，仍願再照式辦下去。推我作個臨時首領，在農事之餘，輪流守望，練習武藝，雖在平靖時節，也是戒備極嚴。

「此次同陳、羅二賊結仇，自是小心在意，早派人在谷口同沿崖險要處守望，一見面生可疑之人，馬上用號燈遞信。那號燈之法也是大哥所教。用一個方燈籠，三面用木板隔住燭光，一面糊上紅油紙。如果看見夜間谷內有人行走，沒有拿著本村的號燈，立刻由崖上守望的人將紅燈按照來人多少，用預定暗記，向第二個守望的人連晃幾下，由第二個人再接著往下傳。似這樣一個傳一個，傳到廣場前面山崖的總守望台。我們也同時看那總守望台上的號燈上所示的人數準備。

「如果估量來的人多，白日是放響箭，晚上是放起一朵流星火光。這只不過片刻的工夫，全村會武藝的人全體出動，各人奔就各人的行列，隨著我的號令前進。無論來人的腳程多快，還未到前面廣場，我們業已準備，以逸待勞。我們埋伏既多，地勢又非常險要，來犯的人十個有九個成擒的。

「可笑羅九不知厲害，前天晚上派了一個著名飛賊，叫作雙頭鼠文寶薰的，跑來窺探動靜，才進谷口，我們便接著號燈報信。因見來人不多，不似今晚大舉，只由我同三弟、舍妹三人，帶了數十個壯丁迎上前去。文賊見勢不佳，回頭就跑，逃到山谷中間，被預先埋伏下的龍鬚網罩將下來，像網兔一般，將他擒了回來審問。

「起初見他不過是一個小小毛賊，本不打算要他的狗命。後來問出他的真姓名，知道他是雙頭鼠文寶薰——這廝曾將親兄弟毒打趕逐出去，將家產併吞以後，還嫌他的母親白吃閒飯，強逼著他生身的母親改嫁旁人——平日又在長沙城內無惡不作，是有名的梟獍惡賊。所以容他不得，我問明白了他的真情以後，便將他送到山上活埋。並從他身上取了一個符號，著人與羅九送去。聽說陳、羅二賊得知此事，暴怒如雷，等不到明春，日內便要前來報仇。

「今晚三位進來的時候，我們接著谷中傳報——還有三位去的那一家也前來送信。因聽說三位進來時節舉動自如，滿不在乎的神氣，疑是陳、羅二賊請來的能者，不敢怠慢，才全體出動。若非三弟與許兄骨肉重逢，幾乎傷了和氣，那才是笑話哩。」

眾人哈哈大笑。心源又將城內所聞，說了一遍。大家談了一陣，彼此越來越投機。

第十一章　深宵煮酒

白琦、戴衡玉兄妹從許鉞口中聽出黃、趙二人俱會劍術，十分欽慕，便請許超轉留黃、趙、許三人助一臂之力。

心源道：「鋤暴安良，扶持弱者，原是我輩本分。不過小弟同黃道兄尚有要事在身，二月初三，尚奉有一位前輩劍仙使命，留有書信一封，要到當日才能拆看，偏偏這事約的日期也在這日，能否如命效勞尚無把握。倘在二月初三以前同他交手，那就可以一定效勞了。」說罷，便將追雲叟命周淳傳書之事說了一遍。還恐白、戴三人不信，又將身旁書信取出。

白琦道：「趙兄太多心了。我看羅九見文賊身死，必不能守原定日期。二位既有要事在身，兄弟也不敢勉強。我等總算有緣，現在為期還早，此間頗有清靜房屋，谷中風景不亞岳麓，何妨請三位移此居住？如到期前陳、羅二賊不來，再另想別法，決不致誤尊事。如何？」黃、趙二人野鶴閒雲，見主人盛意相留，彼此難得意氣相投；又聞得陳、羅二人如此橫行，只要不誤追雲叟使命，正樂得為民除害。便答應明日回轉岳麓，去將一些隨身東西取來，住到二月初三，看了追雲叟書信再定行止。白、戴二人聞言大喜。

凌操同俞允中俱受了羅九的傷，幸而白琦知道門徑，加意治療，在後園養病。聞說來了三位劍俠，連凌雲鳳俱要扶病出來請見。白琦說他二人不能勞頓，隨請黃、趙、許三人入內相見。談起來，凌操還是心源初次學武時的同門師叔，彼此自然愈發親近，第二日，黃、趙、許三人回轉長沙岳麓，分別將東西取來，在戴家場住下。惟有許鉞急於要到三遊洞拜師，還要回家料理一切，說住過了正月十五便要回去。白琦見他去意甚堅，不便過分挽留，只得等他住過十五再說。

到了除夕這晚上，戴衡玉大擺筵席，款待三位嘉客。酒席上面，黃玄極道：「那天我們在酒樓上，許三弟明明幾次聽見那一夥人說出『戴家場』三字，如今三日不見動靜，莫非那廝另有詭計？我們不可大意呢。」一句話將眾人提醒。

戴衡玉道：「不是黃道兄提起，我還忘了呢。這山凹本名葵花峪，峪中原有兩個聚族而居的小村，戴家場算是一個。還有一村姓呂，雖然也在這葵花峪內，那年下了一場大雨，山洪暴發，沖塌了半邊孤峰。再加上洪水帶下來的泥沙石塊，逐漸堆積凝聚，將兩村相通的一條小道填沒。那條道路兩面絕壁巉巖，分界處的魚神洞原只能容一人出入，如今被泥沙堵死，就此隔斷，要到對村去，須要繞越兩個絕嶺，極為險巇難行。再加上兩村雖然鄰近，感情素不融洽。不來往也倒罷了！

「第二年吳三桂的兵敗了回來，潰而為匪，攻進呂村，殺死了不少人，擄掠一空。從那年崩山起，年年發山水，田裡莊稼快熟的時節，老是被水沖去。呂村的人安身不得，尋了一位地師來看風水，他說呂村龍脈業已中斷，居民再不設法遷移，誰在此地住，誰就家敗人亡。此地最信風水，又見年年發水，實實不能安居，便把闔村遷往鄰近高坡之上。惟有田地不能帶了走，又覺可惜，只得在開春時節前去播種，收成悉聽天命。

「誰知他們遷走那一年，竟不發水，收成又好。可是他們一移回來，住不幾天，水就大發。他們無法，惟有把耕田和住家分作兩處。只在較高的山崖上面留下兩家苦同族看守田地，每當耕種時節，跋來報往，真是不勝其煩。那邊山田又肥，捨又捨不得，賣又沒人要。常請地師去看，都跟以前地師的話差不多。還有幾個說那孤峰未倒時，呂村與戴家場平分這山的風水；山崩以後，風水全歸戴家場，所以呂村的人只能耕地，不能住家。呂村的人聞言，把我們恨得了不得。但這山是自己崩的，與我們無干，我們防備又嚴，他們奈何我們不得。

「舊呂村與新呂村相隔約有五六里山路，事隔不多年，舊日房屋尚能有一大半存在。倘若陳、羅二賊知道本場難以攻入，勾引呂村，借他們舊屋立足，鑿通魚神洞舊道，由峭壁那邊爬了過來，乘我們年下無備，來一個絕戶之計，倒也不是玩的！」

白琦道：「二弟慮得極是。這賊最無信義，文賊一死，知道他不肯甘休，可是誰也不能料定他何時才來。為期還有這麼多天，哪能天天勞師動眾？最好由我兄弟三人輪流到魚神洞湮塞的舊道上巡守，懷中帶著火花，稍有動靜，立刻發起信號，以備萬一。以為如何？」

許鉞搶先說道：「此事不必勞動白兄諸位，我因急於要赴三遊洞尋師，不能到時效勞，些須小事，就請白兄分派小弟吧。」

心源、玄極也說願往。白琦說：「三位嘉賓初來，又在年下，正好盤桓，怎敢勞動？」禁不住許鉞一定要去，只請派人領去。白琦道：「要去也不忙在這一時，今明晚請由小弟同令弟擔任如何？」說罷，便起立斟了一滿杯，對許超說道：「愚兄暫在此奉陪嘉客，勞煩賢弟辛苦一回吧！」

許超聞言，立刻躬身說道：「遵命。」端來酒杯一飲而盡。早有人將隨身兵刃送上。許超接過兵刃，朝眾人重打一躬，道聲再見，轉身下堂而去。許鉞因是自己兄弟，不便再攔，只得由他。

眾人重又入座，白琦慇勤勸客，若無其事一般。大家獻籌交錯，直飲到二更向盡，仍無動靜。當下有長工撤去杯箸，由白、戴二人陪到房內閒談。因是除夕晚上，大家守歲，俱不睡覺，談談說說，非常有趣。直到三更以後，戴衡玉入內敬完了神出來，向大家辭歲。接著全家大小、親友長班以及戴家場闔村的人，分別行了許多俗禮。

許鉞見衡玉一家團圓，非常熱鬧，不禁心中起了一些感觸。猛想起：「許超同自己分手了多少年，不曾見面，無端異地骨肉重逢，還練了一身驚人本領。適才也未及同他細談別後狀況，自己不久便要往三遊洞尋師，說不定就許永久棄家出世。何不把那一份家業連同兒女都託他照管，豈不是好？」想到這裡，便趁眾人忙亂著辭歲禮之際溜了出來，門上人知他是本村貴客，也未盤問。

許鉞在席上業已問明魚神洞路徑，離了戴家，便往前走。只聽滿村俱是年鑼鼓的聲音，不時從人家門外，看見許多鄉民在那裡迎財神，祭祖先，各式各樣的花炮滿天飛舞，只不見那日初進村時所見的九龍趕星的一支號花罷了。

許鉞一路上看見許多豐年民樂，旨酒卒歲景象，頗代村民高興。正走之間，忽地一道數十丈高的橫岡平地聳起，知道這裡已離魚神洞不遠。只見天上寒星閃耀，山岡上面靜悄悄的，更無一個人影，又不見許超在何處守望。再往回路看時，依然是花炮滿天亂飛，爆竹同過年鑼鼓的聲音隱隱隨風吹到。許鉞更不思索，將身連縱幾下，已到高岡上面。

正用目四外去尋許超時，忽聽耳旁一聲斷喝，接著眼前一亮，兩柄雪亮的鋼刀直指胸前。許鉞急忙將身往後一縱，縱出有三五丈遠近。定睛朝前看時，原來是兩個本村壯勇，每人一手提著本村號燈，一手拿著一把鋼刀。正要想還言，忽聽腦後風聲，許鉞久經大敵，忙將頭一偏，便有兩桿長槍寒星一般點到。許鉞知道戴家場的人個個都會一些武術，並且佈置周密，再不從速自通來歷，無論傷了哪一方面，都不合適。一面將身橫縱出去，一面喊道：「諸位休得誤會，俺乃白、戴二位莊主派來替俺兄弟許超的。」

那四人聞言，便將四盞紅燈提起，直射到許鉞的面上，認出是日前莊主請來的嘉客，連忙上前陪話道：「我等四人今晚該班，巡守此地，因見貴客沒有攜著本村的號燈，上半夜三莊主又來說，魚神洞內恐有奸細混入，著我等仔細防守，以致把貴客誤當作外人，請你老不要見怪。」許鉞也謙遜了兩句，便問三莊主許超何往。

那四人當中為首的一個叫戴滿官的說道：「上半夜曾見三莊主到此，說他要往魚神洞故道前去辦一點事，叫我四人不准擅離一步。如到天色快明他還不曾回來時，等第二班替我們的人到來，便去與大莊主同各位報信。起初我們還看見他提著長槍在魚神洞口盤桓。二更過後，就見他獨自走進洞去，從此便不見出來。

「那魚神洞深有四五十丈，原是通呂村的必由之路。前些年這山崩下來，將這條路填塞，魚神洞的脊樑被山石壓斷，也堵死了，變成兩頭都不通氣。日前我們在此防守，總是把四人分成兩班，帶了許多酒菜，跑進洞去，弄上一些柴火，在裡面取暖喝酒。四個人分著兩班防守，有兩個夥伴聽見裡面有鬼哭神嚎的聲音，隱隱還看見洞的深處有青光閃動，疑惑是出了妖怪，嚇得跑了出來。我們兩人不信，也到洞中去看，起初沒有什麼響動。正要怪我們那兩個夥伴說誑，忽見從洞內深處飛出一道青光，一道白光，從我們頭上穿出，飛向洞外，把我二人嚇倒在地。停了一會，出洞看時，什麼蹤影都沒有。

「本想報告三位莊主，三位莊主素不信神信鬼，恐怕說我們膽小偷懶，忍了好些天。因為三莊主素來隨和，愛同我們說笑，也是我多嘴，說魚神洞內出了妖怪，說起此事。如今三莊主到洞中一去不見出來，我真替他擔心呢！」

許鉞聞言大驚，略一尋思，便對戴滿官說道：「一個小小洞中，哪裡有什麼妖怪？想必三莊主在裡面認錯了路。你們四位仍在此地防守，如有外人來到，不必同他交手，只將號燈往村中揮動，自有人前來擒他。我去尋我兄弟出來便了。」說罷，攜了手中兵刃，直往魚神洞走去。

許鉞走到魚神洞口一看，只見洞口高約二丈，已被碎石堆積，只容得一二人出入，裡面黑洞洞的。傾耳細聽，沒有什麼動靜。姑且朝著洞內喊了兩聲許超的小名，洞深藏音，又加上許鉞丹田氣足，分外清越。許鉞喊了兩聲，再仔細凝神，聽那山洞的回音。忽喊一聲：「不好！」也不進洞，逕自回到原處，向戴滿官要了一隻號燈。二次來到洞前，用手掩住燈光，走進洞去，摸著一塊石頭，臉朝黑處坐下，睜眼往前凝視，有半盞茶的工夫。然後眼閉上，調息斂神，又待了片刻。然後睜開二目，朝黑暗中看去，居然看清路徑，知道這洞內必另還有透光之處，不然決不會看得這般明顯。

許鉞這一種暗中看物的功夫，名叫虛室生白夜光眼。初練的時節，先預備一間黑暗屋子，裡面點上一根香火，從明亮處走將進去，睜開二目，向室中預設的香火凝視片刻。然後閉目凝神，有半刻光景，重又睜眼注視香火，不眨眼，直看到兩眼酸到不能支持。又將眼閉上，養神片刻光景，重又睜眼注視香火。每晚須有一定次數，逐漸將香火做的目標減小。到了三個月以後，撤去香火，換上一根白的木棍，照樣去練。一直練到木棍由大而小，木棍顏色由白而黃而紅，功夫才算練成，從此暗中視物非常清楚。

許鉞剛才喊了兩聲，聽出餘音雖長，沒有迴響；又聽戴滿官說，許超入洞業已時間很久，知道這洞必已被人打通，許超入內，也許遭了毒手。本想回去說與眾人知道，又恐許超萬一沒有出事，這般勞師動眾，未免示弱。仗著藝高人膽大，又練就這一雙夜眼，好歹先去尋尋許超下落再說。便向戴滿官要了一隻號燈。將漏光的一面朝著石壁，準備自己萬一迷路時的標記。那號燈只有一面透光，又是紅色，射在石壁上面，依稀只有些微影子，不是練過夜眼的人，絕不會看見。

許鉞還不大放心，重又坐下，調息安神，在黑暗中把目光調好，睜眼朝四外一看，自己坐的這塊石頭旁邊還有柴灰餘燼同一把酒壺，知是巡守的村壯所遺。再往前面一看，這洞頗有曲折。許鉞人本細心，運用夜眼，躡足凝神，朝前一路看，一路走。往裡走了有三四十丈遠近，忽然走到盡頭，四外細尋，並無出路。心想：「那四個壯勇明明看見許超從此進來，這洞雖然曲折，卻只有一條道，並無歧路，怎麼已到盡頭，還不見許超何在？莫不是他們看錯了，許超不曾進來？或者洞外還有一條道路，也未可知。那前晚守夜的人所聽的哭聲，同洞內衝出那一青一白的兩道光華，又是什麼緣故呢？」

正在尋思之際，忽聽一種極細微的聲音，從那盡頭處石壁後發出。許鉞更不怠慢，輕輕挨近石壁，將耳朵貼在上面一聽，竟是一種搬動重東西的聲音，彷彿還聽得好些人在一處說話，只是聽不十分清楚。知道已有蹤跡可尋，仗著耳力甚聰，屏息凝神，細聽了好一會，才聽出一個尖聲尖氣的嗓子說道：

「我當初原說那兩個鳥兒既從這兒飛走，這條險道決不可靠。我們曉得，難道別人會不曉得？果然今晚人家就派人前來。若不是我預先準備，豈不又被他們把虛實全得了去？我們既有郭真人相助，索性等到日期，明刀明槍地分個高下多好。何必還偷偷摸摸的，倒叫人家預先多一層防備。如今把這條道重新填死，我們固然不想過去，人家想來；要掘這堆石頭，也決不是頃刻工夫所能辦到。真要知道人家動靜，只須請郭真人的門人駕起劍光前去便了。」

說到這裡，又聽一人接口說道：「還是三老爺說得是，這都是羅九那廝說的。他聽見前日那兩個鳥兒從這裡逃走，我們發現魚神洞險道已通，他說戴家場防守周密，到處都有埋伏，外人插翅也難飛進，如今既有這條捷徑，正好趁新年內去暗度陳倉，殺一個雞犬不留。誰想我們昨日費了半天事才得打通，倒便宜人家的奸細毫不費事地溜了進來，幸虧將他擒住。郭真人知道了此事，大大不以為然，立逼莊主重新將洞堵死。大年三十晚上，我們還不得好生在家過年。我兄弟老五還被那奸細將腳筋刺斷，變成殘廢。這都是羅九這狼崽子出的主意！」

先前那人又道：「老四，你也不用再難過了，快把這一塊堆上，隨我去見莊主去吧。天都快亮了，我還想到你家去過殘年哩。」隨後又聽石頭移動之聲響了一下。接著便有許多腳步之聲，由近而遠，直到聽不見絲毫響動。

許鉞估量石壁後面的人業已走遠，聽那些人所說的一番話，知道許超凶多吉少。急忙回身取來號燈，將油紙取下，細細往石壁上面去照。果然發現石壁靠左邊有一個孔洞，離地有四五尺高下，寬約三尺，地下還有許多腳印。那洞現在雖被一塊大石填塞，經辨認結果，已看出是人工所為。用手推了兩下，卻推它不動。許鉞不肯死心，再往別的地方用力推扳，無意中忽然覺著右下角那一塊山石隱隱有些活動。拿燈一照，果然看出一些裂痕，心中大喜。

他且不動手，先把這石壁端詳了一會，看出這座魚神洞當中，半截地勢比較寬廣。當年那座山峰倒將下來，將洞頂壓穿，把往來要道堵塞。山石倒下來時節，受了劇烈震動，表面雖然渾成一塊，卻有不少震裂的地方，起初人本不甚注意，直到敵人打算掘通故道，偷襲戴家場，才發現有一塊石頭，業已同石壁本身分家，便把它移開了去。今晚想是又有人主張，不要用這種險法，重新將它填死，不想又被自己發現。不過許超如在此處出去被擒，石壁那面敵人必有防備。如不從此路設法，一則自己道路不熟，二則聽人說相隔太遠，恐耽延時間，許超出了差錯。仔細一尋思，決定仍然開通此路出去。

他便將長槍擱在地下，拔出身旁主劍，朝那石頭裂縫中直插了進去，用力往懷裡一搬，居然隨手而開。許鉞怕驚動了石壁後面敵人，輕輕將劍入鞘，蹲下身來，用兩手扳著那石頭稜角，用盡平生之力，穩住勁，沉住氣，往懷中一拉，毫不費事地把一塊二尺方石頭拉了出來，探頭往那小洞中一看，忽見一絲光線射在石頭上面，知已將石壁開通，可以由此出去。

原來當初山崩的時候，一座山峰的峰尖正壓在魚神洞的脊樑上，這一塊大石半截插入地內，厚的地方差不多有三四丈，偏偏有兩處薄的才只尺許，受不住那麼大壓力，恰好一左一右裂成兩塊。所以許鉞毫不費事，一拉便開。

許鉞將石洞開通之後，不知對面敵人還有什麼埋伏，不敢造次爬將過去。先取下自己戴的一頂小帽插在槍尖上，伸出洞去，晃了幾晃，一面用耳細聽，並無動靜，這才撤回來。

他放下槍，輕輕爬將過去一看，不由叫了一聲慚愧。原來這座石壁竟是空心的，那一面被自己開通，這一面雖然未開，卻天生成有三四寸方圓的孔竅。就著孔竅中往外一望，外面果然有兩個人在地下打著地鋪，業已入睡。當中一個火盤，盤沿上還有許多酒菜茶水。雖然這兩個防守的人業已睡著，要打算破壁出去，必定將這二人驚醒。如果從孔竅中用暗器結果他二人性命，然後出去，又怕誤傷無辜。再推了推石壁，竟是非常堅實，不動兵刃，決難出去。

他正在為難，忽覺腦後一陣涼風，怕是暗器，急忙藏頭縮頸，將身往下一偏。眼看兩條黑影一晃，接著便又聽「喳喳」兩聲，緊跟著一聲轟隆巨響，石壁憑空倒下，震得地下塵土亂飛。面前站定二人，那守夜的人驚醒過來，才待起身，已被那二人用點穴法點倒。

許鉞定睛一看，來的二人正是玄極、心源。心中大喜，急忙跳將過去相見。剛要問他二人因何到此，心源道：「令弟業已身陷虎穴，此刻無暇多談，快將令弟救出再說。」說罷，先將被擒兩個守夜之人點開活穴，與玄極各自鷹捉小鳥一般提了一個到旁邊去，分頭審問許超蹤跡。

那二人道：「日前呂村半夜裡去了兩個女子，俱都是本領高強，聽說還會放出青光白光殺人。不知怎的，被郭真人用法術擒住，將兩個女子關在這魚神洞內，外面用符咒封鎖。原想困她們幾日，等她們支持不住，自請投降，同莊主各人娶一個做妾。不想第二天晚上，被那兩個女子將魚神洞故道打通逃走。郭真人為了此事好生不快，他說那兩個女子是衡山金姥姥的徒弟，如果將她們收伏，不但得了兩個幫手，還可因她二人，連金姥姥拉攏過來。如今被她們逃走，必定去請金姥姥前來報仇，好生後悔當初不該同她們為難。

「正在此時，羅九爺同陳莊主由城裡回來，聞及此事，說魚神洞故道既通，正可利用它抄襲戴家場的後路。便同我們莊主商議，把魚神洞當中的石壁再打開些。我們莊主與陳莊主原是多年老朋友，此番由華山回來，聽說陳莊主同戴家結仇，本答應給他幫忙。在前多少天，陳莊主同羅九爺前來拜訪，說戴家場防備太嚴，不易進去，知道呂村相隔鄰近，打算借這裡去抄戴家場後路。及至到了這裡一看，才知從前與戴家場相通的魚神洞，如今因山崩，把這條路填死，中間隔著許多懸崖峭壁，不易過去，好生掃興。

「陳莊主見此計不成，只得託我們莊主到時幫忙。他二人回去之後，又聽說我們莊主的好友郭真人來到，急忙趕來拜望，聽見故道已通，非常高興。我們莊主自然一說便應允。誰想今日白天才把魚神洞打通，到了夜晚，便來了戴家場一個姓許的，本領非常了得，我們守洞的人被他傷了不少。恰好我們莊主同羅九爺到洞中查看路徑，二人合力將他擒住，捉回莊中拷問。被郭真人知道，大大不以為然，他說江湖上最重信義，既同戴家場約定明春交手，不應該在期前鬼鬼祟祟去偷襲人家，不問輸贏，都是沒臉的事，立逼莊主派人連夜將魚神洞重新堵死。我們二人在此該班守夜，姓許的死活存亡，實在不知。」說罷叩頭，請求黄、趙二人饒命。

玄極、心源見他二人說話一樣，知是實情，也不難為他們，只將他二人綑上，問明呂村路徑，撕了一塊棉衣將口堵上。同了許鉞，直向洞外走去。

第十二章 妖法肆淫

這時天已微明，因是大年初一早上，呂村居民接財神放爆竹的響聲，遠遠隨風吹到。這洞口位置在一座懸崖底下，出洞之後，對面數十丈山崖陡立，從上到下，俱有人工鑿成的石級，形勢非常險峻。三人越過了這一條乾谷，飛上對面懸崖，立在上面一看，一片大山原現在前面，左有溪流，右有高山，頗具形勝。三人知道許超既然在夜間被擒，呂村必然加緊防備，不敢造次。因許鉞不會劍術，決定留他在此守望接應。黃、趙二人卻乘敵白日無備之際，飛進村去，救了許超回來，再作計較。

商議定後，三人正要分手，忽聽一陣破空的聲音。黃、趙二人料是敵人，因不知來人虛實，連忙伏身在一塊山石的下面觀看動靜。一轉眼工夫，聲音越近。許鉞眼光最好，早看見兩條黑影直投谷底洞口落下，等到現身出來一看，不由大為驚異，忙拉黃、趙二人來看。

原來落在洞口的二人，一個正是他們三人準備冒險去救的許超，還同著一個青衣女子。二人剛一落地，便由那女子在前，許超在後，正要拔腳進洞，許超無意中猛一回頭，看見黃、趙等三人站在山崖上面，連忙喚住女子，朝著三人招手。黃、趙、許三人見許超業已脫險，打算問明了許超被擒經過再說，便都飛身下到谷底。

許超便請那女子與三人相見。說道：「這位女俠便是衡山金姥姥的得意弟子女飛熊何玫。小弟昨晚被擒，適才蒙她相救，才得脫身。昨晚被擒時，聽妖道說此洞業已堵死，並且派人防守，本打算翻山回去。是何俠女說，魚神洞口還有一塊大石可以移動，雖有防守，俱是無能之人，所以仍由此路回去。不想遇見三位。那妖道妖法厲害，我們先回去再說吧。」

許鉞見女飛熊何玫骨秀神清，英姿颯爽，好生敬佩，便上前道謝解救許超之德。大家見禮已畢，不便久延，一同走進了魚神洞。

女飛熊何玫見壁倒坍，業已出現了一人多高的大洞。那兩個守洞的長工倒綑二臂，面貼著地，還在不住地掙扎。問起原因，知是黃、趙、許三人所為。便把眾人叫過一邊，悄悄說道：「山洞故道既已打開，小女子無須再去戴家場了。前日尚有一個同伴，因被妖道污了雙劍，不能施為，現在前山相候。小女子此刻便要回轉衡山，去稟明家師，來報妖道之仇。諸位請先回去，改日再見吧。」

許超便請她到莊中，與白、戴二人相見再走。何玫道：「小女子暫不同去，尚有別情。

此間石壁打開，如不設法善後，難免妖道不由此處到貴村騷擾。諸位且請回去，小女子準在兩村正式交手前，到戴家場相見便了。」

眾人不便堅留，只得由石洞中往回路走來。才走不多遠，忽聽兩聲巨響。眾人疑是呂村追兵趕來，恐怕何玫雙拳難敵四手，一齊回轉看時，適才被黃、趙二人用劍光斬斷倒在地下的那面石壁，業已被何玫扶了起來，恢復原狀，只剩下一個尺許方圓缺口。

何玫在洞那邊，見眾人回轉，在缺口處觀望，笑道：「我把這塊山石依舊填塞，再用言語警告防守的人，叫他們說我們全未打此經過，以免又生枝節。這兩個防守的人如敢走漏消息，定用飛劍取他們首級。諸位回去，只須謹守此洞，諸事忍耐，到時自有人前來相助。妖道妖法厲害，不可輕敵，要緊要緊！」說罷，將那守夜的人綁繩解開，用劍光逼他們搬運幾塊大石，連那缺口也一齊堵上。

眾人見何玫機警敏捷，益加佩服。直聽到石壁那面毫無聲息，才行回去。剛剛走出魚神洞不遠，白、戴二人因眾人去了一夜不見回轉，業已發出緊急號令，將合村埋伏安置妥貼，迎上前來。見四人俱能安然回轉，心中大喜，留下戴衡玉在洞外防守，一同回莊。回到凌操房中，談起經過。

原來昨晚白琦發現許鉞走後，正要派人去尋，忽然廣場前面山峰上總守望台來人飛報，說看見許超發出的救命信號。這救命信號也是白琦發明的一種火箭，裡面裝有火藥機關。用時只消取出，朝山石上一撞，無須點燃，便能發火，升起一二百丈高下，發出五色流星，不到最緊要關頭，輕易不許施放。白琦接著報告，知道如果魚神洞發現敵人，必定有號燈傳信。如今許超發了救命信號，定是在偏僻地方遇見了什麼厲害敵人，身受重傷。當下忙問救命信號升空地點。

總守望台報信人道：「看那信號，好似在從前通呂村的故道那一方面發出來的。」白琦聞信，猜是魚神洞故道已通，許超涉險遭難，便同大家商議救援之策。玄極、心源齊聲答應願往。白琦知他二人俱會劍術，此去必能勝任，連忙點頭稱謝。一面下令全村準備，親送二人出來。

玄極、心源循路到了魚神洞，問明防守的人，知道許氏弟兄先後進去，急忙跟蹤而入。到了裡面，遇見許鉞已將石壁下面石頭移開，探頭向外張望。黃、趙二人因知許超危急，忙用劍光將石壁斬開，同了許鉞出洞，許超已被何玫救轉。

再說許超昨晚奉命到了魚神洞，見一些響動俱無。無意中同看守的人閒談，聽了戴滿官說起前夜洞中出了妖怪，心中犯疑，決意往洞內去觀察虛實。進洞不遠，隱約看見亮光，躡足潛蹤，走上前去一看，原來魚神洞故道已被呂村的人打通，有許多呂村的人在那裡防守。便打算在暗中冷不防擒一個回來，審問呂村虛實。誰想這些人當中有一個名叫金頭狸子呂四的，手底下著實了得，發覺許超從黑暗中掩來，招呼眾人一擁齊上。這些人到底不是許超對手，被許超傷了好幾個。正要趁空撈他一個回來，偏偏遇見呂村的莊主火蝙蝠呂憲明同羅九來察看洞路。

那羅九是「萬里飛虹」佟元奇的徒弟，劍術並未全成，就被佟元奇看出他心術不正，趕下山來。雖然算不得劍仙，內外功均到了上乘，已足夠許超對付。何況那火蝙蝠呂憲明是華山烈火祖師徒弟，飛劍、法術都有點根底，許超如何能是對手。幸而呂、羅二人要擒活口，沒有傷他性命。許超人甚機警，見呂憲明放出飛劍，急中生智，忙說：「你們不必相逼，自願束手就擒。」

從魚神洞出去時節，呂、羅二人先行縱上對面山崖。許超在後，趁眾上山忙亂之際，暗用氣功掙斷繩索，故意裝出要逃的神氣，三拳二腳將身旁的人打倒。抽空掏出懷中救命信號，覷準山崖轉角的山石上面擲去。等到呂、羅二人回身，眾人二次將他擒住時，他的信號業已發出。呂憲明倒還光棍，並沒有凌辱許超，將他押進村中。

長工所說的那個郭真人，名喚雲璞，自幼隨宦在雲南深山中，學了一身妖法；又在烈火祖師門下學會了劍術。性情剛愎古怪，與呂憲明有同門之誼。此次在雲南聽說各異派聯合與峨嵋派在成都鬥法，打算前去加入。走到半途，碰見呂憲明從華山回來。

師父烈火祖師知道峨嵋派已得嵩山二老加入，叫呂憲明傳諭門下弟子秦朗等人，千萬不要加入而自討苦吃。呂憲明同郭雲璞最好，便把師父的話對他說明。還要去尋秦朗時，郭雲璞因同秦朗有仇，攔住呂憲明不准前去通信。呂憲明哪敢惹他，只好答應，便邀他去呂村盤桓些日。郭雲璞最愛喝酒，聽呂憲明說家藏數十年的好酒，正合脾胃，答應先去赴一個好友的約會，準年底到呂村去。

二人約定之後，呂憲明也不去尋秦朗，逕自回家。聽說呂村自從他到華山投師後，年年發水，呂村都搬到高原上去，耕田的人來往很不方便。呂憲明本來學得幾手妖法同輿地之學，便親自去相地形。相看結果，也說是山崩以後，旺象被戴家場佔去。除非將魚神洞外山溝填滿，阻止戴家場地下龍脈，才能復舊如初。因是殘冬，大家都忙著過年，只得等過了年再說。

後來陳、羅二人前去拜望，請他相助與戴家場為難。呂憲明初次下山，巴不得在本鄉顯些本領，爭點面子，當下一口應允。陳、羅二人回城後，郭雲璞來到呂村，陳、羅二人重新趕回，知道魚神洞故道已通，便想利用它去偷襲戴家場。呂憲明知道郭雲璞脾氣乖僻，最不贊成別人鬼鬼祟祟，又不好意思駁陳、羅二人的面子。只得悄悄命人去將故道打通，修理待用；一面相機和郭雲璞商量。

誰知郭雲璞是素來好色之人，來的那一天，在呂村遇見兩個美貌的青衣女子，忽然大動色心，便用妖法將二人擒住。問起姓名，才知這兩個女子是連他師父烈火祖師都不敢招惹的金姥姥羅紫煙的女弟子。知道闖了大禍，殺又不敢，放又不捨，便將這兩個女子暫且監禁在魚神洞內，洞外還用符咒封鎖。誰知這兩個女子竟會鑿通故道，駕劍光逃走。

郭雲璞又急又悔又可惜，正在難受。忽聽呂憲明擒來戴家場奸細，才知陳、羅二人偷襲戴家場的打算，好生不以為然，把呂憲明和陳、羅二人當面數說了幾句，立逼著呂憲明將魚神洞堵死。只要戴家場不來侵犯，不到二月初三不准交手。呂、陳、羅三人正在求他之際，怎敢違抗，只得照他的話去辦。因是大年三十晚上，轉眼天明便是元旦，不好殺人，把擒來的奸細拘禁起來，且等過了破五再說。

那被擒逃去的兩個女子，一個名叫「女飛熊」何玫，一個名叫「女大鵬」崔綺。從魚神洞逃出之後，在山谷中待了兩日，想設法取回崔綺失去的一柄寶劍。除夕晚上，許超進洞時，便隱身在他的後面，先抽空飛進呂村，在呂憲明房內將寶劍盜回。然後跑到許超被囚之所，用點穴法點倒看守的人，許超才得逃出龍潭虎穴。

大家說完經過，白琦便問眾人有何意見。黃玄極道：「據貧道觀察，郭雲璞既然這般逞強，決不把貴村放在心上。不過許莊主這次涉險，他已知我們得到呂村虛實，或者要來生事，也未可知。我們只須晝夜小心，加緊防備。如果三日之內沒有動靜，那就不到二月初三，不敢再來挑釁了。」

白琦道：「話雖如此說，二月初三轉眼就到。陳、羅二人無關緊要，呂憲明與那姓郭的妖道俱會妖法、劍術。白某弟兄三人雖會許多平常武藝，劍術尚未入門。本村生命財產，全仗趙、黃二位保全了。」

玄極道：「貧道與趙道友雖會劍術，功行尚淺，恐非呂、郭二人敵手。幸郭、呂二人無端開罪金姥姥門下弟子，那兩位俠女決不肯與他們甘休。何玫姑娘曾說在二月初三以前趕到，想必回山去請金姥姥前來報仇，也未可知。」

白琦道：「何俠女是否去請金姥姥，到底不能預定。我想先加緊防備幾天，過了幾天他們不來騷擾，本村之事，意欲煩黃道長與趙兄代為主持。小弟趁這一月空閒，去到善化，將我表兄羅新請來，順便請他代求金姥姥下山，或者另約幾位能人相助。諸位以為如何？」

黃、趙二人齊聲答道：「本村之事，自然仍由二莊主代理，我等從旁贊助就是。」

白琦道：「二弟人極魯莽，恐怕誤事。二位不必大謙，且等行時再作計較。」

心源猛想起谷王峰鐵蓑道人不知回來沒有，便對眾人說知，打算在白琦動身前，回到長沙谷王峰去看一下，如果鐵蓑道人回來，豈不又多一個有力幫手？大家自然贊同。一會工夫，用罷午席，又著許鉞去替戴衡玉回來。商量了一陣，直到了夜宴之後，三更過去，俱無什麼動靜，眾人才分別回房安歇。魚神洞方面，就由許氏兄弟同白、戴二人輪流看守。

一晃過了五天，呂村並無舉動。凌氏翁婿也逐漸痊癒。心源去請鐵蓑道人，還是沒有回來，卻在岳麓山下遇見陸地金龍魏青。心源與他互談別後狀況，分手時節，便約他到戴家場去助一臂之力。魏青推說另有要約，不能前去，答詞很是含糊。心源知道魏青素來為人耿直，見他言詞閃爍，好生可疑。他同魏青，昔日本是同門師兄弟，後來心源學了劍術，魏青執意要拜他為師學習劍術。心源因自己劍術尚未學成，又不知俠僧軼凡能否允許，禁不起魏青糾纏不已，只口頭上敷衍答應，魏青卻認真行了拜師之禮，雖有師生之名，並無師生之實。不好意思強他，見他執意不去，只得互道珍重而別。

白琦見心源沒有訪著鐵蓑道人，決意到善化去請羅新。恰好這日正是破五，戴衡玉擺下酒宴與白琦餞行。白琦便將指揮全村之事交與黃玄極主持，發號施令。趙心源與戴衡玉從旁贊助。白琦去後多日，全村安靖，並無一事發生。凌操之女凌雲鳳和戴衡玉的妹子戴湘英，竟相處得比自己手足還親熱，行止坐臥俱在一起。

戴衡玉原有心將妹子湘英嫁與許超為妻，因為村中多事之秋，總未向二人正式提起。許超在眾人當中，年紀最輕，與湘英原說得來，只是二人都愛逞強，有些小孩子脾氣。許超起初原和湘英常在一起，耳鬢廝磨，不知怎地會看出衡玉要將湘英許配於他，得妻如此，心中雖然十二分願意，表面上卻因此避起嫌疑來。有時湘英約他到山中去追飛逐走，許超總推說強敵密邇，大哥既不在家，一旦有事，需人時節，豈不誤事？

湘英在正月裡約了許超幾次，都被他推託過去，心中未免不快。幸而凌操病好，每日同凌雲鳳玩在一起，非常莫逆，才算沒有同許超計較。這日因聽凌操對大家談起許家獨門梨花槍如何出神入化，裡面有二十四招反敗為勝，尤為海內獨步。湘英素來火爆脾氣，聽見什麼馬上就要學，當著眾人，悄悄向許超使了個眼色，抽身出來。許超只得也藉故出來，問她何事。

湘英道：「剛才凌老前輩說，你們家的獨門梨花槍那樣神妙，趁這新年無事，你就教給我吧。」

許超笑道：「賢妹說哪裡話來。我家梨花槍誠然有名，不過我從小就離了家鄉，沒有得著真傳，學個皮毛，還不如不學呢。賢妹要學，我請家兄教你，比我強得多，賢妹意下如何？」

許超所說原是實話好意，誰知湘英因這幾日許超同她疏遠，也不似初來時常常陪她出去打獵玩耍，本已一肚皮不痛快，今日見獵心喜，頓忘前嫌，才使眼色喚他出來，以為自己同許超這樣深的交情，他豈肯吝而不教？一聽許超推在許鉞身上，疑他看不起自己，故意推託，新恨舊怨一齊上來，不由心頭火起，動了素來小性。心想：「我看得起你，才朝你請教呢。你明知我不愛求人，你不教倒也罷了，反教我去求你哥哥。你打量我非學不可嗎？」想到這裡，越想越有氣，也不同許超再說什麼，把腳一頓道：「好！你既然不會，我不希罕學了！」說罷，滿臉怒容，回身便走。

許超知道戴衡玉父母雙亡，只有這一個妹子，平時非常嬌慣。見她生氣，知她誤會了，自己本想追上前去解釋幾句。偏偏凌雲鳳因見湘英出外一會沒有回去，出來尋她，遠遠看見湘英和許超在那裡說話。雲鳳人本細心，平日從湘英口中已聽出她和許超感情甚厚，怕他們二人有什麼避人言語，不便上前。正要轉身退回，忽見湘英拔腳往後便走，許超又回了回頭，正和自己打了個照面。覺著退回又是不便，只得迎上前來，反問許超看見湘英沒有。

許超見有人來，自是不便再追向湘英說話，只得答道：「適才我正和她談話，現在到後面去了。」

雲鳳道：「那我同你去尋她吧。」

許超推說尚同眾人有話說，讓雲鳳自去。因為無意中得罪了湘英，好生悶悶不樂，逕自回轉廳房去了。

雲鳳別了許超，走向湘英房中。見湘英獨個兒坐在梳妝台前，手裡拿著一面鏡子，面帶怒容，望著鏡中出神。直到雲鳳走向身前，方始覺察，急忙強作笑容，起身讓座。雲鳳知道湘英生氣，必與許超有關，怕羞了湘英，不便明說，故意搭訕道：「大家都在前廳說話，談笑風生，多麼熱鬧。你怎麼一聲不響，就跑回房來悶坐呢？明天就是十五，白大哥也許要回來了吧？」

湘英道：「真是氣人！你哪裡知道。我常對你提起那個許三哥，剛同我哥哥和白大哥結拜時，一向對我很好。我平時喜歡到前面山谷中去打獵，因為那山裡沒有虎豹一類的猛獸，還打算同他過了年一同到南嶽去打虎，誰想陳、羅二賊無端開釁。

「去年過年時候，來了他一個堂房哥哥，來了不多幾日，他對我就愛理不理。不用說同他上南嶽，連約他到山谷中去獵個鳥兒，打個兔兒，他都是推三阻四。今天我聽老伯講起他家獨門梨花槍的妙處，特意叫他出來，想跟他學，我們這樣交情，還不是極容易的事？誰想他真不知好歹，不肯教我還不算，還教我去求他哥哥許鉞，慢說我素不愛向外人請教，誰不知他哥哥過了十五就要回去？明明看我是女流，沒有出息，豈不叫人生氣！」

雲鳳知道她犯了小性。不過照自己這些日觀察，許超對湘英正是誠於中形於外，非常屬意，何以連一個槍法都吝不肯教？也覺詫異。便對湘英道：「許三哥少年英俊，正直聰明，又同賢兄妹情逾骨肉，豈有一個順水人情都不肯做的道理？你莫非錯怪了他吧？」湘英聞言，急得跳起，說道：「哪一個錯怪了他？不信，我就同你當面去問。」雲鳳雖然來得日淺，知道湘英素來越勸越僵，便不再勸，隨意用言語岔開。見湘英仍是悶悶不樂，便勸她仍回廳房，去聽眾人談話。湘英先是不去，後來低頭尋思了一會，反自動說要到前面去。

及至二人來到廳房，眾人都在，只不見了許超。湘英悄對雲鳳咬牙道：「你看他是躲我不是？他打量我非學不可呢！」雲鳳見湘英這種天真爛漫，毫無城府神氣，非常好笑。因為她說的話，都叫人無從答覆，隨口敷衍了兩句。

湘英還待要說氣話，忽聽雲鳳的未婚女婿俞允中對許鉞道：「聽岳父說，許兄的家傳槍法如此神妙，承許兄不棄，一一指示出來，小弟業已知其大概。許兄明後日便要長行，此別不知何時聚首。適才令弟所說的第七十三招，名叫『跌翻九絕』的招數，可肯賜教與我等一觀麼？」

許鉞道：「小弟所學梨花槍，雖是家傳微藝，並無過分出奇之處，當著凌老英雄及黃、趙二位前輩，怎敢班門弄斧？俞兄定要看，若不獻醜，倒顯小弟拘泥。小弟一二日內便要長行，索性恭敬不如從命，將槍法從頭練習一回，請諸位指教吧。」眾人聞言，俱都贊同。湘英、雲鳳更是巴不得要看個究竟。

於是大家一齊走到後面花園白、戴、許諸人平日練武的一塊空地上，場中原設有許多大小木樁。許鉞結束停當，在兵器架上取了一支長槍，笑道：「我當初用的一支槍，乃是蛟筋擰成，能剛能柔，平時可以束在身上。不想少年時節任性，誤傷了一位老太太。後來她的小姐拜在羅浮山香雪洞元元大師門下，學成劍術，尋我報仇，被她將我那一支槍削去一尺五六寸光景，不夠尺寸。後來雖然經我改造，已不似先前可以隨便帶在身旁。這次沒有帶來，我就使這支槍練習一回吧。」說罷，又向大家謙遜了幾句。

腳微點處，一個「蜻蜓點水」式縱身入場。腳尖才行著地，單手持槍舞起一個大圓圈。倏地身子往左微偏，左足前伸，右足微蹲。右手持著槍柄，左手前三指圈住槍桿，右手往後一拖，突然一個「長蛇入洞」，一支長槍平伸出去——槍頭尺許紅纓一根根裹緊槍身，與槍尖一般平直——向前面一個原有的木樁刺去。就在槍尖似點到未點到之際，倏地收將回來。只見他微顫處，抖起斗大的槍花。

第二招「斜柳穿魚」式重又刺向木樁。這回更不收轉槍頭，形勢好似略一勾撥，倒轉槍柄，迎頭向木樁打去。眼見只離木樁分許不到，倏地將腳一頓，縱起有兩丈高下。槍柄朝上，槍尖朝下，護住下路，跳過木樁。離地還有四五尺光景，將右腳搭在左腳上面，「燕子三抄水」式，身子借勁，又往上起有二三尺。倏地在空中一個怪蟒翻身，更不落地，連人帶槍斜飛回來。槍尖略一撥弄，「銀龍入海」式，重又向那木樁刺去。

眾人都以為許鉞這一招把全身功力全聚槍尖，定要將這木樁刺一個對穿。誰知許鉞槍尖才微微沾了木樁一下，好似避開前面什麼兵刃似的，電也似疾地掣回槍尖，倒轉槍柄往下一撥。緊接著一個「風捲殘花」式，身子往旁一個大轉側，仍是右腳踏在左腳，借勁橫縱出去。腳才落地，倏地將頭往左一偏，猛回身將槍桿往上一撩。接著順勢將槍一裹，重又抖起大槍花，閃電奔雷似地刺到木樁上面。仍是微微一沾，倒轉槍柄往上一架，倏地身子往後平仰下去，腳跟著地，一用力，斜著身子，一個「魚躍龍門」式，往後倒縱出去有三五丈遠近。

倏地又是身子往右一偏，右手握緊槍把，左手扶著槍身，右腳往前，猛一上步，斜身反臂刺向前去。槍尖才到木樁，倏地鬆開左手，槍尖著地，並未看出右手怎麼用力，那槍竟然抽了回來。槍近頭處到了左手，左手更不怠慢，攥緊槍尖，向前面木樁迎頭打去。看看打到木樁上面，又用懸崖勒馬的凝力收住前勁，腳一使勁，倒拖著槍柄縱退出去有三五丈遠近，做出正在危機一發、手忙腳亂的形狀。

猛地將槍尖交往右手，左手反拿槍柄，右手反拿槍桿，一個「駭鹿反顧」的架勢回轉身子。右腳在前，左腳在後，腳不沾塵似的，快如奔馬，反身連上三步。連同手中槍，「鳳凰三點頭」，倏地往上一點，往下一點，然後當中刺到。

這一招乃是許家獨門「奪命七招」當中的「回身三步追魂奪命連環槍法」。不遇到勁敵當前，輕易不施展這一手絕招；一經使上，躲得了上路，躲不了下路，多少總得讓敵人帶點傷。原本槍為百兵之祖，許家梨花槍又從齊眉百棍中變化出來，兼有槍棍之長，所以名馳天下，獨步當時。

許鉞把「奪命七招」練過之後，又將一百零八招梨花槍法連同「跌翻九絕」次第施展出來。只見挑刺勾撥，架隔剔打，躥高縱遠，應心得手。有時態度安詳，發招沉穩；有時駭鹿奔犀，疾若飄風。使到妙處，簡直與身合而為一，周身都是解數。在場諸人都是行家，慢說俞允中，就連凌操與黃、趙兩個劍俠，也都佩服不置。只看得湘英兩手抓緊雲鳳，張著櫻桃小口，睜著一雙秀目，連大氣也不敢出。直到許鉞將槍法使完，收了解數，立到當場，道聲「獻醜，請諸位前輩指教」時，這才大家圍上前來，歡聲四起，個個叫好不置。

第十三章　呂村涉險

凌操對俞允中道：「你只知許兄槍法神妙，還不知他天生神力，內功已臻絕頂呢！」說罷，拉了俞允中，走到許鉞用做目標的那一根木樁旁邊，指給俞允中道：「這根木樁，許兄曾把它當作假想的敵人。你看那上面槍刺過的痕跡，可是一般深淺麼？」

這時眾人也都跟著圍了過來，往這木樁上一看，果然許鉞刺過的地方俱只有二分多深，槍孔的大小也都一樣。

原來武功到了上乘的人，哪怕有千斤萬斤的力量，發出去並不難，最難的是發出去還能收將回來。比如自己只有一百斤力量，都聚在一隻手上，或一件兵器上，打將出去，如果打不著人，這周身力量業已發出去，收不回來，只剩了一個空身體，豈不是任憑別人處置麼？再遇見本領絕大的人，他不來打你，只用身法讓你的力量打到空處，隨意將你一撥，你便自行跌倒；心狠一點，再借你自己的力打你，讓你受那內傷。

又好似用兵一樣，如同臂之使手，手之使指一般，鳴鼓則進，鳴金則退，勝則全勝，敗亦全師。所以武學名家常說無論多大的力，要能發能收，才算是自己的力；又說四兩可以撥千斤。就是這個道理。像許鉞他這樣把千斤神力運用得出神入化，拿一支長槍，連同全身重量，躥高縱矮，使得和拿著一根繡花針似地指揮如意，經凌操再一點出，無怪眾人都非常驚服了。

至於雲鳳、湘英二人，一個是志比天高，心同髮細，無論什麼驚人絕藝，除非是不知則已，一知便要學，一學便精；一個是剛同許超嘔了氣，難得許鉞不用求教，自己就表演出來，正好從旁偷學了去堵許超的嘴。這兩人都是不約而同地聚精會神，從頭到尾默記於心。等到眾人要回到前面休息，湘英留住雲鳳，等大家走盡，逕自跑到場中，拿起許鉞使的那支長槍，照著他的解數，一招一式施展起來。

雲鳳明白她的用意，見她初次學來，雖然手腳較生，有時還不免思索一下，竟然大致不差，不由連聲誇讚起來。湘英也得意非凡，十分起勁。看看舞到剩三十多招，忽然忘了兩個解數，收了招，怎麼想也想不起來。自己本是負氣學的，又不好到前面去問，急得兩腳在地下直跳。

雲鳳見她那樣性急，暗暗好笑。知她又任性，又多疑，不便明說。笑對湘英道：「適才許君使槍的時節，我也在旁留神暗記幾著，只是沒有你記性好，記得沒有你那麼全。不過這後半截的跌翻九絕，我彷彿記得還清楚。我看一人練習難免有忘了的時候，不如我們兩個人按他槍法對打。你練時，我算做敵人；我練時，你算做敵人。我記不得的你教，你記不得的我教，想必也差不多了。再還記不全時，我找我爹爹求問許君去。你看好麼？」

湘英正在為難，一聽雲鳳也用了心，不禁又高興起來，恐怕隔得時候多了，更記不全，當下拖了雲鳳試驗。彼此校正了一番，覺著大致不差。雲鳳知許鉞一二日便走，又到前面悄悄請來父親凌操，二人同時又演了一回。這次當然比較熟悉。

凌操見她二人天資如此穎異，有這般強記能力，著實誇獎了她二人幾句。又對雲鳳道：「你們姊妹這般聰明，可惜生不逢時。如果你曾祖姑在時，慢說這些兵刃絕藝，就學那飛行絕跡的劍術，又有何難呢？」

雲鳳道：「日前因為大家都在忙亂之中，爹爹病體未癒，有幾句話想對爹爹說，總沒有提起。女兒因聽說黃道爺與趙世兄都會劍術，黃道爺的劍術更好，打算求爹爹托趙世兄與黃道爺說，著我們姊妹兩個拜在他的門下學習劍術，豈不是好？」

凌操道：「談何容易。他二人雖會劍術，聽趙世兄說，他也才只入門，學得不精，反而不如不學。黃道爺是東海三仙之一玄真子的門人，劍術果然高明，但是他已被玄真子逐出門牆，帶罪修行，正託人設法向玄真子疏通，不奉師命，怎敢收徒？況且峨嵋門下，除了飛昇的祖師爺和現在掌教祖師乾坤正氣妙一真人外，都是男的傳男，女的傳女，從來無人破例。

「再說練習飛劍，須在深山窮谷之中，練氣凝神，先修內功，日子多的往往十年至數十年不等。昔日五台派太乙混元祖師，就為收了幾個弟子道心不淨，鬧出許多笑話，身敗名裂。慢說黃、趙二人，誰也不能如此隨便收徒。除非有天賜良機，遇見峨嵋、崑崙、黃山這三個派中的女劍仙，看中你們天資過人，生具仙骨，那也無須你求，自會前來度你。

「當你曾祖姑在日，我年紀才十來歲，你祖父說，曾再三求她老人家將我帶到嵩山，去求你曾祖姑父學習劍術。你曾祖姑說我不是此道中人，起初不肯。後來你祖父因要報五台派中脫脫大師十年前斷臂之仇，再三央告你曾祖姑，方始有些允意。當下把我帶到嵩山，去見你曾祖姑父，就是那近百年間前輩劍仙中數一數二的嵩山二老之一追雲叟白谷逸。到了那裡，你曾祖姑父說，我天資太差，並不曾教我什麼劍術。起初三年中，只教我晚間面壁，白日從山下十里以外汲水上山洗洞。那挑水的桶兒，由小而大，到第四年上，我已能挑滿三百斤的水，登山越嶺如履平地了。又教我白天面壁，晚間挑水。

「我越來越厭煩，尤其是面壁枯坐，心總靜不下來。耐不住山中清苦，偷偷跑下山來，打算偷跑回家。誰知才走到山腳下面，你曾祖姑父母已坐在那裡等候，也不似先前嚴厲，和顏悅色喊著我的小名，對我說道：『我們早知你不是此道中人，你父親偏要叫你上山，白白讓你在山中苦了幾年。不過劍術雖無緣再學，有這三四年的根基，傳你一點內外功，也儘夠你在人間縱橫一世。』說罷，也不問我願不願，二次將我帶回山上，每日傳我內外功同各種兵刃暗器。

「只學了三個月，便說夠了。仍由你曾祖姑將我送回家去，對你祖父說：『脫脫大師氣數未完，不可強求，徒自惹下殺身之禍。此子劍術無緣，武藝已成。』又說她老人家不久也要火解等語。說罷，逕自走去。到我回家二年上，你曾祖姑果然在開元寺坐化。要論你兩姊妹的天資，都在我以上。不過這種機緣可遇而不可求，要說請黃、趙二位教你們劍術，那是絕對不能行的。」

雲鳳起初聽說黃、趙二人劍術入神，飛行絕跡，原抱著滿腔熱望。今日聽了父親凌操這一席話，不亞當頭澆了一大盆冷水，來了個透骨冰涼。其實凌操所說雖係實情，卻也別有私心。他因凌氏世代單傳，自己這一輩上只生一女，原想招一個好女婿，將來多生一男二女，承繼凌氏香煙。慢說黃、趙二人決不能收雲鳳為徒，即或能收，他還不定願不願呢。這且不言。

湘英、雲鳳俟凌操走後，又練習了一會，直累得香汗淋漓，才行停止。由此二人天天要背人練習梨花槍。自來精誠所至，金石為開。二人武功俱有很深的根底，哪消幾日，居然練得一般地出神入化。

練槍的第二天，白琦回轉，說羅新也不在善化，候了多天不見回來，才留下一封書信說明相請原因，求他務必前來相助。許鉞執意要走，白、戴等因有約在先，不便強留。許鉞原知在這用人之際，自己卻丟下走開，有些不對。但是記著矮叟朱梅臨行之言，不敢大意錯過這千載良機。向白、戴等說明了苦衷，又囑咐兄弟許超幾句，叫他事完，回去歸省，以免老親懸念等語，告辭而去。

許超見湘英一見面便把頭一低，連看都不著，幾番同她說話，還未等許超開言，逕自走開，心中好生不快。也是該當出事。這日湘英與雲鳳二人又在後園空場上練習許家梨花槍，本來神妙，再加上二人天資聰明，連下十多天的苦功，又加上凌操不時從旁指點，不但練得非常純熟，因為二人同時對打，無意中又變化出許多絕招來。

二人正舞到吃緊處，前面白琦因轉眼月底，離交手的日期沒有幾天，所希望幫忙的人一個也沒有來，雖說戴家場防備森嚴，因為敵人會使妖法，究竟沒有勝算的把握，想召集眾人商議商議，分配一下臨敵的職務。舉目往座中一看，除戴衡玉該班把守魚神洞外，惟有湘英、雲鳳二人不在眼前，便要著人去請。凌操道：「小女同戴姑娘大概在後園練武，我去叫她們來吧。」

許超連日正愁沒和湘英說話的機會，聞言連忙接口道：「如何好勞動老前輩，待我去請她們二位吧。」說罷，不俟還言，便離座走去。剛到後園，便聽有兵刃相觸之聲，等到身臨切近，忽聽湘英笑道：「這些日的苦練，那跌翻九絕倒沒有什麼，最難還是他這七步回身追魂奪命連環槍。單是他這臨危變招，招中化招，懸崖勒馬，收千鈞於一髮的那個勁兒就不好拿。現在我快要使這一招啦，你變個法兒接招試試看。」

許超在幼時也曾偷學梨花槍法，因在幼年，又是暗中偷看，才回去練習，不是許鉞明傳。彼時許鉞又不似現在心理，認為家傳祕訣，輕易不肯將槍法當眾使全。所以許超不過學了六七成，便已離家逃走。投了顛僧馬宏為師，學的又是長劍和暗器。這次許鉞來到，本想求教，又因防守事忙，大家都在忙亂之中，無暇及此。等到湘英向他求教，才向許鉞轉學。許鉞以為他已經學會，不過問問幾手絕招，雖然有問必答，仍是不曾學全。

今日一偷聽湘英說話，暗暗納悶，便不去驚動她們，偷偷閃身在旁一看，不由大吃一驚。只見她二人槍法舞到妙處，簡直是身與槍合，捷如飛鳥，兔起鶻落，圜轉自如。哪裡分出哪是人，哪是槍，只剩兩團紅影在廣場上滾來滾去。完全與當年初看許鉞舞槍是一樣靈巧，大大自愧弗如。出神忘形，不由喊出一聲好來。

湘英、雲鳳聽見有人叫好，各自收招。見是許超，湘英更不答話，把手中槍往兵器架上一擲，回身便要走去。雲鳳怕許超不好意思，正要向許超敷衍兩句，許超更不怠慢，急忙上前攔住湘英去路道：「大哥在前廳召集大家，分配同敵人交手時的職務，叫我來請大妹同凌姑娘前去赴會哩。」

湘英冷笑道：「不相干的事，打發一個長工來就得啦，還要勞你的大駕？我們知道了，隨後就到，你先請吧。」

許超見她還是不喜歡神氣，自己卻裝不知道，拿臉衝著雲鳳，眼睛卻看著湘英道：「二位女英雄練得好梨花槍法呀！」雲鳳未及還言，湘英搶著答道：「我們姊妹多呆，哪配學你們家獨傳的梨花槍法？無非猴耍棍，舞來解悶罷了。」

許超急忙答話道：「大妹不要太謙，這梨花槍法變化甚多，學起來很難，我學的還不過二位所會的一半。那天大妹還要我教，幸而有自知之明，不敢答應，不然，老師所學還沒有徒弟一半，那才是笑話呢。不過我還有一樁事要向二位請教：這槍法海內會者甚少，如學不全，等於沒用。二位是從哪位老師學來？可肯告訴給我，讓我也知道知道？」

湘英急答道：「這普天之下，難道只許你會梨花槍，就不許別人會嗎？真是笑話！你要問老師，凌姊姊就是我的老師，我也是她的老師，我們兩個替換著學的。你瞧我們會，你不服氣吧？」

許超道：「大妹如此說法，真屈殺我了。前日聽了大妹之言，我因自己學不全，還背著人問家兄幾手絕招，滿想轉傳大妹，一向沒有機會。如今知道大妹本來就會，以前說要學的話是戲弄著我玩的，我喜歡還來不及，豈有不服之理？大妹太多心了。」

湘英還要還言，雲鳳見湘英連頂許超幾次，有些過意不去，便搶答道：「湘妹不說原因，無怪許兄不知。只因那日湘妹聽令兄談起梨花槍，知道許兄也會，因令兄初來面生，不好向他求教，轉問許兄，許兄又推在令兄身上。後來許兄到魚神洞防守，令兄經大眾相求，一時高興，便在這空場上將槍耍了出來。也是湘妹聰明，一看便會。我也從旁記下幾招，天天來此練習。許兄既是此中能手，又是家傳，令兄已走，我們正愁無處請教，如有錯誤之處，還望許兄改正才是。」

許超道：「二位如此天資，真是令人萬分佩服。不過我還沒學全，慢說二位已盡得此中奧妙，即使稍有不到之處，我又如何能改正過來呢？」

湘英平日本同許超感情很好，自從那日學槍賭了十多天氣，雖然抱定宗旨不理許超，誰知許超連受白眼，依舊慇勤，未免教湘英有些過意不去。想再理他，又因在雲鳳面前說了滿話，怕雲鳳笑她。直至今日許超來請她到前面去，不住地用言挖苦，許超還是絲毫不動火，和顏悅色，任她訕謗，漸漸也有些氣消心轉。後來雲鳳看不下去，說了實情，又同許超客氣了幾句。

湘英人雖性傲，學武藝卻極虛心，深怕學不完全。本來就疑心許鉞演時藏了幾手，正苦於無從求教，滿擬許超是學全了的，只不過不好意思問他。一聽雲鳳向許超求教，許超又和前日一樣推三阻四，不禁勾起舊恨，心頭火起，冷笑道：「姊姊也是多事，你問他，他還肯說實話？人家是家傳，肯傳外姓嗎？我們那天也無非見獵心喜，學來解解悶罷了。要說真學的話，不學還好，學會了也無非被人家綁了起來做俘虜，還有什麼別的好處？」

許超見湘英出口就是彆扭，自己盡自陪小心，反招出她挖苦自己過魚神洞被擒之事。

年青人大半好勝，覺得當著雲鳳沒了面子，不由把臉色一沉，答道：「人外有人，天外有天，勝負乃兵家常事。我平日又未說過什麼自負的話，夜探魚神洞中了妖法，被人擒住，並非我學藝不精之過。恐怕除了真正有名的劍仙高人，無論誰遇見妖法也躲不了吧？大妹既然以為我那日不教是藏奸，我再三陪話，都不理我，今日又屢次挖苦，我也無顏在此。且等破了呂村，同陳、羅二賊交手之後，告辭就是。」說罷，回身就走。

許超自那年逃出，便流落在戴家場，為戴衡玉的父親戴昆收留，傳他武藝，同湘英青梅竹馬，廝守了好幾年。後來戴昆臨終，把許超介紹給顛僧馬宏門下。學藝五年回來，原想見了衡玉兄妹，回家省親，不想又因呂村之事耽擱。當時湘英業已長大，郎英女美，故侶重逢，雖不似小孩時節隨便，內心情感反倒更密。許超見她性傲，又是義妹，總讓著她幾分，二人從未紅過臉。今日雙方言語不合，絕裂起來。

許超走後，湘英不怪自己說話太過，反而越想越生氣，連前面都不想去。還是雲鳳苦勸，才一同往前面走來。走到廳堂，見許超尚在門口徘徊，回頭看見她二人走來，才走了進去。雲鳳知道許超拿不準湘英來不來，進去沒有話說，所以在門口等候。見湘英氣得粉面通紅，一時不好再勸，只得一同走了進去。遠遠聽見許超對白琦道：「大妹同凌姑娘在後園練得好槍法，現在後面就到。」雲鳳聽了暗暗好笑。說時二人已到跟前，除凌操外，大家俱都起身讓座。

白琦招呼眾人就座之後，便當場道：「再過不多幾日，便到與陳、羅二賊相約日期。這次忽然中間又加上呂村中人與我們為難，事情很是棘手。現在為期已近，因為有呂村加入的緣故，我們除了加緊防備外，還得在期前請一位到陳圩去下書與陳、羅二人，就說二月初三，我們到陳圩赴約；他們如果不要我們去，要自己來，也隨他們的便。就此探看一些動靜，好作交手準備。否則我們去打陳圩，呂村卻從魚神洞捷徑來潛襲我們的後路，我們人單勢孤，豈不難於應付？索性與他們叫開倒好。

「如果要我們去赴約時，除留下兩位守莊外，大家都一同去，自是不消說的。假如他們兩處聯合而來，我們這個村莊雖然不少會武藝的人，但是這次交手不比往年流寇容易對付，來者很有幾個能手。本村壯勇，只能從旁吶喊助威，加緊料理埋伏，不可輕易上前，以免誤傷人命。最好是用打擂台的方式，在前面廣場上盛設酒宴，搭起一座高台，等他們到來，便請他們先行入席，就在席前上台，一對一地交手，以多殺為勇。

「起初以為只要對付陳、羅二人，所以寧願到陳圩去赴約。如今加入了呂村，還有兩個會劍術的人，所以如能辦到此層，最為妥當。不過當初原說我們前去拜莊赴約，改作請他們赴會打擂，他們必定以為我們倚著戴家場山谷險要，有些怕他。去的人必須膽大心細，還要能言善辯才行。並且我們明知陳、羅二人俱在呂村，而呂村呢，上次是我們去探他們的動靜，後來並未前來尋釁，總算沒有破臉。在他們未明白現身以前，惟有裝作不知，逕往陳圩下書，問出主人不在陳圩，然後托陳圩的人引到呂村投信，就便帶一張柬帖拜莊。不知哪位願意辛苦一次？」

白琦說話的意思，原以為黃、趙二人久闖江湖，又都會劍術，此去最為合宜，二人當中無論是誰均可。因是遠來嘉客，相交不久，不好意思逕自奉請。誰知許超和湘英口角，錯疑湘英當著外人笑他無能，忍了一肚子悶氣；又在聽話中間用眼看湘英時，湘英又不住朝他冷笑，更以為是看他不起。暗想：「怪不得自從我從魚神洞回來就不理我哩，原來是看準我沒有出息。那我倒要做兩件驚人的事給你們看看。」想到這裡，雄心陡起。

白琦話未說完，許超忙不迭地站起身來，對眾說道：「小弟無能，日前失機，蒙大哥同眾位不加譴責，萬分慚愧。情願前去下書，用言激陳、羅二賊前來赴會打擂。不知大哥看小弟可能勝任麼？」說時用眼瞧著湘英微笑。白琦見許超自告奮勇，知他本領聰明倒還去得，不過已經在呂村被擒逃出，又不會劍術，總覺不如黃、趙二人妥當。但是許超既已把話說出，如再另煩黃、趙二人，似乎適才之言有些摻假，不是對朋友的道理。

黃、趙二人一聽白琦適才那一番話，便知用意，本要接口，不想許超自告奮勇，就不好意思爭攬，倒顯出逞能，藐視許超似的，只好住口不言。心源這幾日非常愛惜許超，知他此去危險，心中不住地盤算。這裡白琦見無人答話，許超又在那裡催要書信，只得將信寫好，又再三叮囑見機行事。許超接信在手，又望湘英笑了笑，向眾人道聲再見，取了隨身兵刃，回身便走。

許超走後，雲鳳見湘英悶悶不樂，便邀她到後園遊散。湘英忽然冷笑道：「你看他多藐視人！隨便下封書信，又不是出去衝鋒打仗，有什麼了不得？偏朝我冷笑。礙著大哥和遠客在座，不然，我倒要問問他，為什麼單對我笑？」

雲鳳這時再也忍不住道：「湘妹你未免太多心了。許君和你既是從小在一處相聚了好幾年，老伯愛如親生，二哥又待他如同手足，縱有不周到和言語失檢之處，也還要念在平日彼此交情不錯。今天人家被你搶白了一頓，還是和顏悅色向你陪話。你卻始終用語訕謗，末後索性揭了人家的短處。我們年輕人誰不好勝？舉動沉不住氣也是有的。想必疑心你看輕了他，所以才當眾討這種危險的差使。你沒見白大哥那一番話，是繞著彎，想轉請黃、趙二位前去？後來許君自告奮勇，白大哥不是遲疑了一會才答應的麼？」

湘英道：「那他去就去好了，笑人做什麼呀？」

雲鳳道：「人家對你笑，並無惡意，無非適才得罪了你，無法轉彎，又覺著你看他不起，想在人前顯耀，單身去蹈虎穴，亮一手給你看看。不然，人家也夠聰明的，還不懂白大哥並不願他前去麼？你別以為下書信不當緊要，須知他曾被呂村的人用妖法擒獲，後來逃轉回來，這回明到那裡，敵人方面言語之間稍為一譏諷，許君一個沉不住氣，就許動起手來——好漢打不過人多，何況敵人方面又有好幾個會妖法、劍術的——吃個眼前虧還是小事，說不定還有性命之憂呢！臨走的時候，白大哥再三叮囑他，到了那裡莫要任性使氣，你沒有聽見麼？」

湘英起初聽雲鳳相勸，因為心中有許超存心和她嘔氣的主見，雖不好意思當面搶白雲鳳，卻好生不以為然。及至聽到許超將有性命之憂，仔細一想情理，覺得雲鳳之言不是無理。不管許超是不是看自己不起，但是這回下書，明明白琦是想黃、趙二位內中有一人前去。要不是自己挖苦得他太厲害，如何會去冒這種可以不冒的險？倘再出了差錯，豈非我雖不殺伯仁，伯仁由我而死？想到這裡，不禁驚出一身冷汗。可是表面上仍不露出，反向雲鳳強辯道：「兩國交鋒，不斬來使。我就不信有這許多危險。你不信，我就單身去探一回呂村你看。」

雲鳳知她脾氣，說得出就做得出，聞言大驚，深怕引她犯了小孩脾氣，果然前去涉險，不敢再勸，只得用言岔開道：「要說險呢，本來不一定就有，我無非想藉此勸勸你，消消氣，和好如初罷了。」

湘英知她用意，反倒好笑。兩人各有心事，俱不提適才之事。

吃罷晚飯之後，湘英說有些頭痛，想早早安歇。她與雲鳳親如手足，平時總是同榻夜話，不到深更不睡的。雲鳳摸了摸她頭上，果然有些發熱。因她適才有前去涉險之言，不大放心，又不便公然勸阻，反勾起了她必去之想，只得和衣陪她睡下。

初更剛過，猛想起父親同俞允中傷勢雖痊，還要服那調補的藥，每夜都是自己料理好了，端到他翁婿房中；並且聽父親說，這藥一共要吃七七四十九天，一天也不能間斷。好在藥同瓦鐺、無根水等都預備好在房中，不用費事，便起身下床來。摸了摸湘英，睡得很香，額際汗涔涔的，還有餘熱未退，鼾聲微微，呼吸極為調勻，移過燈檠，往臉上一照，臉色紅潤，嬌豔欲活。見她一隻欺霜壓雪的玉腕放在被外，輕輕替她順在被內，給她將被掖好。見她沒有怎麼覺察，也不去驚醒她，輕輕放好燈檠。將藥配就煎好。

正待將藥送到凌操房中，心想今晚還是不要離開的好，便打算叫湘英用的丫鬟送去。走到後房去一看，那丫鬟睡得和死人一般，再也推拉不醒，只得重又回房。忽聽湘英在床上說夢話道：「這回身七步追魂奪命槍真妙呀！」接著又含含糊糊說了幾句，聽不清楚。雲鳳見她用功學藝，形於夢寐，頗覺好笑。看她睡得愈發沉穩，才放了心。當下輕腳輕手把床帳放下，將煎好的兩罐藥端在手中，悄悄走到扶梯跟前，輕輕揭起樓門蓋板，三步當作一步，腳尖著地，就在黑暗中走了下去。一直到了平地石磚上，側耳細聽，樓上並沒有什麼聲音響動，才放開腳步往前面廂房走去。

第十四章　驚心噩耗

話說雲鳳抬頭見天上黑沉沉的，一點星月之光全沒有。遠看凌操房中燭光很亮，彷彿聽見有棋子的聲響，知他翁婿二人又在那裡下棋。雲鳳本是此中國手，不覺技癢起來，正走之間，忽見一條黑影往路旁房上一躥，定神一看，原來是一隻貓，正從後面東房上往南房房頂上去呢。

那貓好似禁不住那冬天的寒風，到了屋頂，回頭咪咪兩聲，抖了抖身上的毛，慢慢往房後跳下去了。雲鳳也沒有在意，走到凌操窗下，棋子落抨的聲音，在這靜夜裡越加顯得清脆可聽，便邁步走了進去。只見凌操同俞允中翁婿二人，果然在那裡下圍棋，兩家棋子圍在一角，正殺得聚精會神，難解難分，連雲鳳進來也好似不曾看見。

雲鳳便將藥罐放下，喊了一聲：「爹爹請用藥。」

凌操也沒有朝雲鳳看，隨口答道：「你叫你大哥先吃吧。」

允中的棋勢被圍了一大片，連雲鳳進來都沒有看見，只顧苦想出神，還以為凌操對他說棋呢，隨口答道：「畢竟岳父名手不凡，就讓我吃這一角，我還是得輸二三十子呢。」

雲鳳看他神氣好笑，說道：「也沒有見你這種屎棋，偏高興和我爹爹下。幾曾見棋一輸就是二三十子？」

允中聞言抬頭，才看見雲鳳站在身旁，急忙起身讓座。起身時一慌，袖子帶過去，把棋亂了一大片。凌操推開棋盤，笑道：「賢婿認輸，我們說一會話吧。」

允中平時少年老成，同雲鳳患難共處了這些日，愛根種得越深。因是未過門的妻子，當著人前，彼此都有些拘泥。只有晚間送藥來吃這一會，室內不常有外人，反倒隨便一些。見雲鳳三不知走了進來，巴不得凌操提議停戰，好同雲鳳說會話兒。便起身答道：「小婿再下，無非也是獻醜。還是請大妹同岳父重擺一盤，小婿從旁學著些吧。」說罷，便將黑白棋子分出，在四角各下上一子，請雲鳳上場。雲鳳道：「你先不用忙，把藥吃完了再說。」

這時凌操已將藥飲下。今晚的藥，因為雲鳳煎得過了火候，允中端起呷了一口，似乎嫌苦。還要再喝時，雲鳳從袋中取出七八個大乾棗兒遞了過去。允中正要伸手去接，雲鳳已然放在桌子上面，將手縮了回去。允中用藥碗遮了面孔，從旁偷偷看了雲鳳一眼。雲鳳抿嘴一笑，裝作不理會似地將頭偏開，朝著凌操道：「爹爹要沒有事，女兒回房去了。」

允中見她剛來就要走，急忙放下藥碗，搶著答道：「天還不甚晚，大妹何必這早就安歇呢？陪岳父下上一盤，再去睡吧。」

雲鳳微嗔道：「偏你那麼有閒心愛下棋，我還有事呢。」凌操見這一雙佳兒佳婿情感俱從面上流露，也不去管他二人拌嘴，在旁拈髯微笑，不發一言。後來看出允中的意思是十分不願意雲鳳就走，便幫著留道：「你大哥既要下棋，我已下過一盤了，你陪他下一盤何妨？」允中見丈人也幫他留愛妻，越發得意，現於神色。雲鳳道：「你少得意，不要以為我爹爹叫我陪你下，我就得下。說真了，你這種屎棋慢說一盤，就是十盤，還不把你殺個落花流水麼？」

允中道：「我誠然下得不高，須知詩從胡說來，棋也不是從亂下來麼？凡事如果以為自己不會，就老不學，以後還有會的日子麼？」

雲鳳見他猴急眼巴巴的，也不好意思再公然拒絕，便正色對他說道：「我不是真不和你下棋，是因為我日間言語不留神，闖了一個大禍，不能不留點神，省得鬧出事來，對不起這裡的主人。我急於要回去，就是這個原因。」

凌操知道愛女聰明持重，輕易不說戲言，料事也極為透徹，聞言大驚，連忙問故。雲鳳便把日裡許超和湘英拌嘴鬥氣，自己從旁解勸，湘英任性使氣，老早就推說要睡，自己如何留心，從旁守著不離，等她睡熟才送藥來，前後情形說了一遍。凌操聞言，忙說道：「既然如此，果然這不是可以大意的，惟願她不是裝睡騙你才好。你急速回去吧。」

雲鳳見父親也和自己一樣疑心，越加心慌，也不還言，拔腳便走。出了房門，只兩三縱已到湘英樓下，匆匆上樓一看，繡帳低垂，床前湘英繡鞋仍和剛才一樣，端端正正放在地下。剛要好笑自己多疑，誰知走近床前一看，床上只剩一堆繡被，哪還有個人影。立刻頭上金星直冒，急出了一身冷汗。忙往後房一看，那丫頭睡得正香。湘英平日所用的一把寶劍連同七星連珠弩俱已不在牆上。再反摸被頭，溫香尚未散盡，尚疑她不曾去遠。便開了樓窗，縱到高處一看，四外寒風颯颯，哪裡看得見絲毫蹤跡。當下低頭略一尋思，也不去喊那丫頭，逕從樓頂縱下地來，去尋凌操商量去了。這且不言。

話說許超持了書信，問明道路，帶了幾件輕便的兵刃暗器，出了山口，繞著山徑小道，直往陳圩走去。到將近黃昏時分，見前面有一個大村寨，打聽行人，果是地頭蛇追魂太歲陳長泰的莊子。及至走到臨近一看，這座村寨前臨湘水，後倚崇山，寨前掘有丈多寬的護莊河，將湘水引進去把寨子四面圍繞，越顯得氣象威武。

許超正在四外觀看，那守護莊橋的豪奴見天色不早，剛要把吊橋扯起，忽見許超走來，遠遠喝問道：「你是做什麼的，跑到本寨探頭探腦？再不說明，我們就要放箭了。」說罷，便有幾個人拿著弓箭，遠遠瞄著許超，作出要放的神氣。許超見這些豪奴狐假虎威，做張做智，十分好笑。情知陳、羅二人不在寨中，此來無非打個招呼而已，樂得拿這些小人臊臊脾。見吊橋已經被那些人扯起，便高聲喝道：「你們把吊橋放下，過來一個，我的來意自然會說與你們聽的。」

那些豪奴見許超神氣傲慢，不禁大怒，齊喝道：「我們莊主有令，這幾日閒雜人等不許進莊，我們也沒有工夫伺候你。你要是好的，你就泅水過來說吧。」

許超聞言，哈哈一笑，腳微點處，已經縱過河來。那些豪奴見許超身手如此矯捷，不禁有些膽怯。為首的一個便湊上前來問道：「你這人到底是做什麼的？問你又不肯明說。你要想在這裡賣弄，須知我家莊主同羅九太爺不是好惹的。」

許超笑道：「我正要尋陳長泰同羅九兩人答話，你快領我去會他們吧。」

那些豪奴聽許超喊陳、羅二人的姓名，罵道：「這廝好大膽，竟敢喊我們莊主的名字，叫你吃不了兜著走！」說罷，便有一個豪奴拿起手中一條棗木短棍掩到許超身後，打算趁一個冷不防將他打倒。

許超早已留神，裝作看不見，等到那人將棍舉起快要打到許超頭頂，許超也不轉身，也不躲閃，只微微將身往左一偏。接著倒退一步，右手肘往後輕輕倒撞過去，在他胸前撞個正著。那人「噯呀」一聲，身子晃了一晃。許超那容得他緩氣立足，時到那人胸前，順勢往上一翻，手背正打在那人面部。跟著反臂回身，右拳起處，那人腮幫子上又著了一下。一個站立不穩，往許超左手正要倒下。許超就勢一扁腿，像踢毽子似的，將那人踢了兩個溜滾。

那些豪奴見許超還手打人，各持器械一齊上前。許超剛把先前那人踢倒，見眾豪奴又從後面打來，更不怠慢，將身往下一蹲，一個躺地連環腿，朝眾人下半部掃將過去。眾豪奴哪禁受得起這一下，被許超打倒了七八個。餘人均不敢上前，面面相覷。

正沒辦法，忽見莊門開處，遠遠跑來一少年。許超正待等那少年近前動手，那人遠遠高叫道：「壯士休要生氣，待我責罰他們。」說罷，已到面前。眾豪奴搶說道：「二莊主來了。這東西渡過河來，不問青紅皂白，就動手打人，將我們打傷了好幾個。快將他捉住，等大莊主回來發落吧。」

那少年冷笑道：「平白無故還會有人欺負你們的？」說罷也不再理他們，走到許超面前，深深施一禮道：「壯士因何至此與他們生氣？請看在下薄面，休與他們計較吧。」許超見那人雖然年輕，面目英爽，彬彬有禮，不禁化怒為禮道：「我名許超，奉了戴家場白、戴二位兄長之命來此下書。不想他們從後暗下毒手，以致動起手來。我也有些莽撞之處，請閣下寬容吧。」

那人聞言，微微嘆了口氣，答道：「家兄同那姓羅的日前從呂村回來，原說在莊中候白、戴二位駕到。不料昨日莊外來了一位紅臉道長，口稱要會那姓羅的，那姓羅的卻不敢出去見他，由家兄將那道長敷衍走了。今日一早起來，家兄同姓羅的便變了主意，不在莊中等候，如今到呂村去了。壯士的書信如願留下，我自會著人送去的。」

許超道：「這倒不敢勞駕，令兄既不在莊中，我還是到呂村投信便了。」說罷，道了一聲「得罪，告辭」，腳微頓處，縱身過河。那少年也將身一縱，跟蹤縱將過去。許超見那少年身法不在自己以下，暗暗驚異，重又請問姓名。才知他便是陳長泰同父異母兄弟，名喚陳長谷，本領也頗了得。許超便請他留步，長谷執意要送，又送了有一里許路，才將呂村路途指明，同許超分手而去。

許超見天色已晚，離呂村還須繞著山路走好幾十里地。來的時節，白琦曾再三叮囑，說是無論如何不可黑夜拜莊，以免誤會；如果天晚趕不上道，盡可在附近地方住上一宵，明早再去。許超便打算先趕到離呂村不遠的一個清水壩鎮集上先住上一宵，明早再行前去拜莊。主意打定，腳下使勁一趕路，一口氣走了有六七十里山路，繞過了一處山麓，前面便到了清水壩。

這時業已是初更時分，遠遠聽見鑼鼓喧天。走到近前一看，一片廣場上，正搭著草台，在那裡演得好熱鬧的武戲。台前兩支粗如人臂的大火炬，還有許多亮子油松，照耀如同白晝。台底下看戲的鄉民，扶老攜幼，擁擠得水洩不通。餘外還有許多賣零食年糕的攤子，大家都爭著來買。端的是豐年氣象，熱鬧非凡。許超本來腹中有些饑餓，見有賣食物的攤子，便不打開乾糧口袋，逕自跑到一個賣燒雞的攤子上，買了一隻肥雞、四個饅頭，又買了一碗粉條湯，加了一勺辣子，就在攤旁胡亂吃了一餐。

吃完之後，正打算去尋宿頭，見台上戲正到好處，順眼一望。猛回頭看見東首站著一個高身量的道人，正同人打聽一個人的姓名，耳朵邊忽然聽到有「羅九」二字，不由注了點意。假裝著往台上看，身子卻一步一步湊了過去。同道人問答的人，本是一個老年鄉農，等到許超挨近身旁，業已將話答完走去。那道人也自走開。

許超見那道人身高七尺以外，年約四十左右，生得虎臂熊腰，一張紅臉，映著火光，分外顯出紅中透亮，不由心中一動。許超不敢冒昧，見那鄉農走往西北角人堆裡，仰頭正往台上看呢。便也挨上前去，在他身後立定。正要想法同那人說話，恰好那鄉農看戲看出了神，不知怎地一用力，用手往後一擺，正打在許超胸前。等到覺出打了人回頭看時，見打的是一個穿著整齊的少年相公，知道惹了禍，急忙賠禮不迭。許超因想藉機同他說話，存心讓他打的，樂得就此攀談。那鄉農見許超談吐謙和，愈覺不安，有問必答。二人一路看戲，一路說話，越來越對勁。

不多一會，台上散戲，台底下的人像潮水一般擠散開來。那鄉農上了幾歲年紀，又全仗許超扶持，沒有讓別人擠跌在地，非常感激。知道許超是路過此間，要往鎮上去尋旅店，便邀許超在他家過宿。許超心中雖然願意，口中不免客氣幾句。

那鄉農道：「此處僻在山坳，並無客店，官人總是要往人家投宿，我敬重客官年輕性情好，何必客氣呢？」許超見其意甚誠，便也不堅卻，隨那鄉農走了有一箭多地，便到他家。當下揖客入門，便有長工過來招呼。問起那鄉農姓名，原來姓向，是個小康之家。許超坐走後，慢慢朝他打聽呂村諸人動靜。

那老者道：「呂村自從呂憲明回家，郭雲璞來到，昔日手底下的爪牙漸漸又都回來，架弄起呂憲明的三兄弟，名喚呂馬的，無惡不作。前天晚上，我們這裡酬神演戲，知道呂村這些人倚勢凶橫，一毛不拔，並沒有攤他們公份。誰知開戲時節，呂三帶了一夥打手前來問罪，硬說不攤公份是瞧他們不起，硬要拆台，給大家今年來個大不吉利。後來經多少人說合，按照演戲的錢，再出一倍給他，會首還給他賠了大禮，才算完事。你說可惡不可惡？

「聽說下月初三，要和隔山戴家場打群架。山裡頭還修了幾座天牢水牢，準備捉住戴家場的人關在裡頭。昨日聽說又請了陳圩的太歲同羅九疙瘩來助拳。好好的太平年歲不過，無緣無故要欺負人，打死架，這是何苦呢！聽說戴家場的莊主也很了得，人也正派，不知怎地會得罪這幾個凶神，這亂子才不小呢！」

許超又問，戲台旁邊同他說話的那個紅臉道人是不是本村中人，怎麼生得那般高大身量。向老者聞言，連忙搖手道：「客官年紀輕，出言有些不檢點。適才我看戲正看得有趣，無意中一回頭，便見那道爺站在我的身後，見我回頭，便笑著同我說話。我起初還不甚在意，後來見他生得異樣，又是一張紅臉。本村同呂村相隔只有三五里山路，我們這裡又是上湘潭必由之路，兩村的人我差不多全認得，從未見過這樣的一位道爺。

「他那一雙眼睛尤其怕人，老是往下搭著眼皮，我不是身量矮嗎，我無意中往上一抬頭，恰正對著他那眼縫，也不知他那眼中發的是什麼光亮，眼光一對，射得我兩眼都睜不開來，他那身量、紅臉，連那雙眼睛，根根見肉的長鬍子，我越看他越像廟裡頭的龍王爺。偏偏今天又是給龍王爺演戲還願，我上了幾歲年紀，知道今天龍王爺既然現身出來聽戲，今年年景一定比去年還好。但是說穿不得，要一說穿，不但沒有福，說不定龍王爺一生氣，就許像前些年呂村一樣，得罪了龍神，一場大水，差點沒把全村淹死，那還了得！

「所以我恭恭敬敬回了兩句，也不給他說破，我就告辭躲到旁邊，去讓他老人家靜心聽戲。果然我走開了兩步，再一回頭，就看不見他了。凡人走得哪有這般快法？明明使隱身法，不叫凡人見他老人家的真身。不是龍王爺顯靈，還有什麼？幸而客官沒說別的，不然你明天上路準出亂子。」

許超猜他是個能人，因為不知他是呂村邀來的同黨，所以才向老農打聽，不想附會到龍王身上去。知道這些鄉下人性情固執，不便同他辯難，便又問道：「據你老人家說來，明明是龍王顯靈了。我彷彿聽他同你打聽一個姓羅的，這又是什麼意思呢？」

向老者聞言想了一想，答道：「那姓羅的就是羅九疙瘩。要是別人提他的小名，我決不敢答言；因是龍王爺問他，闖出禍來，自有龍王爺保我。不過我見他問時，對羅九神氣還不錯，好似非常關心。莫非羅九本來生有仙骨，後來迷了本性，龍王爺和他有緣，想去點化他改邪歸正嗎?」許超聞言,心中益發好笑。這時天已不早,二人談了一會,早有長工將床鋪好,端進灰籠,招呼許超安歇。

許超睡在床上,再也猜不透那道人來歷,想了一會,逕自睡去。到了天明,向老者親自來招呼茶水點心。許超洗漱之後,用了點心,才與向老者道謝作別。因為昨日說是到湘潭去,不好意思改口,只得先不進村,等到向老者轉身,才抄山麓捷徑翻到山腰,再由山半取徑進呂村去。

才入呂村不遠,看見路上的人對他很注目。許超知道自己面生招人猜疑,也不去管他,逕往前面走去。轉進一個山溝,便遠遠望見呂村的舊寨。正待往前走去,忽見山坡樹林內走出二人,各持兵刃,高聲大喊道:「來人是哪裡來的?」許超不俟那人再發話,便將白、戴二人同自己的名帖遞了上去,一面說明來意。那二人聽說是戴家場的三莊主前來拜莊,便著人飛跑往寨中送信。

一會工夫,去人回報,請來客入莊。許超隨了那二人走到寨前,早有一個獐頭鼠目的人迎了出來,請他入內相見。許超隨那人進寨,呂憲明早在階前迎接,說道:「許莊主,我們一別將近一個月了。」說罷,揖客入座。許超知呂憲明是挖苦他在魚神洞被擒之事,心中不免有氣,只好裝聽不見。

坐定以後,許超照白琦囑咐的話說道:「我們彼此近鄰,自從魚神洞舊道湮塞,多年不曾來往。去年年底，聽說莊主從華山回來，本要前來拜莊，白、戴兩位長兄曾令在下去察看魚神洞舊道，不想與貴莊守洞的人發生誤會。在下回去後，白、戴兩位兄長深怪在下辦事不周，諸多冒犯，因為忙於度歲，不曾早來請罪。

「過年以後，敝村事忙，陳圩之約不久到期，著在下前去下書安駕，就便請問陳圩莊主，到了二月初三，是否容我們弟兄三人前去登門求教？到了陳圩，才知陳、羅二位業已駕臨貴莊。白、戴二位兄長聞知，又著在下前來，一來向貴村負荊，二來請問陳、羅二位，能否到了二月初三，光降鄙村？如能移樽就教，愚弟兄是日略備水酒粗餚，請陳、羅二位與貴村諸位前去赴宴，就在酒席筵前負荊，以全多年鄉鄰和氣。」

說罷，便將書信取出，託呂憲明轉交。呂憲明接過書信，說道：「陳、羅二位原打算二月初三，在陳圩候三位大駕光臨，不想陳莊主的母親染病在床，受不得驚嚇，特來呂村商議。正想派人到貴村去說，請三位另約地方，或者登門請教。許兄來得正好，就煩許兄回去，說我等二月初三，準到貴村叨擾就是。」許超口頭道了聲謝，便起身告辭。呂憲明倒很講面子，直送到大門外邊，才行進去。

許超滿以為此來不定要鬧出什麼亂子，沒想到事情如此順手。離了呂村舊寨，往回路便走，剛剛走過適才入口的山坡上，忽聽有兩個人在樹林之中說話。許超人本精細，忙將身隱伏在崖旁僻靜之處側耳去聽。只聽一個人說道：「你說得也太邪了，一個年輕小姑娘，會有那麼大本領？我不信。」

另一人說道：「你哪裡知道，世界上奇怪事多啦。你是才回來不多日子，不知細情。你以為我們莊主還是從前一般，盡仗教師、打手助威嗎？告訴你說，他自從那年受了那個遊方和尚欺負，一賭氣跑到華山，尋著一位會吐火的神仙，練會了許多法術。去年才辭別下山，打算重興舊日基業，揚名天下。又加上新來的那位郭真人，更是本領了得。有人看見他嘴一張，便吐出一道火光，將人活活燒死。去年大年三十晚上，那個戴家場的奸細武功何等了得，不是傷了我們好多人，後來被我莊主和羅九爺親自動手，才將他捉住的嗎？

「昨晚擒住的那個女子，不過會跳高，會打暗器，武藝也還不錯，莊主不該小看了她，才被她打了一弩箭。後來將她擒住，問她來歷，她執意不說。莊主本來要將她活埋，以報一箭之仇。偏偏郭真人見她生得美貌，打算收她做一個老婆。這小姑娘倒也烈性，起初被擒，簡直是殺剮聽便，不發一言；及至聽說要她歸降成親，更破口大罵起來。郭真人生了氣，才把她下在螺絲灣石牢之內。你以為她本事大，還不知在她以前來的那兩個女子本事更大呢。」（以下談的便是上文金姥姥門下何玫、崔綺被擒之事。）

許超從這兩個人口中聽說又有一個女子被擒，不由激動義俠之心。暗想：「何、崔二位俠女原說回山去請她們師父金姥姥，並尋幾個幫手，準在二月初三以前趕到戴家場。如今相隔已有多日，尚不見來到。莫非何、崔二俠女請不來金姥姥同別的幫手，不好意思來見眾人，故此單身去尋呂、郭二人拚命？但是既知能力不敵，何以又來犯這種無謂的危險？」

又覺不對。依了自己脾氣，便打算跑進樹林將那兩人擒住，問個明白。因是來時白琦再三囑咐謹慎小心，不要多事，自己也知呂、郭、羅三人厲害，又在白天，不敢輕舉妄動。仔細盤算，估量自己能力同呂、郭、羅三人動手，雖然一個都不是對手，要是趁他不防，偷偷前去救人，或者不至於就遇危險。自己既以英雄俠士自命，明明見著一個義俠女子陷身虎穴，貞操性命全在危險萬分，豈容坐視不救？主意拿定，雄心陡起。

他所伏的地方，正是入呂村的口子。這時正是辰末巳初，湖南人吃早飯的時候。許超往四外一望，見沒有人過來，正要站起身，忽覺林內好半天沒有聲響，悄悄探頭一望，不由大吃一驚。原來那樹林內適才說話的兩個防守的人，俱已綑綁在地。急忙進林一看，這兩個防守的人都被人點了啞穴，不能轉動。

許超拍醒轉來一個，問他被何人綑倒。那人見許超救他，疑是本寨派來的接應，便對許超說道：「我二人正在談天，忽從邊崖上躥上來一條黑影，正要打鑼，人還沒有看清，便被她點倒，才看出是一個穿青的小姑娘。她拿寶劍架在我的頸上，問了問螺絲灣的路徑，將我二人綑上走了。我這兩隻手麻得要死，你快替我解開，再去追奸細吧。」

許超正要盤問他的路徑同那被擒女子的詳情，忽聽崖下又有人說話的聲音。那人便高叫道：「四哥快來，這裡有奸細了。」許超疑他看出自己行徑，聞言大驚，急忙將那人重新點了啞穴，將身伏在一旁。見那崖旁上來的兩人，手中各拿著傢伙，口中說道：「你兩個又大驚小怪作什麼？」走到近前，見他先來的夥伴被人綑倒，不由失驚道：「你兩個怎麼會失風了？」說罷，雙雙過去就解二人身上綑的帶子。許超更不怠慢，一個寒鴉掠地勢，躥到二人跟前，把這後來兩個接班的也點了啞穴。重又解開先前那人，用手中寶劍逼著問那女子被擒經過。

許超聽那人說的相貌身材頗似湘英，不由嚇了一大跳。心想：「湘英武功雖然了得，但是魚神洞既過不來，那人又說是在寨中擒住的，當然還是從別的路徑來。要不打魚神洞來，由戴家場到呂村，須要繞十幾處險峻山峰，有一百多里的山路。自己走時已在下午，況且雲鳳和她形影不離，除了半夜偷走，白、戴同凌氏父女決不會讓她一人來此涉險。半夜動身趕到此地，無論如何，她沒有那麼快的腳程。可惜那適才綑人的女子沒有被他們看清面目，不知是否雲鳳，如果是雲鳳，當然被擒的是湘英無疑了。且不去管她是與不是，先去救出那女子再說。」

當下解開那後來兩個防守人的束身布帶，像先前兩個一樣，如法炮製綑好，分放在四個巖角僻靜之處。把心一橫，便往螺絲灣走去。

第十五章　飛劍長虹

這時村中人早飯已過，山中漸有行人。許超不敢在明處，翻山爬崖，揀那僻靜之處鷺伏鶴行，悄悄偷身過去。到了螺絲灣側一看，原來三面俱是高崖絕壁，一面是一個無底深潭，西石崖上有一個三尺方圓的小洞。許超見洞旁大石上坐著兩個防守的人，各拿兵刃銅鑼。由上至下，高有十丈。只好繞道下去，再由潭側躥上去。便遠遠抓著古籐，墜到谷底。屏著氣，一步一步伏行到離那洞口約有丈許遠近停住。那二人也正談得有勁，並沒有防著有人從後暗算。

許超到那二人身後不遠，把氣運足，正要作勢朝那二人撲去。忽見那二人坐的大石旁邊躥起一條黑影，接著「鐺瑯」一聲銅鑼掉地的聲音，把許超嚇了一大跳。許超定睛看時，來者正是淩雲鳳，不由又驚又喜。再看二人業已被雲鳳點倒，急忙上前相見。雲鳳也不顧和許超說話，先把地下銅鑼拾起，仍掛在那人手上。好在這兩人均已閉了啞穴，不能動轉說話，仍照適才說話神氣將他們擺佈坐好，也不去綑綁。

許超忙問湘英可曾同來。雲鳳只說：「湘妹被困洞內，事不宜遲，我們快去救她。」二人都知道，先前林中被擒的人若被村中人發現，便難脫身，急忙入洞先救湘英。誰知走到洞中一看，通道已被一塊大石堵塞。二人合力推了兩下也推不動，急得許超滿身是汗。雲鳳又回身出來，將那兩個防守的人拖了一個進洞，解了啞穴，逼問究竟。

那人道：「這洞外面雖小，裡面卻大。被郭真人用神力搬了一塊幾千斤重的大石堵死，只留一個三寸大小的洞，準備早晚送飯與那小姑娘吃。等那小姑娘應允同郭真人成親，只消她在洞中一喊，我們便去送信，郭真人便親來放她。除了郭真人，別人休想弄得動這塊大石。」

許超聞言，便就著他說的送飯小洞，連喊了幾聲大妹，都不見答應。疑心湘英性烈，已尋自盡，不由悲苦起來。又問那人：「湘英手腳可曾綑綁？」

那人道：「不但綑綁，還是用的蛟筋繩呢。」

許超喝問道：「那她手腳俱被綑綁，你們與她送飯，叫她如何拿法？」說罷氣不過，便踢了那人兩腳。

那人負痛說道：「我們送東西進去，原是拿竹竿捅到她坐的地方，由她伏在地下，用口就著吃的。」

雲鳳見問不出辦法來，仍把那人啞穴閉住，扶他坐上石頭。二人重又回身，替換著朝那個洞口喊了湘英幾聲，還是沒有應聲。那石頭用盡全身之力，休想動得分毫。慢說許超傷心腸斷，就連雲鳳也淚流不止。

二人正沒辦法，忽聽來路上一陣鑼聲，接著到處鑼聲四起，響成一片，震動山谷。二人知道事已危急，越發使勁推動那塊大石，好容易覺著有一些活動，心中大喜，恨不得連吃奶的力氣都使出來。眼看鑼聲越響越近，忽見一道青光穿進洞來。二人知道敵人來到，危險萬分，還不及迎敵，那人收住劍光，急說道：「二位危在頃刻，還不快隨我先逃活命，等待何時？」二人定睛一看，見是心源，略放寬心。

心源也不及同二人細說，忙催二人快走。剛剛走出洞外，忽地從山上跳下一個大漢，手執一把鋼叉，大喝：「奸細往哪裡走！」心源一面拔劍迎敵，一面口中連催雲鳳、許超快走。心源同那大漢交手只一回合，便回身同了二人逃走。轉過兩個山凹，逃到一座石洞跟前，見四外無人，忙喊許超、雲鳳立定。那大漢恰也追到。

許超見那大漢窮追，正要將暗器放出，那漢子忽然哈哈大笑道：「三位還不進去！」心源便叫許超、雲鳳：「現在來不及說話，追我們的是自己人。」說罷，三人一同進洞。那大漢卻不進來，又往來路而去。心源、許超、雲鳳才進那洞，便有一個年青婦女出來，請三人走進後洞，轉了好幾個彎，搬開一個大石臼，從那石壁旁邊一個小洞鑽了進去，原來裡頭還有很大的地方。那少婦說道：「三位先委屈一會，我去取茶水來。」說罷自去。

一會那大漢回來，原來是「陸地金龍」魏青。相見之後，問起原因，才知心源昨日見許超自告奮勇前去涉險下書，深怕出了差錯，等他走後，便對白琦說明，悄悄跟了他來，一直並未露面。後來見許超伏在崖下聽樹林中防守的人說話，便知許超要管閒事，沒有料到昨晚被擒的卻是湘英。雖然覺得許超不自量力，卻佩服他的勇敢俠氣。正要招呼他同時去救那女子，猛見對面崖下躥上一人，將林中二人點倒，細一看卻是雲鳳，才有些疑心那被擒的女子是湘英。本想和二人相見，又想：「憑自己的能力，也未必是呂、郭等對手，莫如跟在他二人後面，萬一他二人失事，還可作一個接應。」便不同他們見面，只遠遠在後面跟著。

走不多遠，忽見迎頭走來一個大漢，躲在路旁一看，卻是魏青，好生詫異。暗想：「日前去尋鐵蓑道人，曾同他相遇，當時邀他到戴家場去，他推說有事，如今卻在此地相遇，莫非他也入了呂、郭一黨？」正在尋思，魏青業已走到近前，心源只得上前相見。魏青見是心源，大吃一驚，忙拉他到林中僻靜之處，問他怎會來此。心源知他人甚忠直，便也說明來意，只不提起還有別人同來。

魏青道：「我自在成都遇見追雲叟，他因我妻子與呂憲明是同族，呂憲明小時人極無賴，被他父母逐出，多虧我岳父照應，雖然多年不見，關係很深。不知怎的，追雲叟會算出他一個姓凌的親戚要受姓呂的害，他老人家恐到時有事不得分身，教我夫妻一套說詞，前來投奔呂憲明，以便日後如有姓凌的父女二人來此被陷，著我暗中救他，不許洩漏。所以那日你要我到戴家場去，我因為已答應了他老人家，不能同你前去，就是為此。我到此以後，因為呂憲明受過我岳父的好處，對我夫妻倒還不錯。

「本來我就住在他家，日前他們要把螺絲灣的石洞修成地牢，著我監工。被我發現左近還有一座石洞，裡面很大，有十幾間天生石室，不用生火，自然溫暖。我討厭呂家一些狐群狗黨常在一起，便和呂憲明說，想搬到那石洞居住，呂、郭二人修好地牢之後，本打算日後派人看守，說我為人忠直，順便派這件事再好不過。我立時答應下來。那地牢本來空著，要等捉了戴家場的人才排用場。誰知過了二十來天也沒人來。我知道他們不但會劍術，而且妖法也很厲害，常替你們擔心。

「果然昨晚快天亮的時候，不知從什麼地方跑來一個女子，想偷郭雲璞妖道的硫磺迷魂砂。那砂原帶在妖道的道袍上面，昨晚妖道用飯時另換了一件道袍，沒有帶在身上，連那道袍掛在屋內，他自己卻到前廳同大家談話。談話時提起這砂的厲害，被這女子偷聽了去，想到妖道屋中盜走。已經快偷到手，偏偏呂憲明要入內有事，走過妖道窗下，被他無心看見，動起手來，見那女子十分美貌。因為當初妖道還擒過兩個女子，起了邪念，本想收為妻妾，不料被她逃走，好生不快。

「呂憲明為討好妖道，便想將她生擒，不肯放劍傷她。誰知那女子本領非常了得，呂憲明臉上還中了她一下七星連珠弩。後來還是妖道趕來，大家合力將她生擒。問她來歷，她只笑說殺剮聽便。後來聽說妖道要收她為妻，才破口大罵起來。妖道無法，將她關在石牢之內，打算磨磨她的火氣，逼她應允。還派了幾個人受我指揮，在洞前防守。我怕那女子便是追雲叟的凌姓親戚，想要救她，偏偏那洞雖歸我管，除了妖道親來，誰也無法弄開，我還正在發愁呢。」

心源聞言，才把湘英失陷，有一姓許的好友連一個姓凌的女子，正設法去救，告訴魏青。魏青聞言，大驚道：「這如何能行？慢說白天人家防守周密，本領高強，就是晚間，先是那塞洞的大石，是妖道用法術運來的，除了他就沒有辦法。我先去將這兩人請到我家藏躲，到晚間再行設法去救，還稍妥當一點。不然，萬一驚動妖道，再要把這救人的二位擒住，便更糟了。」心源聞言，忙催魏青快走。趕到了螺絲灣。許、凌二人已經將防守的人點倒，因為無法開洞，正在為難。

心源和魏青在對面崖上看得真切，正想下去喚他們，忽聽鑼聲四起，知道業已被人發現，事在危急。心源忙問明了魏青住的所在，教了他一套言詞同如何應付，自己急忙飛身入洞，將許、凌二人喚出。魏青卻裝作知道有了奸細，故意攔住迎敵，容他三人逃出洞去，自己再裝作往前追趕，尋找奸細的神氣，口中直嚷。

果然追了不遠，呂、郭二人已經得信追來，見了魏青，忙問究竟。魏青道：「我因為今天頭一天捉住奸細，怕她逃掉，適才回洞匆匆忙忙吃了一頓早飯，急忙到洞中去看。剛到崖前，便聽鑼聲，我遵你們囑咐，見有動靜，只管緊守那洞。我見洞旁防守的人好端端地坐在那裡，剛放一點心，忽見洞內跑出二男一女，我便上前迎敵。誰知這三人全會劍術，想是怕諸位法術厲害，也不同我交手，各駕劍光逃往東南方去了。」

郭雲璞聞言，深怕這女子又行逃走，急忙下崖，領了眾人走到了洞前，才知防守的人已被人點了啞穴。解開一問，同魏青所說的前半截並無差異。再看那封閉的石頭，並未移動，知道人未救走。還覺不大放心，仍用法術移開大石，點了火炬進洞一看，忽然洞中一亮，一道長虹急如閃電，出洞破空而去。再看地下，散堆著一段段的長短蛟筋索子，被擒女子卻蹤跡不見。

任你郭、呂二人妖法、劍術厲害，也鬧個措手不及。急得郭雲璞直跳腳道：「我上了這人的當了！我用法術移來這塊大石，還有符咒鎮壓，重如泰山，任你天生神力也無法移動。我不該給那小賤人留下送飯的小洞，被救她的人運用劍光進去。救她的人知我法術厲害，那女子不會劍術，不能似他身劍合一，趁我移石的當兒，帶那女子逃走了。」魏青聞言，不由心中大快。呂、郭二人見到手活羊又被逃走，好生不快，只得率領眾人回寨去了。

這裡心源等互說經過，聽見湘英被人救走，知道戴家場諸人俱無這種本領，又是高興，又是疑慮。尤其許超更是放心不下。

雲鳳本是昨晚湘英走後，和凌操商量，要追湘英回來。說事情本是因她多口而起，倘若湘英遇險，豁出性命不要，也要前去救援。凌操知道愛女脾氣外和內剛，怕她說得出做得出，只得答應她，如果湘英天亮不回，大家都一起去。雲鳳也知再若堅執，父親更不讓走，當下滿口應允。心中雖然急如流火，面上一絲也不顯出，故意很自然地坐了一會才回房去。凌操等雲鳳回房，去尋白琦等商議時，雲鳳業已帶了寶劍，連夜照白日所聞路徑，趕往呂村去了。

雲鳳不認得山路，只憑著一盞號燈走出山口，將號燈交與防守的村壯，又問了一次呂村道路。趕到呂村業已天明，愈發焦急起來，知道湘英不出事便罷，如要出事，這時已趕不及救援了。奔走了一夜，未免勞乏過度，只得尋了一個僻靜山崖底下，稍為歇了歇腳。正要設法擒一個村人打聽消息，忽見許超從一條小道上走來。還未及招呼，忽見林中躥出兩個防守的人，將許超喚住，問明來意，請往莊中去了。

雲鳳見許超昨日白天動身，今早才行趕到，不由心中起了希冀。暗忖：「路那般長法，湘英腳程素來趕不上自己，莫非自己倒跑在湘英前頭？」不由高興起來。反正這裡既是入口地方，索性等許超回來，總可打聽出一點動靜。萬一湘英還沒有走到，兩下錯過，豈不大糟，便決定在此等候湘英一會，如果過些時不到，再作計較。等了一會，湘英既未到來，許超又不見回來，疑心還是自己來遲了一步，說不定二人俱遭毒手，又在白天，諸多不便，越等心越焦急。

正在無法可施，忽聽崖上有人說話。雲鳳忙悄悄將身移近一聽，果然湘英已在昨晚被擒，囚入螺絲灣石室之內。不由又急又怒，將銀牙一錯，也無暇考慮利害，縱身上崖，將那兩個防守的人擒住，問明螺絲灣路徑，鶴行鷺伏，趕到洞口。恰好許超也得信趕來，才與心源等相見。

這時湘英雖然遇救，卻不知下落，打算回戴家場一看動靜。話未說出口，忽聽一棒鑼聲遠遠傳來，許超疑是湘英又遭毒手，拔步往外要跑。魏青一把拉住說道：「諸位這時千萬出去不得。待我出去看一看動靜，回來再作計較。」心源也覺應該如此，一面攔住許超、雲鳳，忙著魏青快去打聽。魏青知道眾人還未用早飯，忙囑咐他妻子呂氏急速備飯，說罷匆匆自去。

這位呂氏人甚賢能，眾人進洞時，早已著手準備，一會端上飯來。眾人也不客套，各自飽餐一頓。等了一會，魏青尚未回來。許超從閒談中得知，湘英負氣探莊失陷，是因自己而起，又急又悔。雖說被人救去，是否平安回家，也無從得知。適才村中忽然又響了一陣鑼聲，不知是何吉凶。久等魏青不見回來，越想越擔心難過。幾次要跑出洞去探看，俱被心源攔住。

雲鳳坐在一旁，口中雖與女主人不時周旋，心裡頭卻是來回地盤算。忽然失聲道：「糟了！」急匆匆起身往外就走。剛走到石壁面前，忽見壁外石臼移開，鑽進一人，險些與雲鳳撞了個滿懷。定睛一看，見是魏青。雲鳳、許超雙雙搶問，外面鑼聲是否湘英二次遇險，或是戴家場有人來此涉險。

魏青道：「戴姑娘倒未遇險，倒是凌姑娘的老大爺，還有一個年青相公，差點失手。若不是從空降下一個紅臉道士，怕不被羅九那廝活活累死。如今他老人家已被那紅臉道士救走，並且那紅臉道士走的時候，還說戴姑娘也被他救走了。那個意思，好似說與我聽似的。如今戴姑娘既已出險，我看諸位不可在此久待，今晚一同他走吧。」

雲鳳本來急的是臨來時，自己老父本不知道，等到發現，一定追來。自己只顧急於來尋湘英，沒有顧到衰年老父的利害，適才村中鑼響，方才想到。不由心急如焚，當下就疑心是父親趕來，不顧生死，要出洞探看。如今聽了魏青之言，果然自己料得不差，並且又知湘英真個出險，一塊石頭才行落地。

許超關心湘英，自不待言，聽魏青說湘英遇救，急於要知詳情，只管催問魏青。魏青性直氣粗，經雲鳳、許超這一追問，應接不暇，也不知從哪裡說才好。心源知道魏青性情，便攔住許超、雲鳳，對魏青道：「如今凌老英雄與戴姑娘出險，事已過去，無須再為著急。你只把適才去到前面的事，從頭慢慢說來便了。」

魏青道：「這事是這樣的。適才我到前面，見寨前有兩個人，一老一少，和羅九、陳長泰在場中打得正起勁。那老少二人本領俱都不弱，那老的更是出色。陳長泰本敵那青年不過，眼看就要吃虧。羅九倒是狡猾眼尖，我只看他一面和年老的動手，暗中不知放了什麼暗器，打在那青年的肩膀上，那年青的一個支持不住，跌倒在地，被陳長泰趁勢擒住。那年老的見同伴被擒，越發氣惱，只管用盡平生之力施展絕手。羅九卻是壞到極點，他只笑嘻嘻地封閉躲閃，抽冷便來一個毒手，累得那年老的渾身是汗，氣喘吁吁。我才知道羅九那廝打算把年老的活活累死。

「我在旁邊氣憤不過，正打算拚著命不要，去助那年老的一臂之力。還未容我張嘴，忽然又是一道長虹從天而下，場中現出一個紅臉道人。那羅九好似見了什麼剋星，嚇得跪倒在地，叩頭不止。那道人也不朝羅九說話，就在場中將那老少二人一把抓起，破空而去。臨走時我聽他大聲說：『你回去說與他們知道，你們要救的人，業已被我救回去了。』說時臉朝著我。我怕他們看出破綻，嚇得急忙閃過一旁。

「後來問起旁人，才知那老少二人進村的時節，原本說是前來拜莊，要會羅九。防守的人與他們通報時，他二人路遇呂三在一家門外調戲一個婦女，想是他二人上前解勸，不知怎地爭鬥起來，被那年青的將呂三打倒，驚動別人鳴起號鑼。恰好羅九也迎將出來，那年老的一見面，便要羅九還他的女兒和戴姑娘，不然就要和羅九拚命。羅九也不說凌姑娘不在此地，戴姑娘業已被人救走。反說：『久聞你凌操是有名人物，要還你女兒不難，須要贏得了我這一雙手。』凌老先生這才和他約定單打獨鬥，他輸了便自己碰死，贏了須將女兒還他。

「兩人才動上手，陳長泰新從羅九學了幾手毛拳，便用言語激那年青的，四個打做兩對。呂、郭二人倒還懂江湖規矩，並不上前相助。末後凌老先生被紅臉道人救走，才放出劍去追時，那道人業已去遠了。我來時還聽呂憲明同郭雲璞說，那來的是峨嵋派的劍仙，羅九的師父。既將凌某救走，必助戴家場無疑。兩人商量，要去約幾個幫手助拳。聽到這裡，我怕你們著急，就回來了。」

雲鳳聽見老父為她受了羅九許多侮辱，好不傷心。又猜那年青的定是她未婚夫婿俞允中，難為他自知不敵，為了自己，竟捨死忘生，也跟了前來，可見檀郎多情，老父的眼力不差。不過他們被紅臉道人救回戴家場，不見自己回去，豈不還是擔心？不禁著急起來，恨不能立刻飛了回去才好。但是魏青出去打聽幾次，回來總說自從昨晚起，村中連連出事，防守愈加嚴密，連晚上都不易逃走。

眾人雖然心焦，也是無法，只得推心源悄悄從後山駕劍光回去送信，好叫眾人放心。心源劍術不能帶人，分行又怕許超、雲鳳著急，總未提走字。現見二人如此說法，便由魏青先去看看動靜，見左右無人，才出洞去。越過了兩處山崖，站在高處一望，見出口上防守嚴密，已不似早上初來光景，決計繞道飛行回去。剛升起半空，走了沒有多遠，忽聽背後有破空的聲音。回頭一看，見有一道青光，風馳電掣般由後面追來。

心源見來人所駕劍光好像是峨嵋派門下，不知因何追趕自己。說時遲，那時快，只在這一轉念間，那道劍光已經追到。心源人本持重，知道自己劍術能力有限，又看不出來人用意，急忙把劍光往下一頓，打算避開，讓那人過去。腳剛著地，那人也隨著下來，向心源看了一看，忽然一陣獰笑道：「我當是個什麼有能為的人，三番兩次來我呂村擾鬧，原來是你！」

心源降落時節，已認出那人是羅九，知道來意不善，自己也準不是對手，仍裝不知，說道：「朋友，我同你素不相識，我不過閒遊由此經過，你說的話叫我無從索解。我看朋友所駕劍光好似峨嵋門下，你我素無冤仇，追我何故？」

羅九獰笑罵道：「你還以為我不知道你的行徑嗎？那日在長沙城內酒樓上，就看出你不是個東西。彼時因為我有事，也沒和你計較，不想你果然跟來尋我的晦氣。今日要放你過去，情理難容！」說罷，也不俟心源答話，就將劍光放將出來。心源知道無法再說，想走也走不了，只得也將飛劍放出，拚命支持。

那羅九頗得佟元奇真傳，因為佟元奇發現他心術不正，要將他飛劍追去，逐出門牆。當時羅九非常愧悔，再三苦求，又發下許多重誓，才未將他飛劍追去。羅九回到長沙以後，漸漸故態復萌。自尋衛武師報仇，附和陳、呂、郭三人之後，益加自高自大，無惡不作。

今天凌操因為愛女失陷，憑著昔日周濟羅九之德，拚著老命，涉險來和羅九講情理，要還他的女兒。誰知羅九喪盡天良，反想把凌操累死，以博同黨一笑。正在吃緊的當兒，偏偏來了他師父萬里飛虹佟元奇。羅九滿以為性命難保，不料佟元奇只對他冷笑一聲，將凌操翁婿救走，並沒有怎麼難為他。

佟元奇走後，羅九知道佟元奇既助戴家場，決難討得便宜。呂、郭二人雖不如他害怕，也覺棘手。偏偏這時忽然來了幾個幫手，一個便是在成都與峨嵋派鬥劍的金身羅漢法元，呂村諸人自然高興，倚若長城。法元以惡遇惡，與羅九一見投緣，問起剛才之事，便答應收羅九為徒。羅九有了這樣厲害師父，立時又膽壯起來，把佟元奇置諸腦後了。

法元見大家推他為首，便給眾人分派執事。說戴家場既有會劍術之人相助，單靠村壯防守，多嚴密也無濟於事。便派羅九與呂憲明二人從當日起，分班在寨旁高峰上瞭望，遇有戴家場會劍術之人到來，抵敵得過的急速擒住，抵敵不過的便來報信，好歹不放來人逃走。法元來的時節，魏青因為急於回洞報信，所以不曾遇見，差點誤了心源的性命。這且不言。

第十六章　借神火針

話說心源如何是羅九的敵手，才招架不多一會，便被羅九將他劍光壓迫得光焰頓消，氣喘汗流。羅九見心源狼狽，哈哈大笑，不住用言語刻薄取笑。正待施用毒手傷心源性命，忽然兩道紅光、兩道青光破空而至。心源只聽得耳旁有一女子聲音，只說得「便是此賊」四字，立刻便見一道紅光直奔羅九。羅九見來人勢眾，劍光厲害，知道難以討好，便駕劍光逃回去了。

心源喘息初定，和來的這四個女子相見，內中一個便是那女飛熊何玫。同心源見面後，那四個女子便約了要去追趕羅九。正待起身，忽見匹練般一道長虹從空降下，現出一個紅面無鬚的道人來。除心源外，那四個女子倒有兩個認得，來的是本門前輩萬里飛虹佟元奇，急忙上前相見。佟元奇忙道：「呂村現在又添了金身羅漢法元同好幾個厲害幫手，你們不可輕敵涉險，先回戴家場，等人到齊了再說吧。」便催眾人急速回轉。那兩個女子正待喚同伴拜見時，佟元奇已破空走了。

何玫還想到呂村一探動靜，經不住那幾個同來的女子苦攔，這才一同回轉戴家場。玄極、白琦同凌操、允中、湘英已在門前迎候。大家見面之後，才知來人除女飛熊何玫、女大鵬崔綺外，便是成都辟邪村玉清觀居住的女空空吳文琪和黃山餐霞大師新收得意弟子女俠周輕雲。

原來何、崔兩俠女回到衡山，金姥姥羅紫煙已不在洞中，出外訪友去了。再往善化去尋師兄羅新時，羅新也不在家。何玫著了急，只得回山先把師父的丹藥取出，將崔綺被污的寶劍淬礪一番，囑咐師妹向芳淑，等師父回山，便將經過代為陳述，請她駕臨戴家場。自己便同了崔綺駕起劍光趕往黃山，去尋她好友女空空吳文琪相助報仇。

到了黃山，才知女空空吳文琪與周輕雲、朱文三位俠女正在成都，參與各異派鬥劍。二人又趕到成都玉清觀尋著吳文琪，說明來意。吳、周二位俠女正在成都閒得沒有事做，又加上吳文琪同何玫是至好結盟姊妹，當下一口應允。四人打算趕到呂村，先給呂、郭二人吃一點小苦頭，再到戴家場同眾人相見。剛到呂村，便遇見心源同羅九拚命相持。何玫認得心源同羅九，便約眾人上前相助。要不是佟元奇說法元到了呂村，叫她四人回去，早就同呂、郭二人拚命去了。

眾人引見之後，心源也將雲鳳、許超現在魏青家中，晚間才能回來，對凌操、湘英、允中等說知。凌操、湘英、允中雖然還不大放心，也就無可如何。白琦便對眾人說：「如果到了夜間，雲鳳、許超不見回轉，再請人去接應便了。」

黃玄極道：「貧道此來未效寸勞，呂村既然連空中都著人防守，凌姑娘與許三弟俱都不會劍術，夜晚逃回不一定就容易的。貧道願在這時趕去接應他二位回來，以防遲則生變，還連累魏青夫婦都有不利。」

眾人見玄極如此熱心，俱都非常欽佩。當下何玫、輕雲等也要跟去。玄極不願人多，便用目向白琦示意。白琦道：「四位俠女遠來辛苦，盛意極為可感。請暫歇息，由黃道長一人前去。如到晚間不回，再請四位俠女前去接應吧。」

吳文琪也覺人多反而誤事，又知黃玄極是玄真子弟子，必有真實本領，倒不如由他一人前去妥當，也幫白琦勸阻，何玫、輕雲俱聽吳文琪的言語，這才打消原意。

玄極走後，湘英便請四位俠女到內室更衣洗漱。戴家場平空添了四位俠女相助，佟元奇又在暗中幫忙，自然聲勢頓盛。惟獨湘英見四位俠女都和她年歲不相上下，俱有飛行絕跡的本領，好生欲羡，便打算等雲鳳回來，商量請四位俠女介紹學習劍術。這且不言。

話說玄極趕到魏青住的山洞之內，對魏青說明來意，見了雲鳳、許超。仍候至天晚，由魏青先出外探路，知道空中防守仍是羅九值班，比較本領稍差。這才由一條僻徑引到村口，繞著山路，護送二人回戴家場。到時業已交二鼓，眾人正等得心焦，預備請人前去接應，見他們回來，好不欣喜。湘英見了許超仍是淡淡的，招呼兩句便自走開。

雲鳳問起湘英腳程如何那樣快法，才知湘英是因以前打獵，發現過一條捷徑直通呂村的中心——久已忘卻，那晚才得想起，近了數十里路——不想差點送了性命。在石牢之時，因為氣暈過去，直到醒來，忽見眼前一亮，便被人帶了出來。直到回了戴家場，才問出那人是劍仙佟元奇。

二人本是好姊妹，經了這一番患難，益發親熱。一面說，一面又把四位俠女一一介紹，俱各互相敬愛，談笑風生。只苦了俞允中和許超，眼巴巴盼著愛人相見，卻都不大理你。俞允中有時還得著雲鳳一絲青睞。許超卻連湘英正眼都不能得到，不由嘆了口氣，走開一邊去了。湘英見許超走開，見雲鳳望她一眼，只抿嘴一笑，眾人也俱未在意。大家直談到更深夜靜，又派許超去換回衡玉與眾人相見後，才各自分別安歇。

時光易過，一轉眼便是二月初一。白琦便命人在前面廣場上用木板搭起三座露台：一座是賓位，一座是主位，當中一座充作打擂之用。在戴家場門前地上，用三尖兩刃的短刀及極細的黃沙和黃豆，各排成十丈長的兩條道路，直通廣場露台之前。又將客廳收拾整齊，準備了上好酒筵，到日應用。然後請黃玄極持著十來封大紅柬帖，去到呂村投遞，請呂村主要人等初三早上來飲春酒，就便替陳、俞兩家排解。

玄極到了呂村，見著呂、郭二人，說明來意。呂、郭二人面上一絲也不露出惡意，反慇勤款待玄極，說是到日準去赴約。呂、郭二人同玄極談話中間，才知道玄極是東海三仙之一玄真子的門人，便猜此次戴家場又有峨嵋派中人幫助，暗中好不著急。等到送玄極走後，便請出金身羅漢法元來商議。

法元自在成都吃了峨嵋派苦頭，原想親身去尋萬妙仙姑許飛娘商議報仇之計，在路上聽人說起呂、郭二人業已從華山回到呂村，因為華山烈火祖師這次不來成都相助，必有原因，想問一問呂、郭二人詳情，以便異日好約烈火祖師幫忙。及至到了呂村，會見呂、郭二人，才知烈火祖師本想幫忙，因為他修煉多年的烈火雷音劍還沒煉好，同時又接了神尼優曇的警告，所以不敢造次。

法元問明原因，本想告辭，到黃山去尋許飛娘商量，經不住呂、郭二人再四挽留破了戴家場再走。法元本想利用他二人去約烈火祖師異日幫忙，又聽說戴家場不過是幾個武藝高強的常人，雖說有佟元奇等幾個會劍術的，均不在自己心上。見呂、郭二人發愁，哈哈笑道：「峨嵋派有什麼打緊！只不過白矮子這個老賊所居近在咫尺，有些討厭。好在日期已近，他們倚仗佟元奇，不曾知道我在這裡。我們正好到日見機行事，最後我才露面，殺他個措手不及。倘若約出白矮子來干涉我們，索性回轉華山，矮子決不會和這些鄉民為難，又奈何我們不得。等到令師烈火劍煉成，我們再去尋他晦氣好了。」

呂、郭二人聽法元如此說法，也覺有理。商量了一陣，照樣派了一人到戴家場去下書，道謝答禮。只說幾方都是鄉鄰世好，誰也不願輕動干戈，誠恐像往年各村大械鬥，誤傷多少人命，所以才約同陳、羅二位，屆時到貴村赴宴，就在席前排解，為陳圩、戴家場兩方講和。下書人到了戴家場，見著白琦、凌操諸人，自有一番客套交代。

等到下書人去後，心源對白琦道：「呂村幣重言甘，若不是知道我們這裡有能人相助，便是藏有毒計，我們不可不留一點神呢！」

白琦道：「此言極是。他既先禮後兵，到了後日，我們表面也同他們特別恭敬，還是暗中留神要緊。」白琦深知道這幾位俠女都是藝高性傲，便托凌操轉託雲鳳與四位女俠關照，屆時稍為持重一點，既有法元在場，千萬不可輕敵。眾俠女一一首肯。

到了晚間，忽然門上長工進來回話：莊外來了一位年輕尼姑同著一位少年公子和姑娘，說是從成都來的，要見吳、周兩位俠女。這時眾俠女俱在後園與雲鳳、湘英談天，白琦一面著人去請來相見，一面便親自迎接進來。裡面這些女俠聽說來客，也追了出來。文琪、輕雲見是玉清大師同張琪兄妹，心中大喜，忙同眾人引見。坐定之後，輕雲問大師，如何有此清暇前來相助？

玉清大師笑道：「我日前從大獅王峰回來，他兄妹二人說你們二位被何、崔兩位道友約往戴家場，去同兩個異派中人交手。他倆本想跟來看個熱鬧，因為我不在觀中，無人看守門戶，不帶他們來。見我回來，便磨著我帶他們到此地開開眼界。我被磨不過，又想起郭雲璞這廝頗會一些妖法，是烈火祖師得意弟子，也想來見識見識。剛答應帶他兄妹前來，我恩師忽然駕到，見他兄妹二人資稟不差，又憐我苦修多年，尚無承繼衣缽的人，著瑤青拜在我的門下。

「她哥哥見妹妹拜我為師，他自己沒有著落，恩師門下向沒收過男弟子，求了一陣不允，便哭了起來。後來還是恩師說，長沙戴家場和呂村二月初三械鬥，有金身羅漢法元到場。曾從卦象上看出，這雖是一種普通鄉民械鬥，暗中乃有正邪各派之人在內中參預。呂村方面，法元並不要緊，最可怕的是這後一天上，有一個從雲南深山中趕來的苗人，妖法著實厲害，不是普通劍仙所能抵敵，叫我帶了他兄妹二人前來。一者觀光，遇機小效微勞；二則就代張琪尋一個有緣的師父。」

眾人見玉清大師自來相助，個個興高采烈，忙命大擺筵席，與新來三位嘉客接風。入座之後，周輕雲問玉清大師道：「我記得追雲叟白師伯近在衡山，如何坐視眼皮底下許多異派中人猖獗，也不過問呢？」

大師道：「你哪裡知道。一則割雞不用牛刀；二則還是因為那個苗人姚開江的祖師與他有些淵源，其惡未著時，不好意思參預。還說他老人家欺凌小輩，日後又多出枝節。就拿何、崔二位的令師金姥姥羅紫煙來說，也並不是不在洞中，也為的是有姚開江在內，不願開罪他的祖師的緣故；又加上受了追雲叟之託，在後洞將護頑石大師，不能遠離。這次何、崔兩位性急，只在前洞看了一看，不曾到後洞去，又聽了她師妹的話，以為令師真個不在洞府。請想令師如果真個不在，那令師費盡半生心血，煉就淬礪劍仙飛劍的丹藥，何等珍貴，豈能隨便擱在明處，由何、崔兩位取用呢？」

何玫、崔綺聽了玉清大師之言，恍然大悟。暗怪向芳這個丫頭，師父既因特別原因不能下山，也該明言，為何誑說雲遊未歸？險些誤事丟臉。也怪自己粗心，只到前洞，一聽師父下山未回，便即走出。如若不然，好歹苦求，也要將師父請來，給自己報仇除害。二人一算日期，知道回山還來得及，便同眾人商議，要二次回衡山去請金姥姥。

玉清大師道：「令師暫時決不會來，要來也無須二位去請，何必徒勞往返呢？」

何、崔二人總覺顏面無光，執意要去。

玉清大師道：「不是令師不來，實在因是和白老前輩一樣，都和那苗人的祖師有許多的瓜葛，比不得家師和佟師叔，俱與對方素無瓜葛。二位執意一定要去，萬一令師不來，我知道她老人家手下有一件鎮山之寶，名為五行神火針，專破各種毒物妖術，如能借來，大是有益。」何、崔二人聞言，應允默記下來，與眾人作別去訖。輕雲便問：「那苗人姚開江的祖師叫什麼名字，這樣厲害？他和追雲叟、金姥姥有何淵源，致有顧忌？」

玉清大師道：「當日白老前輩原是夫妻二人一同學習劍術，最初曾在南疆中去採藥，在爛桃山遇見千年毒瘴，師伯母凌雪鴻中了瘴毒，性命難保。白師伯道力較深，見機較早，忙用劍光護體，將師伯母救離毒瘴的氛圍。此時師伯母真是危險萬分。知道姚開江的祖師紅髮老祖藏有千年蘘荷，專治蠱毒瘴氣，除此別無救法。因他是異派邪教，不好逕去求他。

「正在無法可施，偏偏來了救星。原來這種千年毒瘴名為五雲瘴。這爛桃山的得名，由於遍山皆是桃樹，結實如盤，可惜遠隔南疆，山峻澗深，人跡罕到，無人採摘，由它自生自長。年深日久，高處落的桃子，隨著風雨山泉滾到低處，越積越多，日久腐爛成為泥漿，把山中心的大平原變成一片沼澤。每到三四月至八九月，沼澤中的桃泥受了太陽蒸發，幻成一片五彩雲霧，大風吹都不散。它因為是桃花桃實所化，所以又名桃花瘴，真是厲害非凡。

「這爛桃山附近有一座火山，一年準噴一二次火，時間卻說不定。只要鄰山噴火，毒瘴受了地底的震動，千百年所斂聚的五雲毒瘴，便蓬蓬勃勃從地底下直冒上來，佔地約百十畝大小。遠望好似一根五色玲瓏彩柱，耀眼生光，比雨後長虹還要好看十倍，卻不知其毒簡直無與倫比。幸而這瘴出現時間不久，頂多個把時辰，便自行收入沼澤之中。這種天地戾氣所凝之處，偏在沼澤中間產生了好幾種各樣靈藥。

「白師伯也知沼澤中有毒瘴厲害，因為那種靈藥是天材地寶，修道人得了，可抵過數百年功行，仗著口中啣的百草丹能御瘴毒，冒險前去採取。不料才採到一樣名叫紫蘇梅的，不知怎地，鄰山火發，衝動地下蘊藏著的千年毒瘴，沖霄而起。師伯母站的地方正當瘴的出口，還算白師伯冒著百險將她救了出來，業已渾身青紫，命在旦夕。

「幸而紅髮老祖那日瘴起時也在遠處山頂上。他久已想到煉一個葫蘆，用法術把那千年毒瘴收去，一則替世間除一大害，二來還可利用它煉成一種寶貝。偏偏那沼澤中，瘴雖是經年常有，地下蘊藏著的千年毒瘴卻是出沒不常。並且還像有點靈性似的，自從紅髮老祖起意收它，從此輕易不再出現；有時出現，俱值紅髮老祖不在山中，等到紅髮老祖得信趕來，業已收回澤內。

「紅髮老祖想收了多年，也未到手。這日偶在山頂閒眺，見有一男一女走向沼澤中去，大為驚異，便要看個究竟。忽聽地下微微震動，五雲毒瘴同時沖霄而起，便知澤中二人必無倖理。急忙追下去收那瘴時，忽又見一道金光從五雲瘴中閃電一般衝出五色氛圍，落往前山去了。

「等到紅髮老祖拿了應用法寶走進沼澤，那瘴凝幻而成的五色彩柱眼看好似通靈一般，哧溜一聲吸入澤內，又白喜歡一場，好生失望。便跟蹤適才那道金光尋往前山，想看看來的是什麼高人，就便看看受傷沒有。走到近前，師伯母業已奄奄一息了。白師伯一見紅髮老祖，兩下雖是道各不同，卻談得很投機。承紅髮老祖慨贈千年蘘荷，師伯母命才保住。雙方因為這點因緣，成為朋友。

「白師伯知毒瘴害人，師伯母病癒以後，便同紅髮老祖商量，合力將它除去。同時又遇見金姥姥來採紫蘇梅煉淬礪飛劍丹藥，四人合力試驗了多少次，俱未如願。後來會見長眉真人，才知那沼澤中的五雲瘴，被一個怪物名叫象龍的操縱，不遇見大有仙緣的人不能除去。那怪物憑著沼澤的天險同毒瘴的保護，無論仙凡俱奈何牠不得。白師伯、金姥姥無法，只得罷休。聽說紅髮老祖至今仍未死心哩。那姚開江便是紅髮老祖得意徒孫，又係奉他師祖之命，初次下山到中土遊歷。不過受了各異派人的引誘，前來助紂為虐，其本人尚無大惡。所以他兩位老人家看在他祖師面上，不能不留一點香火之情。」

輕雲道：「據這裡人所得的消息，呂村現在並無這樣一個姓姚的苗人，大師卻這般知根知底，真有前知之明了。」

大師道：「我雖略能前知，也不能知得這般仔細。都是來時，恩師他老人家對我說起，在四川灌縣二郎廟前遇見矮叟朱老前輩。朱老前輩說他破完慈雲寺，去訪一個方外老友。那人說起日前姚開江同了法元的徒弟多臂熊毛太在一起，毛太不知從什麼地方得來消息，知道法元已到呂村，由呂村去黃山再尋許飛娘。毛太便邀著姚開江，一同去尋他師父金身羅漢法元。恩師才從卦象算出二人到了呂村，姚開江定要被他利用來與戴家場為仇；並說毛太在路上約請的人很多。所以這一次雖是兩村械鬥，卻非同兒戲。」

大家正聽得出神之際，門外長工又進來報說，外面來了兩位道長，要見黃、趙二位。心源、玄極暗想自己在此並無人知道，猜不出來人是誰。迎將出來一看，卻是峨嵋派中劍仙萬里飛虹佟元奇與谷王峰的鐵蓑道人，不禁喜從天降，急忙接了進去與眾人相見。

佟元奇見了玉清大師，笑道：「成都一別，不想又在此地相遇。我此次為了羅九這個孽徒，累我費了許多精神。如今見他們那邊添了許多妖人，正愁沒法擺佈，難得大師也來此地，真是幸遇了。」

玉清大師躬身答道：「鄰村妖人盤踞，為害閭閻，弟子奉了恩師之命來此效勞。二位老前輩駕到，戴家場人民不致受害了。」

佟元奇道：「大師休要小覷他們。我起初因羅九隨我多年，原想點化他改邪歸正，不忍就下毒手。後一打聽，才知這廝行為業已罪不容誅。及至到了呂村，又值凌老英雄與凌、戴二位姑娘被困，救人要緊，不及將他除去清理門戶。誰知他見我出面尋他，知無倖理，便拜在法元門下倚作護符。所以我還想借初三他們來戴家場赴約，就便除他。適才平空又由法元的孽徒毛太約來了許多異派幫手，這都不關緊要。惟獨內中有一個姓姚的苗人，是拜在紅髮老祖門下，妖法非常厲害。還有華山派孔靈子、曹飛、郁次谷，都著實了得。

「我人單勢孤，又知這裡的人能力有限，想到衡山去尋追雲叟。走不多遠，便遇見鐵蓑道友從谷王峰往這裡來，說是應黃、趙兩人的約請。並說他已見過追雲叟，說是他因頑石大師病勢危險不能離開，另外還有一個特殊原因不能前來；還說呂村雖然異派人多，到時自有能人相助。只叫事完以後，好歹不要傷那苗人姚開江的性命，這卻不知何故。沒想到大師會從成都趕來，真出我意料之外。」

第十七章　一心向道

眾人談了一會，凌操父女、允中、湘英等又分別拜謝相救之德。白、戴兩人忙吩咐收拾潔淨房子，與遠來諸位道長安歇。湘英、雲鳳便在私下求文琪、輕雲兩位俠女轉求玉清大師收在門下。

大師笑道：「她二人資質倒是不差。我收了一個張瑤青，怕恩師見怪，擔了好久的心，並沒有正式地承認。幸蒙恩師允准，收了下來。我不比別位，不會端出老師的架子，只這一個還不知如何教法，又叫我收第二個，我實實不敢從命。我看我師姊素因同師妹齊霞兒俱沒收徒弟，我一個人倒僭了先，於心不安。我意欲等事完以後，將戴姑娘介紹到大師姊門下，收與不收，那是她的緣分。如蒙收下，豈不是比我又強多了？至於凌姑娘，本是仙人的血統，追雲叟白老前輩的曾外孫女，她又那麼好的資質，我想白老前輩看在仙去師伯母分上，總不能不給她想法吧？」

文琪、輕雲代求了幾次，玉清大師執意不收，只得照實回覆了湘英、雲鳳。湘英見玉清大師肯給她轉介到素因大師門下，知道仙人不會說誑話，只恐與素因大師無緣，又是愁，又是喜。背地又私自親求玉清大師，事完之後務必將她帶走。她的意思，是賴定了玉清大師，不管是誰也罷，倘若素因大師一定不收，仍可死跟定玉清大師不走開，無論如何艱難辛苦，好歹死活也要將劍術學成。玉清大師人本和善，被她苦求，也就答應。

湘英自是心安理泰。惟獨雲鳳為人外和內剛，性極孤傲，見大師那等似拒絕不拒絕的說法，疑心自己資質不夠，沒有仙緣，十分氣苦，也背地去求了幾次，被大師婉言拒絕，只說她目前塵緣未斷，日後所遇仙緣，成就在湘英之上。雲鳳不得要領，不由暗怪爹爹不該早早給她配親。如果自己早知塵世上還有劍仙，嫁人則甚？越想越悔，對允中也淡漠起來。到了夜深人靜，便去焚香，對曾祖姑凌雪鴻祝告，求她默佑早遇仙緣。

到了初二晚半天，雲鳳從後園走出，路遇俞允中，便將他喚住道：「你同我到僻靜處，我有要緊話和你說。」

允中對這位未過門的愛妻真是愛敬而忘死，時常想到初三一過，好歹擇日定婚，早成美眷。忽聽雲鳳卻背人和他說體己話，樂得心花怒放，便跟她走到一座山石後面無人之處。

雲鳳尋了一塊石頭坐下。允中站在旁邊，正待用耳恭聽，雲鳳忽然臉上一紅，朝他笑道：「你也坐下。」說時似有意似無意地朝自己坐的石頭上一指。允中聞言，受寵若驚地挨著坐了下來。雲鳳微微將身往旁一偏。允中初近香澤，雖在平時老成，也不禁心旌搖搖，趁勢拉過雲鳳一隻纖手。雲鳳由他撫弄，毫沒有一絲扭捏。

允中從夕陽返照下，看見身旁坐著的玉人真是容光照人，嬌豔欲滴。不禁神醉心飛，兩隻眼睛注在雲鳳臉上，握住她的玉手，只管輕輕握攏，不發一言。

半晌，雲鳳笑道：「你看我好看不？」允中道：「妹妹，你真好極了。」

雲鳳又道：「你愛我不愛？」允中道：「我愛極了。」

雲鳳忽然正色道：「我老了呢？」允中道：「你老，我不是也老了嗎？以我兩人情好，恨不能生生世世永為夫婦，彼此情感自然與日俱增，老而彌篤。人誰不老？老又何妨？」

雲鳳冷笑道：「假使真能如你所說，你我到老非常恩愛，誠然是不錯的了。可是萬一中道出了阻力，或者遇著什麼外來的災禍，要將我兩人拆散，你便怎樣？」

允中道：「我與妹妹生同室，死同穴。譬如遇著天災，壽限已盡，非人力所能挽回，自不必說。要是無端遇見外人的欺侮，憑我兩人這一身本領，還怕他何來？」

雲鳳道：「哼！慢說你的那一點本領，連我也不行。就拿這一次同陳圩結怨說，如不是白、戴諸位相助，我們還不知能否保全性命。如今又加上呂村助紂為虐，兩下勝負還難判定。就算這一次得了各位前輩劍仙相助，佔得上風，但冤仇一結，彼此循環報復，再照樣來一回。各位劍仙前輩不能永遠跟著保護我們，一旦狹路相逢，敵又敵不過，跑又跑不脫，那時求生不得，求死不能，如何是好？」

允中道：「萬一日後再遇此事，妹妹要吃了人家的虧苦，我拚著性命不要，也要同他們分個死活，不濟則以死繼之。」

雲鳳道：「拚死有什麼用？如此說法不要說生生世世為夫婦，連今生都難白頭偕老了。」

允中道：「依你說該怎麼樣？」

雲鳳道：「我從前何嘗不自負本領高強，說也可憐，直到日前見新來的幾位俠女，才知人外有人，天外有天，原來劍仙也是人做的。你真沒志氣，眼前有許多劍仙俠客在此，不去設法求教，一心只圖眼前的安逸快樂。等到良機錯過，再遇仇人報復，那時後悔就來不及了。我今日找你來作密談，就為湘英妹子已得玉清大師允許介紹到素因大師門下，我也求了幾回，大師只用言語支吾。我想事在人為，心堅石也穿，大師那人又極好說話。我打算趁此良機，不管大師願意不願意，等事完以後，死活跟定大師，求她攜帶攜帶。

「雖然說不得同你暫時分別，卻是去謀那百年長久之計。你也去苦求佟老劍仙收歸門下。萬一不成，你替我奉養老父，我學成以後，再來傳授給你。不但日後不怕人欺負，說不定還許遇著仙緣，長生不老，豈不勝如人世的暫時歡娛麼？你是個明白人，你也知道我的脾氣，主意已定，可不許你事前告訴爹爹。如若走漏消息，這輩子休想我再理你。」

一路說著，站起身來就走。允中忙喊：「妹妹慢走，還有話說。」雲鳳已走遠了。

其實允中何嘗沒有上進之心，當佟元奇來時，便托黃、趙二人代他懇求收入門下。

佟元奇只笑說：「他自有他的安排，何須找我？」

允中家道殷富，眼前又守著一個美麗英武的嬌妻就要過門，起初原有點見獵心喜。及至見求了兩次不得要領，也就願學鴛鴦不羨仙了。

他後來聽凌操說雲鳳、湘英要拜玉清大師，嚇了一跳，忙托凌操勸阻，自己時時刻刻都在留神打聽。幸而玉清大師不肯替雲鳳設法，才得放心。知道雲鳳性傲，怕羞了她，見面時裝作不知，從不談起。今日見雲鳳約他到無人之處密談，滿擬是一半天事情解決，和他商量新婚佈置，說幾句體己話兒。不想雲鳳說了一大篇道理，還是書歸正傳，要和他暫時分別個三年五載，去從玉清大師學道。好似兜頭一盆冷水，直涼到腳底心。

允中知道雲鳳主意已定，決難挽回，又不敢逕去告訴凌操，惹翻了她更不好辦。眼看本月佳期又成空想，如何不急？越想越煩，垂頭喪氣回到前廳。因為明晨便是初三，除有一二人在外巡守外，餘人俱在廳中敘談。允中坐定後只管沉思，幾番看見雲鳳和湘英以及四位俠女談談說說，十分熱鬧，連正眼也不看他，越加心中難受。

允中離玉清大師坐得最近，忽見玉清大師對他微笑點了點頭，允中心中一動。暗想：「我的心事莫非已被她看出？何不將計就計，明白示意求她不要將雲鳳帶走？劍仙來去無蹤，她如決心不帶，雲鳳想走也是不行。」正要心中商量明日如何措詞，忽聽玉清大師笑對佟元奇道：「想是貴派當興，這兩年晚輩所遇見的青年男女，大都宿根甚厚。有的雖不免暫時為世情牽累，結果仍是不久歸還本來，真是奇事。」

佟元奇道：「一二日內此地事了，聽說大師還帶一二位同行，可有此事？」

大師道：「晚輩道淺德薄，蒙家恩師不加愆罪，收了一個張瑤青，已覺過分，何敢多收弟子？因見戴、凌兩位姑娘根基甚厚，凌姑娘是白老前輩的內姪曾孫女，自有她的仙緣，不容晚輩越俎；戴姑娘向道真誠，志行高潔，託了晚輩多次，素因大師姊皈依恩師座下多年，道行勝出晚輩十倍，尚無弟子，意欲等事完之後，將她帶到大師姊那裡，求她收歸門下。前輩以為然否？」

佟元奇道：「我誤收了一個羅九，累我費了若干手腳，貽羞門戶，異日掌教師兄難免見罪。本不想再收弟子，一則張琪心地根基大至還非不可造就，二則又是優曇大師的介紹，不容不收。我此後抱定寧缺勿濫，不敢隨便收徒了。」

允中聽了，知道玉清大師言中之意並沒有答應將雲鳳帶走，稍放寬心。不過玉清大師說她別有仙緣，想必是推託之言，即有也在日後。且不去管它，只等事情一完，立刻催促老岳父辦喜事，那時夫妻恩愛，再要生男育女，她就想走也不行了。想到這裡，不禁愁懷頓解，喜形於色。

雲鳳何等聰明，聽玉清大師之言，好似指出她心事，表示拒絕，又愁又急。適才偷見允中發愁，這會又見他轉愁為喜，暗恨他幸災樂禍，不由心頭火起。暗想：「你不願走，我偏走給你看！」深怕玉清大師不允，劍仙飛行絕跡，跟蹤不上，那時白丟人，還是學不成劍。還想等到夜深人靜，再向玉清大師苦求，以死相要。心雖如此，臉上卻毫不露出絲毫痕跡，仍和諸俠女談笑自如。這且不言。

白琦見明日便是雙方生死關頭，佈置一切非常嚴整。親自跑到廣場上巡看數次，覺著滿意。晚飯後，才請佟元奇、玉清大師、鐵蓑道人主持一切。佟元奇輩分最高，也不再客氣了，居中坐下。玉清大師與鐵蓑道人分坐兩旁，其餘各人也都依次就座。

佟元奇道：「此番呂村既請有能人到來，定要變更其原來計畫，明張旗鼓而來。他既如此，我們也無須藏頭露尾。屆時仍由白、戴二位莊主為首迎接，我等隨後，請他們入席，以盡地主之誼。以後由貧道向法元答話，與你們兩下排解。

「倘若言語失和，我便提議：凡是雙方約請來的人俱至廣場，分坐兩旁蓆棚。陳圩、戴家場兩方主體人先行登台，一個對一個，用打擂的方式解決兩家曲直。如果各方請來旁觀的人不服，再行各按本領深淺交手。另外派下數十名村壯預備籐蘿等物，抬護受傷的人。我們須要認清敵人。除那苗人姚開江由玉清大師對付外，我專對付法元，鐵蓑道友專對付那郭雲璞。除這三個比較高明的異派，其餘便由小一輩弟兄對付足矣。」

分配既定，佟元奇請鐵蓑道人去至呂村探看虛實。鐵蓑道人去了約有個把時辰，業已會見魏青，探看清楚，回來報導：「姚開江同多臂熊毛太業已到呂村，還請來了許多黨羽，內中有成都慈雲寺漏網的三眼紅蜺薛蟒、九尾天狐柳燕娘、霹靂手尉遲元等。其餘儘是呂憲明、羅九舊日江湖上的黨羽，雖有幾個武功甚高之人，俱都不會劍術。現在有好些人俱要拜在法元門下學習劍術，聽說法元是一律收容，來者不拒。他們準備明日破了此地，便舉行拜師之禮，由毛太送回五台山去。法元再到黃山五雲步尋許飛娘，會商報仇之計。」

佟元奇哈哈笑道：「在成都比劍之後，掌教師兄傳諭說，門下弟子此後俱應分途勤修外功。那一夥為害人間的淫賊巨盜，正沒處去細搜他們，難得就此機會他們自投羅網，再妙不過。不過明日交手，一定死人甚多。胡奴手下的官府平日不會化民勸善，遇到兩村械鬥，事前裝聾作啞，決不先為曉諭排解，化干戈為祥和；一旦鬧出事來，死傷多人，兩家興訟，牽累上百十家人破產打官司。我們如果事先沒有準主意，明日雖然大獲全勝，戴家場仍是脫不了干係。最好請大家注意，如遇呂村、陳圩帶來的本鄉本上人氏，除主惡外只可生擒，不可傷害，以免日後涉訟。事完以後，再留一二位同道在此暫住些時，倘若興訟，便去警告官府，省得牽累良善。事前再雙方約定，自事自了，決不動官。好在這裡僻處深山，如果當事人不去控告，官府不易知道，縱有耳聞，無人出頭也就罷了。」

這一番話，大家都非常佩服佟元奇老謀遠慮。到了三更向盡，忽然前面望樓上號燈招展，鑼聲大震。白琦大吃一驚，疑是呂村不守信義，黑夜偷襲戴家場。但是敵人有好些俱會劍術，為何公然由正面谷口進入？一面下令準備，自己約了玄極、心源，飛身出去觀看動靜。等到會見來人，才知俱是自己的好友和同門師兄弟等，連忙接了進來，與眾人相見。

原來日前白琦到了善化去尋羅新不在，只見著羅新的弟子楚鳴球。等了幾日，不見羅新回轉，便托楚鳴球等羅新回來轉告，自己仍回戴家場等候。白琦走後，楚鳴球非常替他擔心，自己因奉師命不能走開。正在為難，忽然日前來了羅、白二人的好友、湘江五俠中的虞舜農，楚鳴球便把白琦之事相告。虞舜農聞言動了義憤，趕回湘潭，把湘江五俠中的黃人瑜、黃人龍、木雞、林秋水約齊，還約了善化關帝廟岳大鵬，俱是有名的俠士，連夜趕到戴家場。谷口防守的人見來人步履如飛，行跡可疑，展起號燈，才引起這場誤會。戴家場平空又添了幾位俠士，越加安心靜等明日交手。不提。

到了初三早起，大家一齊聚集前廳。各人按照佟元奇分配的職守位置，自去依言行事。只剩下白琦、戴衡玉、許超、心源、玄極以及玉清大師、鐵蓑道人、萬里飛虹佟元奇三位劍仙在前廳靜候。湘江五俠把守谷口。直到辰牌時分，不見敵人蹤影。眾人正在奇怪，忽聽轟隆一聲大震過去，外面好似地裂山崩，人聲嘈雜，響成一片。廳中八位劍俠急忙出看，只見魚神洞那邊塵土飛揚，起有數十丈高下。村民惶惶，恍然大禍將至。

白琦連忙下令傳諭眾人：此乃妖法，不能傷人，大家務要鎮定，不許自己驚惶。這些村民平昔都受過訓練，又早聽人說三位莊主請來了不少劍仙俠客為他們幫忙。適才以為地震，才個個驚惶。現在見莊主同了幾位劍仙出來，只震了一聲立刻停止，以為定是劍仙法力，又見白琦傳令，也都安心，不敢妄動了。

玉清大師知是呂村來的妖人弄的玄虛，正待迎上前，忽見兩道劍光，文琪、輕雲兩俠女雙雙飛至，說道：「弟子等四人奉令空中巡守，適才走至魚神洞那邊，忽見山崩地裂，一聲大震，壓在魚神洞上面的山峰平空自起，把魚神洞頂搗去，將呂村故道打通，卻不見有人過來。現在何、崔兩位姊姊在彼防守，特來請示。」交代已畢，仍回原處防守去了。

頃刻何玫又御劍飛報：「魚神洞舊道被呂村用妖法打通後，現由呂村那邊出現十二個披頭散髮奇形怪狀之人，各持長鏟掃帚，打掃洞中沙石，看上去蠻力很大。這邊的人同他答話，他們都好似目瞪口呆，只顧慢慢平整洞路，不發一言。弟子等因遵法諭，未敢妄動，特來請示。」

佟元奇道：「知道了。爾等仍守原地，我們隨後就到。」何玫奉命去訖。

佟元奇道：「敵人嫌正面路遠，故意用六丁開山之法打通魚神洞舊道，以為先聲奪人之計。大師有何高見？」

玉清大師道：「據晚輩觀察，那十二個人必是呂村鄉民，受妖法支配，力大無窮。他們先用妖法將山路打通，卻故意驅使六丁附體，修平洞路。等到洞路修平，他們再好整以暇走將過來。這無非是苗峒妖術，存心炫人耳目。我們只須裝作不知，迎上前去。待等他們走過那洞時，晚輩當略施當年小術，使其知所警戒。」

佟元奇道：「大師昔年妙法通神，又從優曇大師尋求正道，佛力無邊，我們今日可得開眼界了。」

玉清大師道：「旁門左道，為了戴家場生靈，不得不重施故技，前輩太誇獎了。」

大家正在說話，輕雲又來飛報道：「那十二個怪人業已將山路修平，修離這邊洞口不遠，忽然隱形不見。對面尚無動靜，只魚神洞旁山坡之下，有一穿得極破爛的化子在陽光底下捉虱子。我們因見山崩洞裂沙石翻飛，他神態自如，有些奇怪。後來再去尋他，卻不見了。」佟元奇仍命輕雲回守原地。對玉清大師道：「看這情形，明明是敵人故弄玄虛來驚動我們，好迎上前去。他卻慢慢動身，讓我們久等，以便遂他輕視之心罷了。」

玉清大師道：「這倒不消慮得。」說罷，掐指一算，然後說道：「今日乃是未日，苗人按方向日干生剋，要午時才得動身。魚神洞有四位俠女在彼防守，相隔甚近，又曾再三叮囑小心應付，決無差錯。我們迎接太快，反招他輕視，疑我們慌了手腳。最好不去理他，算準時刻，連四俠女俱都召回。到了巳末午初，由白莊主一人前去迎接他們，晚輩在暗中跟隨，只須如此如此便了。」於是將計謀略述一遍。商量定後，白琦又陪著這幾位劍俠步至廣場看了一看。這廣場正對著戴家場大門，背後是一座大山峰，山峰兩旁又突出兩個小山峰，恰好將這一片廣場包圍。兩座蘆棚便搭在那兩座小山峰的半腰上，斜對著當中的擂台。

自從佟元奇、玉清大師先後到來，以前的佈置好些變更。改由兩座蓆棚下起步，在每個蓆棚前面二丈遠近，先埋下一根蓮花樁。這蓮花樁用薄木塊做成，形似蓮花，木板底下卻用一根細竹竿頂牢，插在土內。樁前四五尺遠近，用極細的黃沙堆成三四丈長、尖頂的沙堤。沙堤兩盡頭相對處相隔丈許，又有兩個蓮花樁分插在兩方沙堤之內。再由此折向擂台方面，儘是鋒利無比的三尖兩刃刀，刃頭朝上，長短不一，排成各種式樣的道路，直達台口。又有兩個蓮花樁，比先前兩個卻來得大些，竹竿也要細些。兩邊蓆棚相隔原不過十多丈，遙遙相對。離正面擂台更近，才只六七丈遠。

白琦成心要顯露他湘江派的絕頂武功，才用這各種的佈置。雙方比武的人，各由擂台縱到那隨風搖擺的蓮花樁上站定，遙向對面道一聲「請」。再由蓮花樁上縱到那平整如削的沙堤上面。先不奔擂台，各用登萍渡海草上飛的功夫，順著沙堤直奔兩棚相對的中心點，縱到二個蓮花樁上。這時兩方相離不過丈許，可以在此各說幾句江湖上的交代。然後舉手再道一聲「請」，就在樁上站定，隨意使一個架式。轉回身縱到那數丈長的刀堤上面，順著刀堤直奔擂台，縱到第三個蓮花樁上，跳上離地四五丈的擂台上交手。

這三個蓮花樁一個比一個不同：頭一個插在土內，還稍結實；第二個插在沙內，跑在沙堤上面，原不准有腳印，再由沙上縱到蓮花樁上，豈不更難？末後刀堤倒還不大緊要，最難是由第三個蓮花樁上往台上縱，非有絕頂輕身功夫，如何能辦得到？白琦同眾劍俠巡視一遍，覺著滿意。再看時光已交巳末，這才同了玉清大師，一明一暗往魚神洞口而去。

第十八章　窮神出世

話說白琦別了諸位劍俠，獨自往魚神洞走去。剛離洞口不遠，便見輕雲、文琪兩俠女從空中飛至，見了白琦報道：「我四人因見魚神洞方面無甚動靜，遵了佟師叔法旨，暫時不曾在洞口露面，只在空中來往巡守，直到這時仍無動靜。適才玉清大師隱身先到，看了看形勢同起立的那座孤峰，叫我等對白莊主說知：少時如見敵人由洞中走來，上前迎接，須要故作不經意的神氣。等來人出了魚神洞約有半里之遙，然後再按照玉清大師所說做去便了。」白琦聞言，默記心頭。文琪、輕雲交代已畢，自去依照適才佟元奇所說準備。不提。

白琦趕到魚神洞口，天光業已交午。心想尋一個隱身之處藏躲，等敵人到來再行出現。剛走到一個岩石後面，忽見上面睡著一個相貌奇醜的叫化子，將身伏在石上睡得正香，先還沒有注意。剛想另尋一塊山石坐下，忽聽那化子口中喃喃說出夢話道：「好大膽的東西，真敢一個人往這裡來。我把你一把抓死。」

白琦聞言，心中一動。暗思：「適才輕雲回報，也說這裡發現過一個化子。這幾年全湘年景甚佳，人民都安居樂業，深山中哪裡來的化子？這人形跡可疑，倒不可對他輕視呢。」

想到這裡，只見這化子一邊說著夢話，倏地翻身坐起，右手起處，抓起一個粗如兒臂的大蛇，頭大身長，二月通紅，精光四射，七八寸長的信子火一般地吐出，朝著那化子直噴毒霧，大有欲得而甘心的神氣。怎耐蛇的七寸子已被那化子一把抓緊，不得動轉。那蛇想是憤怒非常，倏地上半身一動，猛從那化子所坐的一塊大石之後伸起兩三丈的蛇身，遍體五色斑斕，紅翠交錯。剛伸出來時，身子筆一般直，身上彩紋映日生光，恰似一根彩柱。

說時遲，那時快，就在白琦駭然轉瞬之間，那蛇倒豎著下半身，風也似疾，直往那化子身上捲去，將那化子圍了數匝，掉轉長尾往化子臉上便刺。白琦見勢不佳，剛要拔劍上前，那化子喊一聲：「好傢伙！」他那一雙被蛇束緊的手臂，不知怎地竟會脫了出來，左手依然持著蛇頭，右手已經抓住蛇尾。那蛇雖然將化子身軀束住，卻是頭尾俱已失了效用。一面使勁去束那化子，一面衝著化子直噴毒霧。那化子和那蛇四目對視，一瞬也不瞬。

白琦已覺這化子決非常人，正要移步近前。那化子瞪著雙目，好似與蛇拚命，不能說話。見白琦近前，一面搖著持蛇尾的右手，兩隻眼睛冒出火來一般，倏地大喝一聲，雙臂振處，蛇身已經斷成好幾半截，掉在地下。

那化子好似有點疲倦神氣，站起身來，彈了彈身上的土。身上所穿的那件百結鶉衣，被那條怪蛇一絞，業已絞成片片，東掛一片，西搭一片，露出漆黑的胸背，如鐵一般又黑又亮。那化子滿不作理會，連正眼也不看白琦一眼，懶洋洋地往巖側走去。白琦正要追上前去請教，遙聞鞭炮之聲從魚神洞那方傳來。剛一遲疑之際，忽然何玫如飛而至，見面說道：「敵人業已從呂村起身，玉清大師叫我請白爺快去洞前等候。」說罷自去。

就在白琦和何玫說話間，回頭再看化子，業已蹤跡不見。白琦也無暇及此，只得飛步往魚神洞便跑，好在相隔不遠，一會便到。及至到了洞口，因洞頂已揭去，前看十分明顯。先還只聽鞭炮之聲，沒有什麼動靜。一會工夫看見有二十多人，裝束不一，僧道俗家均有。為首四人：一個和尚，一個道士，一個穿著極華麗的衣服，還有一個穿著十分特別。

漸漸走近前來，才看清第四人身高七尺，髮披兩肩。額上束一個金箍。上半身披著一張鹿皮作半臂，露出一隻右膀，上面刺著五毒花紋。腰際掛著一串銅圈，一把帶鞘的緬刀。背上背著長弩匣子。腰間也圍了一張獸皮，看不出是什麼野獸。赤裸裸露出一雙紫色的雙腿，上面積著許多松脂沙礫，並刺有不少奇怪花紋。面如金紙，長面尖頭。兩眼又圓又大，綠黝黝發出凶光。鼻孔朝天，凹將下去。兩顴高聳，兩耳尖而又偏，一張闊嘴寬有三寸，灰髮長頸，耳頸兩處俱掛著一些金圈。相貌猙獰，非常威武。白琦便知此人定是那苗人姚開江了。見他身後還跟著兩個與他裝束得差不多的，只是沒有他高大威武。

這一夥人走離白琦約有兩三丈遠近，白琦未即迎上前去，忽見從那一群人當中搶先走出一個高大漢子，手中執著一封柬帖，跑到白琦面前，高聲說道：「俺陸地金龍魏青，奉了呂村村主同各位羅漢真人、英雄俠士之命，前來投帖，報莊赴宴，現有柬帖在此。」

白琦一面接過柬帖，笑答道：「在下戴家場莊主白琦，蒙貴村村主不棄，同了各位光臨，特在此地恭候，煩勞魏爺代為先容，以便恭迎。」

魏青見來人便是白琦，使了一個眼色。回轉身去，將白琦的話說與那幾個為首的人。白琦也就跟著迎上前去，說道：「哪位是呂莊主？請來相見。」

那個穿著華麗的人上前答話道：「在下呂憲明。來者就是戴家場大莊主白爺麼？」

白琦答道：「正是在下。敝村與貴村相隔鄰近，自那年發水山崩，魚神洞道路湮塞，在下又常出門，很少登門拜會。今日略備水酒，請諸位到此，為的久仰閣下英雄，藉此識荊領教。蒙莊主同各位惠然光降，真是幸會得很！不過在下雖在江湖上奔走，只因年輕學淺，入世不深，對於同來諸位大半不曾見過，尚祈莊主代為引見，不知可否？」

呂憲明聞言，冷笑道：「與我同來諸位，大半都是久已享名的劍俠真人、英雄豪傑。白莊主既都不曾見過，待在下引見就是。」說罷，便指著那和尚道：「此位是五台派劍仙金身羅漢法元老師。」又指那苗人道：「這位便是南疆第一位法術高強的劍仙姚開江老師。」

白琦連說「幸會」，少不得敷衍兩句。法元、姚開江卻大模大樣地不發一言。白琦只顧裝作不知，除陳、羅三人外，又將其餘諸人請教。果然內中有好幾個江洋大盜、採花淫賊，白琦一一默記心頭。隨意周旋幾句，並自請前面引路，和呂憲明比肩而行。一路往前走，估量走出約有半里多路，故意用言語逗呂憲明道：「我們兩村相隔鄰近，偏偏有魚神洞天險阻礙，自從日前莊主賞臉答應光降，滿擬莊主繞道從前村谷口進來，卻不料魚神洞無故自開。在下兄弟三人因通知也來不及，所以分成兩路迎接，不想莊主果然抄了近路前來。舊道既已打通，此後來往便利，倒可時常請教了。」

呂憲明哈哈大笑道：「好教白莊主見笑。我等因為佔在客位，從空中飛行去到貴村，大失敬意，舊道又堵死多年，幸得這位姚法師用六丁開山之法將舊道打通，便宜我們少走了許多路了。」

白琦笑道：「原來是姚法師之法力，真是神妙得很！不過今日之事，一半是請莊主過來與敝村和陳圩莊主講和賠罪，誠恐一般村民不明真相，萬一在宴會未終之際由魚神洞故道出入，兩下言語不和發生誤會，叫愚弟兄面子如何下得去？依在下之見，莫如將魚神洞舊道暫時堵死，容待會散再行打通，恭送諸位回去如何？」說罷，不俟呂憲明還言，將手往前一指，只聽一陣殷殷雷聲。眾人都立足回望，眼看早半天被姚開江用妖法扶起的山峰，竟緩緩往魚神洞舊道壓下。

姚開江所使那六丁開山之法卻並不到家，無非用妖法將山峰豎起，再用邪神從旁扶持，只能暫時惑亂人心，不能持久。這時玉清大師同白琦按照約定辦法，白琦將手往前一指，玉清大師便用正法將邪神驅走，破了妖法，再用法術禁制，使那百十丈孤峰緩緩倒下。

呂村諸人見白琦破了姚開江妖法，心中大驚。尤其是姚開江，自出世以來，從未遇見敵手，滿想這個戴家場還有什麼大了得的人物在內？誰知今早起來打開魚神洞故道之後，不多一會，便覺神思恍惚。先還以為連日忙於酬應，不曾用功，急忙尋了一個靜室，先用一回功夫。不知怎的，一顆心神總是按捺不住，連平日推算都不靈了。雖然覺著有好些不祥之兆，仍舊自信法術高強，沒把敵人放在心上。

他勉強算了算日干生剋，知道午時比較最好，到了午時，這才動身。及至過了魚神洞舊道，見戴家場迎來的只有一人，見白琦生得並不威武，越加心中小看。這回見他也不掐訣唸咒，只將手一指，便破了這個法術，當著眾人又羞又怒。當下也不作聲，暗中仍使妖法指揮妖神上前，想把山峰扶起。他的妖法煞是驚人，居然將山峰頂在半空，不上不下，似要倒下來又不倒下來的神氣。

呂憲明知是姚開江施為，才轉憂為喜，笑向白琦道：「白莊主法術果然神通。不過山峰懸在半空，卻止住不往下落，萬一兩村的人打此經過，言語失和倒是小事，倘或那山峰忽然倒下，必定死傷多人，豈不有失白莊主愛護村民的本心了？」

白琦見山峰懸在中途，好似被什麼東西托住，相持不下，也不知玉清大師是否是姚開江的敵手，正在暗暗驚疑。偶一回頭，忽見旁邊樹林內石頭後面，站著適才所見那個擒蛇的叫化子，正遠遠朝著山峰用手比劃，口中喃喃微動，好似唸咒一般。白琦也不知那叫化子是仇是友，什麼來歷。正可惜適才沒機會同他一談，忽聽呂憲明語帶譏諷，越加著急。

正為難之際，忽然面前一道光亮一閃，玉清大師現身飛來，說道：「諸位快些前走，留神山峰倒下，受了誤傷。」言還未了，那叫化子忽從林中如飛穿出，口喊：「來不及了！」眾人惶駭轉顧之際，只見那叫化子將手一揮，立刻便有震天價一個大雷發將出來，接著便聽山崩地震之聲。眾人再看所立的地方，已移出里許地來，相隔戴家場已不遠了。回望魚神洞那邊，沙石飛揚，紅塵蔽天，隱隱看見許多奇形怪狀的牛鬼蛇神隨風吹散。再尋適才那個叫化子，蹤跡不見。姚開江銳氣大減。法元看見玉清大師也來此地，又恨又急，正不知峨嵋派還有何人在場。事已至此，只得硬著頭皮上前，到時再說了。

這時廣場已近，衡玉、許超迎上前來，少不得說了一套客氣話，將眾人迎進去。佟元奇率領眾人已在大廳中等候，在外諸劍俠也都一起入內。法元見峨嵋派並無多少主要人物在內，不禁心花大開，反倒笑容滿面，上前與佟元奇、玉清大師招呼。雙方有不認得的，都由白琦、戴衡玉、呂憲明、郭雲璞代為引見，然後分賓主落座。

主席第一桌是萬里飛虹佟元奇、鐵蓑道人、玉清大師、趙心源、黃玄極、白琦、凌操七人；第二桌是湘江五俠中的虞舜農、黃人瑜、木雞及戴衡玉、俞允中、許超、張琪七人；第三桌是何玫、崔綺、吳文琪、周輕雲、張瑤青、凌雲鳳、戴湘英七位俠女。除岳大鵬、黃人龍、林秋水三人是在外面料理未回外，戴家場主要人物俱都在場。由三位地主分別敬酒。

賓席上面第一桌是金身羅漢法元、苗人姚開江、陳長泰、羅九、呂憲明、郭雲璞同華山派的啞道人孔靈子，也是七人。第二桌是華山派火獅子曹飛、白虎星君郁次谷、多臂熊毛太、霹靂手尉遲元、九尾天狐柳燕娘、小方朔神偷吳霄、三眼紅蜺薛蟒七人。第三、四桌是柳燕娘的遠房兄弟粉牡丹穿雲燕子柳雄飛、五花蜂崔天綬、威鎮乾坤一枝花王玉兒，這三人是福建武夷山的有名淫賊海盜；還有西川三寇五花豹許龍、花花道人姚素修、假頭陀姚元，風箱峽惡長年魏七、水蛇魏八、獨霸川東李鎮川、混元石張玉、八手箭嚴夢生、回頭追命蕭武、長江水虎司馬壽。這十三人分坐兩桌，俱是江湖上的江洋大盜，殺人不眨眼的魔君。白、戴諸人也有見過一兩面的，也有聞名尚未見過的。

戴家這間廣廳約有七大開間，因早探得呂村來的人數，將廳上所有的陳設全部移開，擺了八桌，分成兩行，主賓對向，各據一面。此時坐滿了七桌，尚餘一桌。白琦正要命人撤去，忽見岳大鵬、黃人龍、林秋水陪著二人從外面走了進來，後面跟著適才擒蛇那個化子，朝上一揖，自就主位。那化子也跟著落座，更不客氣，也不讓岳、黃、林三人，竟自一路大吃大喝起來。

法元見過化子現身，以為是白琦請來的助手，倒不怎樣稀奇。其餘眾人適才凡分配到外面去的，此時見他隨了岳、黃、林進來，到主座上去，俱以為是他三人約來的朋友。這一干劍俠當然不以衣冠取人，又在敵我對峙、折衝樽俎之間，各人看了一眼，也就罷了。

玉清大師從異派出身改邪歸正，見識甚廣。適才在魚神洞同姚開江鬥法，相持不下，忽見一道紫巍巍的光華微微在日光下一閃，將敵人妖法連自己的法術一起破去，便知不好，恐怕山峰倒下傷人，連忙飛身回來，叫白琦暫避。正怕有些來不及，一眼瞥見那個化子縱到眾人面前，用移山縮地之法，將眾人送出險地，心中一動。剛要尋他答話，已經不見。暗想：「這個人好似那怪叫化子，已經多年不曾聽人談起，今日卻在此地露面。此人向來任性，作事不分邪正，高興就伸手，厲害非凡。要是呂村請來，今日勝負正不可知呢。」因時間緊迫，只略略通知了一下佟元奇。

二人入席後還在發愁。此時忽見他跟著岳、黃、林三人進來到主座上去，真是請都請不到的人會自己前來。與佟元奇對看了一眼，二人默默會心不言。知道此人性情特別，如果下位去招待他，反而不好，只得裝作不理會。何、崔、吳、周四俠女適才在魚神洞就見過他，此時見他入內落座，雖覺客來不速，回看佟元奇與玉清大師面帶喜色，知是請來的好幫手，只不好去問姓名罷了。

惟獨白琦對他久已留心，先還以為是岳、黃、林三人相識的異人，當著敵人在前，不好意思下位去問。後想到自己是個主人，初次見面連姓名都不曾請教，豈非無禮？正在躊躇之際，忽聽耳邊有人說話道：「快打仗了，不要管我。我不白吃你的，不要心疼害怕。」聲細如蠅，非常清楚。回望諸人，都是坐得好端端的。再看那叫化子時，正對他點頭呢。

正在這時，恰好衡玉、許超將主客兩邊的酒敬罷回席。佟元奇站起身來，朝著法元那一席說道：「今日之事，原由白、戴、許三位莊主與陳、凌兩位排難解紛而起。他三位本是一番好意，不想言語失檢，傷了和氣，遂至雙方結成仇怨。先約定在今天由白、戴、許三位到陳圩登門請罪，及至白莊主派人下書定日赴約，知陳莊主到了呂村，才改客為主，在此地相見。

「白、戴、許三位因大家都是土著鄉鄰，不願同室操戈，即使到日不能夠得到陳莊主原諒，也不願因三五個主體人引起兩村械鬥，死傷多人。因見陳莊主約出呂莊主同諸位道友，才約請貧道等參加這場盛會。見貧道癡長幾歲，特邀貧道出面，作一個與兩造解和之人。請大家依舊和好如初，以免兩村居民彼此冤仇愈結愈深。

「我想陳莊主與三位主人既是本鄉本土，何苦為些許小事，動起干戈？如果陳莊主肯棄嫌修好，以貧道之言為然，貧道情願代他三位領罪。如不獲命，在座諸君雖然都是江湖上高明之士，但是各人所學不同，本領也有高低，倘若不問學業深淺便行請教，未免失平。

「現在白莊主在前面廣場上搭了一座高台，備有主賓座位。今日之事，既以陳、戴兩村為主體，便請他們席散以後，雙方登台領教，以定今日曲直。其餘雙方請來的嘉客，如果見獵心喜，那時或比內外武功，或比劍術，或比道法，各按平生所學，功力深淺，一一領教，貧道也好藉此一開眼界。不知諸位以為然否？」

法元聞言，起身笑答道：「佟道友也倒言之有理。想昔日凌檀樾一女二配，陳莊主不服，同敝徒羅九與他辯理，凌、俞二位動起手來，白、戴、許三位不該倚仗人多上前相助。後來白莊主還口吐大言，說本月初三登門請教，這本是江湖常有的事。呂村與戴家場近鄰，相隔只有魚神洞，兩下並無仇怨，白莊主為何又派人前去窺探數次？這才將呂莊主等牽入。今日之事，誰是誰非，也非片言可解。好在貴村業已準備下天羅地網，懼者不來，來者不懼。

「貧僧原與佟道友一般不是局內人，呂、陳兩位因知貴村有佟道友相助，震於峨嵋派的威名，見貧僧路過此地，邀留作一個臨時領袖。貧僧也覺貴派雖然劍術高強，卻往往以大壓小，以強凌弱。雖然敗軍之將，自知不敵，因為心中太覺不平，也就拚著再管一回閒事。現在時光已是不早，多說閒話無益，莫如按照佟道友所說先比武藝，次比劍術，後比道法。也不必分什麼主客，凡是與貧僧同來的都是客，貴村方面俱是主。各按自己能力道行，一個對一個上台領教，省得不會劍術道法的人受了暗算。佟道友以為如何？」

佟元奇聞言，笑答道：「既然如此，也不用多言，貧道及敝村全體遵命領教就是。」說罷，主席上便全體起立道「請」，法元等也相率起身，分至廣場，各按賓主登了蘆棚。

佟元奇、法元二人心事，一樣的怕不會劍術的人吃虧，既經雙方同意，彼此都覺安心。不提。

第十九章　有意藏奸

話說雙方到了廣場，戴家場的人由佟元奇率領，至東蘆棚上入座；呂村的人由白琦陪著法元、姚開江前導，送到西蘆棚上落座。東西兩棚均派得有十名長工招呼茶水。大家表面上都極客氣，絕不似頃刻就要拚個你死我活的樣兒。

當大眾往外走時，那怪叫化首先起立，也不用人招呼，逕自往外就走。此時到了蘆棚上面，已不知他往哪裡去了。白琦安頓好了呂村諸人，回轉東蘆棚，見怪叫化不在。一眼看見林秋水正和大家介紹適才領到席上的兩位遠客，才知那兩人是蘇州太湖金庭山玉柱洞隱居的吳中雙俠姜渭漁、潘繡虎。白琦也隨著上前相見。

原來岳、黃、林三人把守谷口，忽見谷外號旗舉處，遠遠有二人如飛而至。近前相見，認出是昔日舊友吳中雙俠，也是到善化去訪羅新，聽楚鳴球說起戴家場之事，並說湘江五俠也在那裡，特地趕來相助一臂之力。彼此寒暄了幾句，又見從回路上來了一個叫化，一個大漢。黃、林二人俱認得那大漢是陸地金龍魏青，知他是在呂村臥底。那叫化卻不認得。先問魏青到此何事。

魏青道：「我妻子在呂村，我恐呂、郭二人見疑，故意隨他們前來赴會，卻叫我妻子偷偷由戴姑娘所說的那條僻徑逃出。適才魚神洞山峰崩倒時，我正站離峰腳不遠，眼看那峰頭朝我頂上壓下，知道不及逃避，只好閉目等死。卻被這位窮爺恩人如飛跑來，將我一把夾起，跳出有百十丈遠近，才保住這條小命。後來向這位窮爺道謝救命之恩，才知他是戴家場新請來的幫手，知道我是自己人才肯救我。他又對我說，我妻子走錯了路，被一個白猿擒去，叫我快去搭救。他說我要去得晚時，那白猿還準備送我一頂綠帽子呢。誰希罕猴崽子的帽子，倒是救我妻子要緊。」說罷，便要走去。岳、黃、林、姜、潘五人便商量分兩個人陪去相助。

那叫化道：「用不著你等，那白猿雖然有點道行，卻與這莽漢有許多淵源，最好他一人前去，你們去了，反而給他誤事。」岳大鵬見叫化出言侮慢，好生不服。

林秋水在五俠當中最有見識，聽魏青說叫化救他的那一番話，已知不是常人；再看他那一雙奇怪眼睛，又聽是本村主人請來，越發不敢怠慢。搶先答道：「兄台既有高見先知，我們不去就是。」魏青本沒有意思請他五人幫忙，聞言急匆匆出谷去了。

那叫化道：「現在人已到齊，裡面還給我們留下一桌好酒席。主人見我腿快，打發我來叫你們前去吃酒。呂村來的這些兔崽子，回頭一個也跑不了。少時我那老賢姪章彰還要來呢。這時不去，看人家把席撤了，沒有你們的座位。」

林、黃二人一聽叫化稱他師父朱砂吼章彰是他的老賢姪，自己立刻矮了兩輩，適才稱他兄台豈非不對？又想自己師父遠隔台灣海島，業已多年不曾出山，今日哪會來此？見他瘋瘋癲癲，不知是真是假，只得強忍悶氣，問道：「前輩既和家師相熟，適才因和魏兄說話，未及請教前輩名諱，多有冒犯，請前輩見示大名，愚弟兄也好稱呼。」

叫化笑道：「原來小章兒是你們師父麼？你要問我名姓，我就叫窮神，別的沒有名字了。班輩稱呼，我向不計較，你們如看得起我，就叫我窮神，或者叫我的別號怪叫化也好。」

黃、林二人聞言，將信將疑，只是怪叫化三字聽去耳熟，怎麼想也想不出他的來歷，估量決非等閒之輩。還待用言試探，吳中雙俠素來穩當，倒不怎樣，岳大鵬早已不耐，說道：「這位窮爺既說敵人已到，主人候我等人入席，我們就去吧，有什麼話回頭再說多好。」

怪叫化哈哈笑道：「還是他說的話對我心思，我忙了一早晨餓了，趕快吃一頓正好。」

岳大鵬想藉此看看叫化本領，腳下一使勁，飛一般往前面走去。怪叫化冷笑一聲，在後面高叫道：「你們慢些走，我上了幾歲年紀，追不上，看在你師父份上，等我一等呀！」說罷，拖著一雙破草鞋在後面直趕。黃、林等五人只裝不聽見，仍往前面飛跑，不一會便聽不見叫化喊聲，知已相隔甚遠，眾人心中又好氣，又好笑。

林秋水雖然隨著四人行動，猛想起：「這人既連輕身之術都不會，主人又請他到來做甚？況且魏青是個不會說誑的人，依他說此人本領更在自己之上，何以又這樣不濟呢？莫非是故意做作嗎？」且行且想，已到戴家門前。忽見怪叫化從裡面跑了出來道：「你們腿快，卻不敵我路徑熟，會抄近路，還比你們先到一步。」

岳大鵬等聞言，知道這條路別無捷徑，他是故意如此說法，不由大吃一驚，俱各改了輕視之念，不好明白陪話，只得含糊答應。

叫化又道：「主人請你五人進去，各自歸座吃喝，不要多說話。我跟在你五人身後，你們千萬不要提起我的來歷，留神將那些兔崽子嚇跑了，沒處去尋他們。」黃、林五人自是唯唯遵命。進去以後，果然照他所言而行。

那叫化竟自坐在首席，大吃大喝。適才捉蛇，身上惹的那一身腥氣同那一雙髒手，別人倒還不覺怎樣，岳大鵬哪裡吞吃得下，只是望著林秋水敢怒而不敢言。林秋水滿不在乎，反倒殷勤相勸。怪叫化道：「你這個人倒怪有意思的，也不枉我來此救你們一場。」林秋水雖不明白用意，準知今日這一場惡鬥決非尋常，此人必甚關緊要。

及至席散出場，林秋水便緊跟他身後，幾次用言語試探，都不得要領，一晃眼的工夫，便不見他的蹤跡。這會見了白琦，把經過略說了一遍。聽說玉清大師對他如此重視，越覺自己目力不差。只是時間太迫，沒有工夫問玉清大師，他與師父朱砂吼章彰是何淵源罷了。

白琦與眾人略談了幾句，佟元奇便命他頭一個登台比武。白琦領命，先從棚前縱到第一個蓮花樁上，提氣凝神，用了個金雞獨立的架勢。這時正是二月初旬天氣，春光明麗，山坡上雜花盛開，桃紅柳綠，和風徐徐。白琦人本生得英俊，又穿了一身白色壯士衣冠，站在那蓮花樁上紋絲不動，拱手向西蘆棚指名請陳長泰答話。態度安閒，英姿颯爽，真是不可一世。

西席棚上法元見白琦出面，高聲向佟元奇大喝道：「適才言明先比武藝，而白莊主精通法術，在魚神洞時已然領教了，陳莊主武功雖然高強，怎是敵手？如果先比法術，待貧僧與白莊主一比短長吧。」

佟元奇聞言，這才想起法元因魚神洞破法之事，錯疑白琦也會法術，恐白琦吃虧，不俟法元起身，連忙高聲答道：「禪師且慢！貧道只知白莊主內外武功俱臻絕頂，卻不知他也精通道法。既然禪師多疑，我著他回來，另換別位上前領教就是。」說罷，便著戴衡玉去替白琦回來。

這一種「登萍渡水、踏沙飛行」之法，原是白、戴、許三人練熟了的。衡玉領命起身，朝著棚下將身一縱，恰好白琦縱回，就在這一上一下之際，二人迎了個對面，只見他二人將身一偏，俱都擦肩而過。白琦到了台上時，衡玉也安安穩穩地站在蓮花樁上，使了個魚鷹倦立的架勢，朝西蘆棚道聲：「請！」

西蘆棚中陳長泰慢說不會這種輕身功夫，連看也未看見過。羅九適才見了佟元奇，雖然仗著自己已拜在法元門下，到底有三分畏懼，不敢公然頭一仗就出去。偏偏陳長泰見衡玉叫陣，直拿眼睛朝他使眼色。自己食人之祿，說不過去，只得起身。往台前一看，見這三個蓮花樁、一道沙堤和一道刀堤，不是內外功到了絕頂的人休想上去，幸而自己還能對付。當下便對法元道：「弟子去會這廝。」說罷，也將身縱到西蘆棚下一個蓮花樁上。

衡玉見來了羅九，不敢怠慢，站在蓮花樁上朝對面拱手，道一聲：「請！」然後將身往沙堤上面縱去。腳尖剛著沙堤，兩手倏地分開，收轉來到腰間往上一端，穩住下沉之力，使用登萍渡水的功夫，疾走如飛，縱到第二個蓮花樁上。羅九雖不會這種草上飛的功夫，到底練過劍術的人，氣功極有根底。他見那其細如雪的黃沙，堆成上尖下削的沙堤，慢說是人，就是飛鳥在上面走過，也不能不留腳印。只得運動真氣，將身體提住，憑虛在沙上行走，居然到了沙堤盡頭的蓮花樁上。

佟元奇命白、戴二人先見頭陣，無非是因為白、戴、許三人是主體，滿擬指名要陳長泰出面，不想卻換了羅九。知道衡玉武功雖好，卻不會劍術，絕不是羅九的敵手。但是已經臨場，說不出不算來，只得暗中留神。羅九不性急放劍便罷，如若情急放劍，再行上去將他結果，正在心中盤算，忽聽玉清大師道：「凌老前輩又在台前出現，我們今日必勝無疑。」佟元奇聞言朝前看時，台椿底下倚著適才所見那個怪叫化，所靠的那一根柱子卻正擋著西蘆棚目光，不禁點頭會意。

這時衡玉已與羅九對面，交代了兩句江湖上的套語，便往刀堤上縱去。羅九覺刀堤比沙堤易走得多，冷笑一聲，也往上便縱。二人俱是行走如飛，一霎時便已走盡。

衡玉縱到蓮花椿上，剛要對羅九拱手道「請」，縱到擂台上去，忽聽喀嚓一聲，羅九站的那根蓮花椿忽然折倒，將羅九跌翻在地。羅九正要逞強行凶，佟元奇、法元各從東西蘆棚雙雙飛到。佟元奇一面招呼衡玉回去，一面大聲說道：「頭一場勝負已分，請禪師另派別人登台吧。」羅九見佟元奇到來，到底有三分畏懼，不敢多言，只得滿面羞慚，飛回西蘆棚去了。

法元起先見羅九忽然跌下蓮花椿來，非常詫異。見佟元奇飛出，急忙也跟著前來。一聽佟元奇發言，先不還言，急忙拾起地下折斷的蓮花椿，又把衡玉上的那一根蓮花椿拾起，細細比看。只見這兩根蓮花椿都是虛飄飄地插在土內，東西一般無二，分明羅九用力稍猛，將它折斷。

他再檢看兩面刀堤時，也是一般輕重深淺插在浮土之內。只不過羅九走過的依然完好如新；衡玉走過的刀鋒盡捲，著土半截，卻一絲不歪斜。這種輕身功夫中所暗藏的勁功，真也少有。即使蓮花椿不倒，羅九已輸了一關。不過羅九既然暗馭劍氣，提著身子在上行走，何以會將蓮花樁折斷？明明中了旁人暗算。但是自己既查看不出一些形跡，倒不如認輸，另派能手登場顯得光明。便對佟元奇道：「羅九一時不留神，有此失著。待貧僧另叫別人登台領教吧。」

佟元奇道：「今日之事，原說各按自己功行能力交手。適才貧道因見白莊主是主體，故此命他出場。禪師疑他精通法術，貧道才命戴莊主出來。原指明與陳莊主領教，想教雙方主體人物先見一勝負，再由雙方所請嘉客登場，誰知禪師卻教羅九上來。此人本是貧道逐出門外的孽徒，頗知劍術。貧道也知戴莊主不是敵手，只是既已登場，遇強便退，有失江湖體面。只要羅九不倚劍術欺人，一任他強存弱亡。

「不料羅九昔年在貧道門下以為學習劍術便可無敵，對於武功不屑力求深造。到了沙堤，便用馭氣飛行之法，不敢將腳一沾沙面，已經有些暗中取巧。後來上了刀堤，仍用前法，卻不知這登萍渡水與行刀折刃的軟硬功夫。行沙是要腳不揚塵，不留痕跡；行刀卻要身不動，所行之處刀鋒全折，才算合格。刀不折刃，已然輸了一著；末後又不留神，將蓮花樁折斷。如非貧道知機趕來，他便要恃強暗用飛劍，豈非無恥之尤！禪師認輸，足見高明。不過首場既先比武功，此番登場人務請量才派遣，免犯江湖上規矩。」

說罷，不俟法元答言，將手一拱，飛身回棚去了。法元受了一頓奚落，不由切齒痛恨。心想：「你們休要得理不讓人，少時便叫你知我們的厲害！」回轉蘆棚，先喚過羅九來問怎麼跌下來的。羅九道：「弟子一上去，便用馭劍輕身之法，始終沒有沾著堤面。到了刀堤盡處，剛往蓮花椿上一縱，原是一個虛式，還未上台，好似被一人拉住弟子雙腳一扯，便跌下來了。」

法元也知羅九雖不會渡水登萍的功夫，但是無論如何也不會從椿上跌了下來。猜定敵人暗中使壞，存心要他當眾丟醜。便問羅九跌時可曾看見什麼形跡，羅九回答無有。法元知不能拿揣度的話向人家理論，只好恨在心裡。

這回該西蘆棚派人登場，法元便問何人先往。當下便有柳燕娘的兄弟粉牡丹穿雲燕子柳雄飛起立應聲：「弟子願往。」法元知他所練輕功已臻絕頂，因為鑑於羅九受了暗算，再三囑咐柳雄飛注意。同時自己運用眼睛覷定兩堤，準備看出一些動靜，再與敵人理論。這時台前蓮花椿已被白琦命人換好新的。佟元奇見法元派柳雄飛出場，便對眾人道：「來者是西川路上有名淫賊，何人願去會他？」湘江五俠中的黃人瑜應聲願往。

黃、柳二人各由東西蘆棚走完沙堤，到了蓮花椿上。柳雄飛問起對方姓名，知是湘江五俠之一，不敢怠慢，將手一拱，步上刀堤，走到盡頭蓮花椿上，分外留神，且喜不曾出了差錯。雙雙縱上台去，各人取出兵器，擺開門戶交起手來。

黃人瑜使的是一根九截量天尺，柳雄飛使的是鏈子抓。才一交手，黃人瑜一擺量天尺，朝柳雄飛額前點去。柳雄飛見黃人瑜使的是短兵刃，自己鏈子抓長，覺著有些便宜可佔。見黃人瑜量天尺點到，將腳一點，明著往後倒退，暗中卻同時將左手鏈子抓發出。黃人瑜見鏈子抓當頭抓來，不慌不忙，將量天尺對準抓頭輕輕一點。剛將抓點蕩開去，柳雄飛的右手抓又發將出來。黃人瑜見柳雄飛把這一對鏈子抓使得筆管一般直，如狂風驟雨一般打來，暗想：「這廝本領著實不弱，可惜太不務正，且教他死在我的量天尺下。」

湘江五俠的武藝，練的是太極乙字功夫，使的是短兵器，專講以靜制動，敵人使的兵刃越長越吃虧。柳雄飛起初還不覺察，後來見自己雙抓發將出去，黃人瑜若無其事一般，單掌護胸，右手橫拿著又短又小的量天尺，不管那雙抓使什麼巧妙解數打去，他只身子不動，將量天尺兩頭點去，便即蕩開。有時使力稍為大一點，柳雄飛便覺虎口震得生疼。知道遇見勁敵，越加小心在意。

打了有好一會，見敵人只將雙目注定自己，並不轉動，靜等抓來便即點開，神態自然，毫不費勁使力。心想：「這樣打到什麼時候才完？明明敵人想將自己力量使盡，再行發招。」眼看有輸無贏，一著急，不由打出一條主意：故意裝出氣衰力竭，招數散漫，想誘黃人瑜進招。

人瑜久經大敵，豈有看不出的道理。心想：「我想讓你多活些時，你倒想在我面前賣弄。不如早些打發你回去，好再收拾別的餘黨。」想到這裡，恰好柳雄飛左手抓一舉，賣了個虛招，右手抓往下三路掃來；同時左手抓由虛變實，使了個枯樹盤根的解數打到。

黃人瑜喊一聲:「來得好!」倏地往後退了一步半，敵人雙抓同時落空，提起量天尺，橫著往兩抓頭上分頭點去，手法敏捷，疾若閃電一般。柳雄飛見雙抓落空，知道不好，剛想掣動抓桿，收回前勁，另換招數，已來不及。只聽噹噹兩聲，被黃人瑜尺頭分別點個正著。立時覺得虎口震開，險些把握不住，暗喊:「不好!」急中生智，忙起身一縱，倒退出去有兩丈遠近。正要使回頭望月敗中取勝的絕招，不知怎的，腰腿上被黃人瑜點了一下，立刻丟抓跌倒在地。再看黃人瑜正站在前面，仍是若無其事一般。那台上預備的長工早擁上前來，將柳雄飛搭往西蘆棚去了。

要說柳雄飛的輕身功夫確已臻絕頂，適才縱退時身手非常敏捷，竟一點聲響也不曾聽見。但終究被黃人瑜追來點倒，湘江五俠本領於此可見。只氣得西蘆棚上人個個咬牙痛恨。再看黃人瑜，早已下台，回轉東蘆棚去了。等到長工將柳雄飛搭上台來一看，先還以為有救，及至細看柳雄飛的傷處，已被黃人瑜在死穴上下了內功重手，七日之內準死無疑。

柳燕娘猛將銀牙一錯，也不向法元請命，由西蘆棚一飛身，便到擂台之上，指名要適才仇人答話。正在張狂，耳中忽聽一聲嬌叱道:「賊淫婢休要不守信義，任意猖狂!何玫來了!」言還未了，東蘆棚方面縱上個黑衣女子。

柳燕娘明知對面有好些剋星，只因報仇心切，忘了危險。及至登台說了一番狂話，才想起對面敵人有吳文琪、周輕雲等在內，好生躊躇，但是話已發出，說不出不算來。言還未了，便聽一個女子答言，不由嚇了一跳。及至見面，來的女子並非吳、周二人，略放寬心。暗想：「對面能人甚多，除非法元、姚開江能夠取勝，餘人未必敵得住。莫如將此女打發回去，自己撈一個面子，就回轉西蘆棚，日後再尋湘江五俠報仇。」

主意已定，反不著急，問道：「來人休得出口傷人。你可知俺九尾天狐柳燕娘的厲害？」

何玫冷笑道：「我早知你這賤婢淫賊十惡不赦，特來取你的狗命！」說罷，兩手一分，使了個玉女拳中獨掌擎天的架勢，擺開門戶，道一聲：「請！」隨著右掌往柳燕娘臉上一晃，縱身起左掌，力劈華岳，當頭打到。

柳燕娘見何玫步法輕捷，掌法精奇，更不怠慢，先使了個門戶。見何玫掌到，忙用托梁抽柱的招數，單掌往上一架，隨著黑虎掏心，當胸一掌打去。何玫喊一聲：「來得好！」左掌倏地往左一翻，反從下面穿進內圈，往燕娘脈門斫去。同時右掌朝下一翻，撥開燕娘的拳，順勢也往燕娘腕上斫去，將燕娘雙手同時隔散，破了招數，門戶大開。更不容燕娘還手，往前一進步，就兩手一分之際，一個仙鶴舒爪，側轉身一偏腿，往燕娘胸前蹴去。

燕娘萬沒料到何玫掌法如此變化無窮，幸而退身得快，被何玫的腳在腰眼上掃著一點，已覺疼痛非常，暗罵狠心賤婢，知道難以抵敵，也將多年未用的八卦仙人掌使將出來，與何玫打在一起，同揮皓腕，上下翻飛。恰好二人都是一樣主意：誰都吃過比劍的虧，不知敵人虛實，誰也不肯放出劍來。

不到數十個回合，柳燕娘也不知經了多少險，吃了多少虧，情知非敗不可。先見何玫身上不帶兵刃，越猜想她必有來歷，未敢造次。後來被何玫逼緊，只得咬牙將心一狠，打著打著，倏地飛縱出去，將手往身旁一拍，將飛劍放將出來。何玫早已防備，也將身一搖，放起飛劍。各人運用精神，任那兩道劍光絞作一團。燕娘見敵人飛劍不弱，越自驚心。

正在危急之際，西蘆棚上急壞了三眼紅蜆薛蟒。原來他在慈雲寺之役被朱文刺瞎了一隻真眼，只剩了當中一隻假眼，與右眼相配一對，好不傷心痛恨，便想回黃山去見師父許飛娘哭訴，請她代自己報仇。半路上遇見柳燕娘，兩人勾搭成了臨時夫婦，非常恩愛。這時見燕娘危急，不問青紅皂白，腦後一拍，便有一道青光飛起。東蘆棚上黃玄極見了，也將飛劍放出迎敵。

一會工夫，便亂了章法。先是西蘆棚上孔靈子、曹飛、郁次谷、呂憲明、郭雲璞、毛太六人飛身上前，放出劍光。東蘆棚上周輕雲、吳文琪、崔綺三位女俠，同鐵蓑道人、湘江五俠中的虞舜農，分頭飛劍迎住。佟元奇見敵人不照預先約定，亂殺起來，忙叫白琦同凌操翁婿、戴衡玉、岳大鵬、黃人瑜、黃人龍、許超、張琪兄妹、凌雲鳳、戴湘英，從棚後下去，將廣場圈住。

因為佟元奇與玉清大師要用全神看住法元與那苗人姚開江，怕對面那一干群賊趁兩下比劍忙亂之際，擾害戴家眷屬同村民。知道湘江五俠中的木雞與林秋水俱會劍術，便命他二人駕劍光分頭接應白琦等，以防遇見對面群賊中有會劍術的不好應付。

白琦等剛繞至廣場正面分散開來，果然西蘆棚上群盜紛紛躥了下來，俱都奔往戴家門前一路衝殺過來。同時法元也放出飛劍，姚開江也放出煉就的飛刀，數十道紅絲與三道綠光朝東蘆棚飛去。佟元奇、玉清大師不敢怠慢，當下分頭飛起劍光迎住。這一場大戰好不熱鬧，滿空中俱是飛劍光華，五色繽紛，金光閃耀。

羅九見佟元奇在場，本不敢上前。忽見佟元奇敵住法元，不得分神，便同花花道人姚素修也將劍光飛起，想撿對面劍術低的人便宜。這時雙方差不多勢均力敵，除何玫在擂台上敵住柳燕娘外，黃玄極敵住三眼紅蜺薛蟒，周輕雲敵住孔靈子，吳文琪敵住曹飛，崔綺敵住郁次谷，虞舜農敵住呂憲明，鐵蓑道人雙戰郭雲璞與毛太。

羅九見崔綺迎敵郁次谷，看去好似吃力，悄悄告訴姚素修，想趁一個冷不防放劍出去，先助郁次谷除了崔綺再說。這時崔綺正敵郁次谷不下，忽見敵人陣上又有兩道黃光朝自己飛來，大吃一驚。神一散，郁次谷的劍光愈加得勢，同時羅九、姚素修的劍光也一起朝崔綺飛到。

第二十章　妖苗中計

話說玉清大師迎敵苗人姚開江，忽見崔綺受了敵人夾攻，危險萬狀，正要設法分劍光去救。忽然法元身後倏地閃出適才那個怪叫化，一現身就打了法元一個大嘴巴，罵道：「大家講好一個對一個，不許兩打一，你偏要叫你手下毛賊欺負女娃娃。」打罷，兩腳一縱，竟比劍還快，追上羅九與姚素修的劍光，只用手一抓，便抓在手中，一陣揉搓，立刻化成流星四散。又一縱，縱到劍光叢中，先將郭雲璞的劍光抓住，說道：「不許兩打一，你偏要兩打一。」見郭雲璞的劍光在手中不住閃動，又說道：「這口劍倒還不錯，可惜有點邪氣。」說罷，將郭雲璞的飛劍往西北角上一擲，說道：「老乞婆，你留著送人吧。」

他這一下不要緊，西蘆棚上眾人見這破爛叫化不著地飛行於劍光叢中，如入無人之境，只憑兩手一抓，便收去了三口飛劍，只嚇得膽落魂飛，不知如何是好。幸而那叫化收了三口飛劍便即住手，落下地來，高聲說道：「我也不趕盡殺絕，只不許你們兩打一！」說罷，一閃身形，便已不見。慢說法元見了心驚，就連玉清大師與佟元奇知他根底的人，也覺得此公本領畢竟不凡。聽他口喊老乞婆接劍，暗想：「莫非他的老伴也來參加，敵人方面更不用想佔勝著了。」自是越加安心迎敵。不提。

毛太劍光本來低弱，又加以前被周輕雲斷了一隻手臂，重傷新癒，幫助郭雲璞雙戰鐵蓑道人，本未佔著絲毫便宜。忽見平空縱起一人，將郭雲璞劍光收去，心中一驚，神一分散，被鐵蓑道人將他飛劍斬斷。情知不好，要逃已來不及，被鐵蓑道人飛劍過處，身首異處。

鐵蓑道人斬了毛太，見崔綺敵不過郁次谷，輕雲與孔靈子也只勉強戰個平手，便飛近輕雲身旁，說道：「待我迎敵這廝，你去替崔姑娘下來。」說罷，便將劍光向孔靈子飛去。輕雲連忙飛到崔綺那邊，正要雙戰郁次谷，玉清大師知道今天來的這一雙怪人脾氣，忙喊：「崔姑娘暫且休息，我們須要守著前言，一個與一個比鬥。」崔綺本已氣竭力微，劍光暗淡，巴不得退了下來，等輕雲一接上手，便即飛回蘆棚。不提。

說了半天，那苗人姚開江性如烈火，何以直到最末出場，只用煉就飛刀出戰，不施展他的妖法?待作者補敘一番。

原來那苗人姚開江昨晚本是興高采烈，今早起來，忽覺神思不寧，心中無端膽怯起來。後來經法元等一陣鼓勵，勉強看好時辰，壯著膽氣，到了戴家場之後，總是覺著疲倦欲眠，連話都懶得說，反正法元說什麼，他就聽什麼。

後來上了蘆棚，法元早知道今日之事不是和平可了，又加羅九等上場連敗兩人，越發惱羞成怒，把心一橫，一任眾人上前背約混戰。自己卻悄悄囑咐霹靂手尉遲元率領群寇偷下蘆棚，去劫殺戴家眷屬。分派已定，見姚開江坐在那裡垂頭不語，昏昏欲睡，好生不解。心想：「此人道術通神，何以今日這般狼狽，好似中了別人暗算一般？」便從葫蘆內取了三粒丹藥，塞在姚開江口中，猛然對他背上一拍，大聲喝道：「姚道友，該我兩人上前去！」姚開江被他這一拍，神志忽然清楚，才想起自己今日是應約前來助陣。見戰場上劍光紛擾，大吼一聲，隨了法元雙雙出戰。

法元見今日之戰，不比成都慈雲寺那面的敵人勢盛，雖然佟元奇與玉清大師俱是能手，自恃與姚開江兩人足能對付，好不高興。正在得意之際，忽見眼前一道黑影一閃，便現出適才席上所見那個破爛化子，未容法元看清，便被他打了一個大嘴巴。接著罵了幾句，身子竟比劍光還快，飛縱劍光叢中去了。

法元也是劍術極精的有名人物，不知怎麼這一下竟打得法元頭昏腦脹，幾乎跌倒。慢說分出劍光去斬化子，因為挨了一下重打，神一分散，被佟元奇劍光往下一壓，將他飛出去的紅線連斷兩根。又氣又恨又可惜，顧不得先尋化子，急忙凝神運氣，先敵住佟元奇。一面留神再尋那化子蹤跡時，正看見他將羅九、姚素修的飛劍破壞，又將郭雲璞劍光收去，不由大吃一驚。心想：「要照這樣，場上迎敵的人豈不白白送死？」正在著急，化子忽然隱去。心想：「這化子如此本領，看去也覺面熟，怎麼會想他不起來？」

這時佟元奇趁法元神散之際，劍光越發逼緊。法元不敢怠慢，聚氣凝神，倏地朝劍光一指，放在空中的數十道紅線倏地加上數倍，朝東蘆棚方面各位劍仙身上分落下來。佟元奇、玉清大師見法元拚命，剛要喊聲「不好」，猛見擂台上站定一個白髮婆子，張口朝著空中一吸，眼看法元放出的百十道紅線，紛紛被她收入口中去了。

法元因見今日不能取勝，才想殺死一個是一個，使用這狠心毒手，運用五行真氣，將劍光分散開來，朝敵人飛去，本想至少也得殺死幾個。不曾想到劍光才飛出去，好似擂台方面有什麼東西將它吸住。忙用目往擂台一看，見台上柳燕娘已不知去向，台口站定一個白髮紅顏的老婆子，握著一根枴杖，將他劍光紛紛吸入口中，看去非常面熟。猛想起適才所見化子正是此人的丈夫，不禁嚇了一身冷汗，暗罵自己糊塗，適才竟會忘了那化子來歷。還算法元見機得早，急忙運用全神收回劍光時，他用五金之精及自己的五行真氣所煉一百零八口子母飛劍已損失過半。

就在這分神之際，佟元奇也用全力將劍光分作一道長虹，朝法元頂上飛來，法元幾乎吃了大虧。見姚開江只用三口飛刀，還在和玉清大師拚命支持，暗恨苗人愚蠢，到這般時候，還不使用法術。那老婆子剛把法元劍光收去，擂台底下鑽出一人，遞上一封書信。那老婆子便飛往白琦陣上，抱起一個女子破空而去，並不來趕盡殺絕。法元不由又存了希冀之想。

他一面和佟元奇拚命支持，一面將身一步一步挪近姚開江身前，說道：「姚道友，還不對敵人施展法術，等待何時？」一句話將姚開江提醒，伸手往胸前一摸，忽然狂吼一聲道：「我命休矣！」

法元也不知他是什麼緣故，只見他臉漲紅紫，身上青筋暴露，氣喘如牛，好似受了大刺激，急怒攻心，要生吃活人的神氣。倏地又見他大吼一聲道：「罷了，我和你們拚了吧！」說罷，兩肩一搖，便有十二支弩箭沖起空中，離地丈許，便化成綠黝黝的光華，旁邊圍著許多五色煙霧，腥臭撲鼻，直朝東藟棚各劍仙頂上飛去。

這是姚開江師祖所傳的鎮山之寶，叫百毒煙嵐連珠飛弩，乃是用各種毒涎惡草和毒瘴惡蟲化合五金之精，百煉千錘製就的弩箭，再用本身五行真氣煉成飛箭，與飛劍一般能發能收。一經發出，與敵人飛劍相遇，敵人飛劍被污落地；凡人沾上一點，立刻毒氣攻心而亡。真是南疆中最厲害的法寶，其毒非常。他祖師傳他的時節再三敦囑：不到性命交關之際，即使遇敵敗退，但能脫身，也不准輕易妄用；用時也只可一支兩支，只傷對頭一人便止。姚開江出世以來，今日尚是第一回使用。法元知道厲害，不由又驚又喜。

玉清大師原先以為姚開江雖然精通妖法，自忖能力足可應付，至少也可不求有功，但求無過，不曾想到他竟將紅髮老祖鎮山之寶使了出來。知道厲害非常，自己又無法去破，眼睜睜眾人要遭慘劫。只得先顧救眾人要緊，見箭一發出，便高聲叫道：「苗人妖法厲害，諸位道友快退！」

正在這時，忽見那怪叫化又飛身出現。這回雖和上回一樣神氣，身上卻盤著一條大蛇，五色斑斕，紅翠相間，十分好看。遠遠望著姚開江大叫道：「山狗休得猖狂，你的元神在此！」說罷，腳一頓，往空便起。姚開江一見那化子身上盤著的大蛇，大吼一聲，好似連命都不要，將手往空中飛箭一指，箭頭立刻紛紛掉轉，連人帶箭飛起空中，夾著一陣煙雲，直向那化子電閃星馳一般追去，眨眨眼俱都不見。且喜雙方俱無人受傷。

玉清大師見怪叫化三次出現，將姚開江引走，三口飛刀仍在空中和自己飛劍相持，不曾被他收去，只是失了統馭，不似先前有力。忙運元神，將身一縱，身劍合一，飛將上去，將那三口飛刀收了下來。一看，見是三口緬刀，長約七寸，精光射目，心中大喜，急忙收入囊內。不提。

這時戰場上，除柳燕娘見敵何玫不過飛身逃走，薛蟒見勢不佳，無心戀戰，抽空收回劍光逃走外，呂憲明與虞舜農本戰個平手，倏地心生一計，暗使妖法，將雷火彈打出。虞舜農躲避不及，打中右臂，受了重傷，看看危險。恰好周輕雲已破了郁次谷的飛劍，將他殺死，趕過來用玉清大師贈的紫金梭先將呂憲明打倒。正要用飛劍將他殺死，猛記起了佟元奇、玉清大師囑咐，凡是呂村的人都不要殺，不免遲疑起來。

那郭雲璞雖然失了飛劍，尚有全身妖法。他為人機警，見那化子竟能空手將飛劍搶去，敵人能手甚多，知難取勝。先還希冀姚開江的妖法取勝，後來見那化子擒了一條大蛇出現，姚開江大吼一聲，連空中飛刀俱不及收，拚命追去，知道苗人粗魯，定中那化子誘敵之計。再加上法元飛劍失去一半。自己這邊盡是失利之事，便不願作無謂犧牲，只好忍辱，待將來報仇再說，只不好意思立刻就走罷了。這時見呂憲明被一個女子打倒，忙喊：「賤婢休得傷人，看寶！」言還未了，出手就是一溜火光。輕雲知道厲害，急忙駕劍光縱起空中，躲過妖火。

郭雲璞無心戀戰，就地上抱起呂憲明敗退下去。回望戰場，孔靈子、曹飛敵鐵蓑道人與吳文琪不過，各駕劍光逃走；法元也好似要抽空退去的神氣。郭雲璞把牙一錯，嘆了一口氣，扶著呂憲明，雙雙破空逃走。花花道人姚素修見大事瓦解，正要逃走，恰好輕雲因追郭雲璞與他碰了個對頭，手指處劍光過去，屍橫就地。除群寇與白琦等混戰業已死傷遍地外，西蘆棚上只剩羅九與陳長泰二人。

先是陳長泰見滿空飛劍活躍，羅九敗了回來，膽寒心戰，想要逃走，叫羅九保他回去。羅九一來失了飛劍不能遁去，又見敵人已將廣場包圍，陳長泰本領有限，無法保他脫身；二則以為法元、姚開江必能取勝，想走又不想走，老是遲疑不決。這時見大勢瓦解，姚開江追趕那怪叫化吉凶未卜，法元被佟元奇劍光迫緊十分狼狽。猛想起當初對佟元奇所發的重誓，後來在呂村與佟元奇兩次相遇，自己仗著已拜法元為師，有了護符，滿沒有把他放在心上，萬沒料到自己這邊人如此慘敗。倘若法元敵不過佟元奇逃走，自己決難脫身。

他正待想法溜走，偏偏陳長泰還不知趣，老拿話埋怨羅九，說羅九把他害了，逼著羅九急速保他逃走。羅九本是泥菩薩過江，自身難保，再經陳長泰不住絮絮叨叨，不由發起他那無賴脾氣，冷笑道：「勝負是兵家常事。常言說：『光棍打光棍，一頓還一頓。』你怎麼這般膿包？也算我羅九大爺瞎了眼睛，會交著你這種沒骨頭的朋友！」陳長泰平素吃人捧慣了的，幾曾受過這般搶白？氣得混身亂戰。

陳長泰正要反唇相譏時，戰場上法元見佟元奇劍法厲害，戴家場方面諸劍俠雖不來打冷拳，想要取勝已是不能；那怪叫化禁住姚開江元神將他引走，更是凶多吉少。不如見機抽身逃走，異日再來報仇，是為上策。主意已定，高聲道：「佟道友不要苦苦相煎，貧僧失陪了。」說罷，收回劍光，將身合一，破空便起。佟元奇也將劍光合一，隨後追去。

偏偏不知死活的羅九，見法元敗走，大吃一驚，忙喊：「師父快攜帶弟子同去！」說罷，拋開陳長泰，往空便起，想去追上法元同去。卻沒想到法元劍光何等迅速，他如何追得上。剛把身子縱起空中，忽聽一聲大喝道：「無知孽畜，還不納命！」羅九聞言，見是佟元奇飛來，嚇得心膽皆裂，才喊「師父饒命」時，被佟元奇劍光過處，攔腰斷為兩截，墜下地來。法元在空中聞得羅九喚他，才想起回身救他時，已來不及了，只得咬一咬牙，逃往黃山去尋許飛娘去了。

陳長泰見羅九丟下他逃走，又被一道金光斬為兩截，嚇得渾身抖戰。剛要下台逃走，心源、玄極雙雙飛身上了蘆棚，用點穴法將他點倒，由心源將他夾在脅下，擒回戴家去聽候發落。不提。

話說呂村帶來這一干賊寇，由霹靂手尉遲元率領，從蘆棚後面想繞到廣場，去殺戴家眷屬。還未走到戴家門前，已被白琦、戴衡玉、許超、張琪兄妹、戴湘英、凌雲鳳、黃人瑜、黃人龍、岳大鵬等分頭迎敵個正著。霹靂手尉遲元迎頭遇見白琦，先就嚇了一跳。他本是驚弓之鳥，不敢迎敵，故意將身一偏，卻讓小方朔吳霄上去。

吳霄也是疑心白琦精通法術，情知尉遲元故意迴避，但是敵人業已迎面，不能再為耽擱，只得將手中鑌鐵棍一舉，向白琦迎頭便打。白琦哈哈大笑道：「無知淫賊！還敢暗算良民眷屬。今日是爾等的死期到了！」說罷，以劍撥開吳霄的棍，倏地使了個丹鳳朝陽的架勢，左手掐著劍訣，右手朝吳霄分心便刺。

吳霄本領煞也了得，無端疑心生暗鬼，情虛怯敵，見白琦劍到，恐怕是口寶劍，削了他的兵刃，不敢用棍接招，將棍頭朝上，使了個長蛇擺首的招數，朝劍背隔去。不知白琦劍法神妙，得了真傳，三百六十手八卦玄門劍，虛中套實，實中套虛，變化無窮。適才這一劍本是虛招，見敵人用棍橫攔過來，倏地將劍一抽，畫了一個長圈，縱身躍起丈許高下。吳霄不知是計，掉轉棍頭，朝白琦下三路掃去，滿以為白琦決難閃躲。不曾想到棍到白琦腿旁不遠，白琦用燕子飛雲縱的輕身功夫，兩腿使勁，提著氣往上升有兩尺。

吳霄見打了個空，忙使一個怪蟒翻身，側轉身來，反過棍尖朝上搗去。也沒看出白琦身子怎麼翻轉的，比箭還快，落在他的身後，左手一指，右手往吳霄後顱便刺。吳霄聽見腦後生風，知道不好，不敢回身接劍，將足一點，縱出去有二丈遠近。腳剛著地，急忙將身旋轉過來時，白琦業已劍到人到，神龍三點頭，分心刺到。吳霄見不是路，慌了手腳，將棍又橫著一隔，順勢攔腰一棍打去。白琦料到他定是此著，更不躲閃，手一順，把棍頭接住。

吳霄知道不妙，手中用力一奪，還想奪棍逃走。白琦暗暗好笑，順著他的奪勁，陸地推舟，往前一進步，劍尖順棍而下。吳霄想撒手丟棍，已來不及，被白琦劍尖削將過去，吳霄四個手指齊手臂斷落下來。白琦更不容他逃走，魚游順水，當胸刺將過去，把吳霄刺了個對穿，屍橫就地。

五花蜂崔天綬迎面遇著岳大鵬，舉刀就砍。岳大鵬哪把他放在心上，左手短把鏈子喪門棍往上一起，隔開了刀，右手棍攔腰便打。崔天綬忙用葉底偷桃往上撩棍時，不曾想到岳大鵬用的這對奇怪兵刃，盡頭處還套著三四尺長鏈子。右手棍才得撩開，猛聽一聲大喝道：「淫賊回老家去吧！」言還未了，岳大鵬喪門棍筆一般直脫手飛來。崔天綬不及避讓，這一棍正捅在小腹上面，「噯呀」一聲，翻身栽倒，被岳大鵬右手棍起處，打了一個腦漿迸裂，死於非命。正趕上白琦也殺了吳霄過來，二人遵了玉清大師吩咐，也不敢上前助戰，分別守在迎面路上，觀敵略陣。不提。

張琪迎敵五花豹許龍。許龍本是西川三寇中為首之人，生得高大凶惡，手使一對板斧，重有二百多斤。見對面走來的是一個空著雙手，面容秀美，尚未成年的小孩子，並沒有料到是敵人，大喝一聲道：「娃娃快些閃開！刀槍無眼，這個熱鬧有什麼好看？還不走回家去。」

其實張琪早就看中了他。心想：「常聽師父說：『山大不出材。』這東西長得這麼高大，頂多有幾斤蠻力，對付他決不費事。」又見他搖著那一對板斧頗有斤兩，身子又高，自己還齊不到他的腰際，相差已大懸殊。便想出一條妙計，故意赤手空拳迎了上去。

果然許龍小看了他，並不以為他是敵人，反叫他躲開。張琪想：「這傢伙把我當作小孩子，一些也沒有防備，就此暗算了他，太不光明。莫如先同他逗弄逗弄，再取他的狗命。」想到這裡，便大喝一聲，答道：「黑賊休要小覷你家張小大爺，快快上前納命！」說罷，也不拔劍動手，將手上下斜偏著一分，亮了個大鵬展翅的架勢。

許龍見這小孩子大言不慚，拿他那種又小又文的神氣，和自己這般威武身量一比，大有螳臂當車之勢，又好氣又好笑。便對張琪道：「小娃娃，你這簡直是胡鬧。再不閃開，我就一腳把你踹死。」張琪聞言，笑著對他扮了個鬼臉道：「黑賊少說不要臉的狂話，我不信你的腳爪子就那麼厲害。我告訴你說，小太爺還賣給你個便宜，我要殺你，連寶劍都不用。你就來試試。」話言未了，倏地一個黃鵠沖霄，蹦起來就是一拳，正打在許龍臉上，打得許龍兩太陽穴直冒金星。

許龍見大家俱已有了對手，打得熱鬧，自己卻遇見這麼一個不知死活的小孩，只顧絮絮叨叨，便不耐煩起來。本想一斧將他劈死，一則可惜他生得乖巧靈秀；二則自己也是成了名的好漢，卻去殺死一個不持兵刃的小孩，未免被人恥笑。剛想伸手將他捉住，嚇他兩句放走，再和別人交手，不曾想倒吃了一個冷拳，若不是閃避得快，險些將左眼打瞎。不由怒發如雷，罵道：「小野種，竟敢無禮！我若用兵刃擒你，不算英雄。」一面說，一面將雙斧重又帶在身旁，伸開兩隻大手就抓。

張琪本有一身好武功，又經玉清大師指教，劍術雖未學成，輕身功夫已到上乘。見許龍那般急怒的怪相，十分好笑。哪裡會容他抓著，將腳一點，身體倒縱出去有三五丈遠近。及至許龍追將過來，他又橫縱出來，一路躥高縱矮，躍前跳後，不時在許龍致命處連打帶踢。哪消一會工夫，打得許龍渾身疼痛，氣喘汗流，羞惱之極，重將板斧拔出，潑風一般朝張琪砍來。張琪依然滿不在乎，仍是空手迎敵。

又打了幾個回合，恰好許龍左手斧當頭劈到，張琪才得縱開，許龍右手斧又枯樹盤根，從張琪腳面下掃來，滿以為張琪身子懸空，無法避讓。誰知張琪倏地空中一個轉側，風吹落花式，避開許龍右手斧，身子落下來時，腳正落近許龍左手旁邊。許龍正想翻轉左手斧，葉底偷桃，往張琪襠內撩起。不料張琪腳臨許龍左手斧柄，倏地用力往下一墜，未容許龍斧柄朝上翻轉，右腳尖已經沾著斧柄，就勢在斧柄上使勁往上一起，縱起有數尺高下，直從許龍頭上縱過。

許龍也是手疾眼快，急忙用右手斧朝上砍去。就在這間不容髮的當兒，忽覺眼前一黑，知道不好，想躲已來不及，被張琪從頭上飛過時，兩腳用力朝許龍雙眼踢去，再借許龍額上這點擋勁，小腿在許龍身上一使勁，朝他身後剛剛平穿出去。只聽「哇呀」一聲狂吼，許龍栽倒在地。急忙縱身回來一看，許龍兩眼已被踢瞎，血流滿面，身死就地，一動也不動。正覺他死得太快，忽見妹子瑤青縱身飛來，走近許龍身旁，一低身，伸手拔起一支金梭，許龍腹內立刻便有一股血水冒起。

原來張瑤青迎敵水蛇魏八，魏八也是欺她年幼，只兩個照面，便被瑤青用寶劍削斷魏八手使的分水月牙刺，緊接著一反手腕，使了個撥草尋蛇式，當胸刺去，魏八連喊都沒喊出一聲，立刻了帳。瑤青殺了魏八，因為玉清大師吩咐不許上前合戰敵人，見敵人紛紛死傷，未死的俱有對手，總覺殺得不稱心意。猛見哥哥張琪空著雙手，正和一個高大黑漢動手。

那黑漢手使一對大板斧，上下翻飛，武功不弱，張琪全憑輕身縱躍取勝。幾次看見張琪打在黑漢致命處，那黑漢雖然也有些護痛神氣，並不厲害，知他必練就一身硬功。又見張琪遇見多少次大驚奇險，不住替他捏一把汗，暗怪哥哥太是大意，萬一被他大斧掃碰一下，如何得了？自己又不便上前相助，只在旁邊著急。

後來見張琪在黑漢斧柄上跳起，黑漢兩把板斧飛一般朝張琪身後砍去，相隔甚近，危險異常。瑤青一著急，隨手將玉清大師賜的暗器紫金梭對準黑漢胸前發出。先還以為黑漢縱然受傷，張琪也決無倖理。不想張琪用絕招將黑漢兩眼踢瞎，居然避開雙斧。再加上自己一紫金梭，竟將黑漢打死，好不高興。

第廿一章　巨寇成擒

話說兄妹二人見面，瑤青不住埋怨張琪不該行此險著。張琪笑道：「我起初以為黑漢不過有幾斤蠻力，不曾想到這廝還有幾手花活呢。」兄妹二人說笑幾句。

再回看戰場時，許超迎敵威鎮乾坤一枝花王玉兒，一個使的是長槍，一個使的是雙刀。王玉兒本是福建武夷山有名的淫賊，比柳雄飛、崔天綬還來得厲害，會打好幾樣暗器。許超費盡氣力，只戰了個平手。十數個照面後，王玉兒倏地賣了個破綻，往後倒縱出去。許超正想跟著縱將過去，忽見王玉兒猛一回身，便有三隻鐵鏢分上中下三路打來。

許超見他不敗而退，早已料他不懷好意，單手持著槍柄在手中一轉，才將上下兩隻鐵鏢撥開。就在這一眨眼的當兒，當胸一鏢又到，忙將右肩往旁一閃，順手牽羊接鏢在手。剛想回鏢打出，王玉兒的拿手暗器飛磺火彈又朝許超打來。

這飛磺火彈內藏毒火機簧，一觸便燃，被它打上，不燒死也帶重傷。許超本不知它的厲害，見敵人又發暗器，來不及掉轉手中鏢，順手朝那鐵彈打去，鏢尾朝前，鏢尖朝後，與王玉兒的飛磺鐵彈碰個正著。立刻在半途中渙散開來，化成一團火焰，彈裡面藏的鐵針到處亂飛。幸是許超相隔尚遠，一聽響聲便知不好，急忙縱退出去，沒有受傷。就在這疏神一驚之際，王玉兒見許超無心中用自己的鐵鏢還敬，破了飛磺火彈，越加忿怒。未容許超站穩，更不怠慢，把九粒連珠金丸分上中下打將出來。

他這九粒連珠金丸，並不似別人藏在身旁暗器囊內，而是用一個牛皮做就的袋藏在右手袖內。用時非常方便，只消略用力一抖，袋口便開，金丸挨次落在手內，用連珠彈法打出。無論敵人多麼手疾眼快，就躲得了他三鏢一彈，也躲不了這九粒金丸。王玉兒縱橫半世，從未遇見過敵手，成名就在這三鏢、一彈、九粒金丸上得來。

許超正在危急之際，忽聽一聲嬌叱，接連就是「叭叭叭」好幾響，從左側也飛來幾粒連珠彈，與王玉兒的金丸亂碰亂飛，響成一片。這人彈法雖然神妙，仍有幾粒金丸未曾碰著，朝許超打去。幸是頭幾粒金丸被這人彈子打開失了效用，後幾粒均從許超下三路打來，比較容易閃躲。許超神志稍定，一路連縱帶讓避了開去，一丸並未打著。等到敵人金丸打盡，左側飛過一個女子，搶上前去和王玉兒廝殺，才看出是戴湘英。不由暗叫一聲慚愧，不好意思上前合力迎敵，只得在一旁觀戰。

原來戴湘英先前原是迎著惡長年魏七交手，她見敵人生得高大，手使一把板刀非常沉重，便知此人是個蠢貨。湘英自從學了梨花槍法，正想試一試新。也是魏七該死，見迎面來的是個美貌少女，起了邪心，想生擒回去。剛想說幾句便宜話，未及開口，見對面女子倏地腳一點，縱起丈許高下，躥過來，單手持槍，在空中舞起一個大槍花，一順槍頭，當胸點到。魏七心中好笑，這女子身法雖然靈巧輕便，槍法卻不高明，幾曾見過使槍這麼使的？未曾交手，先現出好幾個破綻。想是戴家場無處約人，連耍花槍跑馬賣解的婆娘都請了來。

他見湘英槍到，也不閃躲，滿想橫著五十七斤重的大板刀一隔，將那女子的槍震開，順勢撲上前去將她擒住，誰知上了大當。魏七剛將板刀向湘英槍上隔去，見湘英並不撤回手中槍，越加得意，「撒手」二字未容喊出，猛覺敵人的槍好似也頗有幾十斤力量，只一繞一顫，微微震動之間，便將他的板刀震盪開去。魏七才知不妙，想要回刀迎敵，已來不及，只見尺許長的雪亮槍尖，一點寒光當胸刺到。魏七慌了手腳，同時手中板刀也回了過來。恰好槍尖業已刺進腹內，被板刀往下一壓，連衣服帶肚腹，劃了個尺許長的大口子。登時腹破腸流，狂吼一聲，栽倒在地。

湘英見這大漢只一照面便送了性命，見別人都在作對兒廝殺，自己卻英雄無用武之地，不由朝地下唾了一口道：「該死的膿包，這般不經打！」回身再望廣場，只見劍光亂飛。心想：「我這次跟了玉清大師前去投師，好歹也將飛劍學成，才不枉虛生一世。」猛然想起許超，覺得臉上無端發起燒來，不由又啐了一聲，說道：「我又管他做甚？」心雖然如此想，順眼往右側看去，見許超和一個渾身穿白的賊人打得正熱鬧呢。見許超槍法雖然神妙，有一兩招竟是不如自己，才覺出當日有些冤枉了他。

剛想到這裡忽見敵人回身敗走，接著三鏢一彈打出，俱被許超躲過。末後見許超回鏢破彈，烈火四散，大吃一驚，便想暗助許超一臂之力。隨手在囊內掏出一把彈子，正要發將出去，猛見敵人手揚處，九粒金丸連珠打出，許超危在旦夕。只得先救人要緊，便將手中彈朝敵人金丸打去。湘英彈法雖準，因為在匆忙中手法稍差，只打掉了敵人六粒金丸。幸而餘下三粒俱被許超躲開，沒有受傷。不由引起敵愾之心，將身一縱，飛身上去接戰。

王玉兒見敵人雖是女子，卻連打掉他好幾粒彈丸，不敢怠慢，把雙刀使了個風雨不透。湘英這才將梨花槍法次第使出，寒星點點，耀日生輝，一條槍將王玉兒圈住，一絲也不放鬆。王玉兒萬沒料到湘英如此厲害，自己三樣厲害暗器俱已用盡，心中好生著急。這時法元業已出場與佟元奇比劍，各寇也與白琦等打得正酣，殺聲四起。王玉兒剛欲用計取勝，忽見敵人好似不耐久戰，漸漸槍法散亂起來。立刻轉憂為喜，精神一振，雙刀一揮，飛舞殺去。眼見敵人越難支持，倏地使了個巧招，縱身便退。

王玉兒不知是計，縱身追去，心中提防敵人暗器。等到身臨切近，忽見女子猛一回身，左手一槍刺來。王玉兒暗笑：「原來想敗中取勝，用回身槍刺我，豈非班門弄斧？」喊一聲：「來得好！」左手刀朝槍上一撩，撩了個空，被敵人疾若閃電一般將槍收了回去。未容王玉兒上前，敵人槍頭不知怎的，又轉到了右手，也不知是用的什麼槍數，只見一個斗大槍花裹著三點寒星，分上中下三路刺來。鬧得王玉兒眼花撩亂，慌了手腳，不知如何破法。一面用刀去隔，還想抽身後退時，只覺手中一震，兩臂酸麻，兩把刀同時被敵人槍震盪開去，「不好」二字未及出口，噗哧一聲，被湘英用追魂七步奪命連環槍刺死。

許超忙走過來對湘英說道：「想不到大妹幾天的工夫，將槍法練得如此神妙！那廝不但武功甚好，暗器尤為厲害，若不是大妹從旁相助，愚兄幾遭不測。這多天的冤枉總算明白，不是我藏私了吧？」湘英聞言，抿嘴一笑，微嗔道：「雖然這麼說，我還是恨你。」

許超還要往下問時，湘英忽見凌雲鳳迎敵假頭陀姚元正在危急，不顧和許超說話，連忙縱身上前相助。未及趕到，凌雲鳳已被假頭陀姚元用迷魂葫蘆迷倒在地，湘英因救人情急，大吃一驚，一掏兜囊，只剩有三粒彈子，急不暇擇，隨手打了出去，內中一粒正打在姚元右眼之內。同時湘英業已縱身趕到，提槍就刺。

起初姚元手使禪杖迎敵雲鳳，雲鳳左手持劍，右手持槍，使了個風雨不透。怎奈姚元比較其餘群寇都來得厲害，雲鳳用了許多絕招，並不佔著絲毫便宜。姚元練的是童子功，沒有開過色戒，力猛兵器沉重，越戰越勇。雲鳳費盡平生之力，僅僅對付一個平手。

姚元身帶一個葫蘆，內有煉就的迷魂砂，發將出來便有一股黃煙，敵人聞見，立時暈倒在地，不能轉動。見雲鳳雖是女子，卻十分勇猛，槍法劍法都非常神妙，急切間難以取勝；又見同來的人紛紛死亡，心中大怒，便想殺一兩個出氣。怎奈一條禪杖被敵人兩件兵器逼住，無法使用暗器。偏偏雲鳳見不能取勝，想假裝敗退，用回身槍、絕命三劍贏他，故意賣個破綻，縱身敗走。不想反倒合了姚元心意，見雲鳳敗退，一面縱身追趕，左手早將瘟篁葫蘆蓋揭開，右手禪杖欲向雲鳳背後打去。忽見雲鳳猛一回身，左手劍穿雲摘星，右手槍回頭望月，同時刺到。

姚元萬沒料到如此神速，知道不及避讓，只得將身往後平跌下去，一面將右手葫蘆抖動，一股黃煙冒出。雲鳳見敵人跌倒，正要順槍就刺，忽見一股黃煙飛起，大吃一驚，想逃也來不及，鼻中嗅著一種腥味，立刻頭暈腦昏，翻身栽倒。姚元更不怠慢，縱起身來，舉禪杖正要當頭打將下去，忽覺眼前一黑，中了湘英一粒彈子，將右眼打瞎；同時左手臂上也被打中一粒，差點沒將左手臂骨打斷，疼痛非常。若不是姚元武功超群，就這兩粒彈子，縱不喪命，也要立時栽倒。

姚元晃了兩晃，才得立定，知道危險萬分，顧不得再拾葫蘆，將牙齒一錯，負痛使獨眼留神往前看時，忽然有一個女子飛來，一槍當胸刺到，姚元破口大罵：「狠心潑賤！」舉禪杖正要往槍上隔時，倏地眼前一閃，現出一個白髮老婆子，拄著一根枴杖，就地抓起雲鳳，身形一晃，蹤跡不見。姚元微一疏神之際，差點沒被湘英刺了個透穿。不敢怠慢，只得咬牙切齒，負痛迎敵。

正在這時，耳旁忽聽一聲：「賊和尚休要猖狂，老夫凌操來也！」言還未了，一個老者手執一根鉤連拐飛縱過來，舉拐便打。姚元受了重傷，遇見兩個勁敵，不由手忙腳亂起來，才一照面，便被湘英一槍刺傷右臂，又中了凌操一拐。

正在危急之際，忽然兩道劍光飛來，凌操、湘英同喊不好，忙即敗退下來時，頭一道劍光落地，現出一個彪形大漢，就地抓起姚元，破空飛去。第二道劍光落地，現出一個十六八歲的少年，指揮一道青色劍光，往凌操、湘英身後追來。眼看追上，木雞、林秋水奉命接應，早有防備，先是林秋水將劍光飛起迎住。來的那人年紀雖小，劍光卻是厲害。木雞、林秋水見不能取勝，正要敗退，忽聽一聲嬌叱道：「司徒平，你怎麼也助紂為虐起來？」言還未了，早有一道劍光飛上前去，將林秋水替換下來。

這少年正是苦孩兒司徒平，因在黃山奉了許飛娘之命，到青城山去盜仙草，歸途路上遇見三眼紅蜺薛蟒，同了一個彪形大漢、一個女子正在路旁說話。那彪形大漢正是西川三寇姚元等的大師兄，獨角靈官樂三官的得意弟子王森，與九尾天狐柳燕娘有過交情。也是聽人說起，西川三寇往呂村助拳，慕呂憲明之名，想來一見。半路上遇見柳燕娘和一個怪模怪樣，瞎了一隻眼睛的少年，坐在路旁石頭上說話，不由酸氣沖天，惡狠狠上前正要發話。柳燕娘已知來意，悄悄拉了薛蟒一把，故意裝作不知，搶先把戴家場比擂之事說了一遍。又說：「今日若不被薛蟒救出，險些性命不保。你三個師弟，來時已有一個受了重傷，性命難保。現在戴家場有峨嵋派佟元奇同玉清妖尼在內，還有能人甚多，務請替他報仇。」說罷，哭泣不止。

王森本是一個粗人，與姚元最為莫逆，聽說他身陷重圍，又急又怒，便要同薛、柳二人同去救應。薛蟒正要還言，柳燕娘趁王森不見，朝他使了個眼色，搶先對王森說道：「我看戴家場能人甚多，不易取勝，莫如我們三人一同回去，由你上去將你兩個師弟救出，來日再設法報仇，是為上策。」說罷，朝著王森做了個媚笑。王森色令智昏，哪知戴家場厲害與燕娘詭計，一口答應。

他正要起身，忽聽一陣破空的聲音，面前落下一個清秀少年。薛蟒見是司徒平，忙上前喚住。司徒平本是經過此山，見下面風景甚好，想下來觀賞一會，不想遇見薛蟒，好生後悔，想躲也來不及，只得上前一一相見。薛蟒說完前事，便要司徒平一同前去，司徒平好生不願。怎奈來時師父原說慈雲寺比劍未完，半途如遇同道之人與峨嵋派交手，須要上前相助；薛蟒又是許飛娘寵徒，恐他回去搬弄是非，不敢得罪，只得勉強應允。

當下四人議定，由王森去救人，司徒平迎敵，薛、柳二人接應，一同飛身來到戴家場。王森見呂村諸人紛紛死亡，滿空劍光如龍飛電掣，才知自己決非對手，把來時勇氣挫了一大半。仔細尋找三寇，只剩姚元一人在場，與一位老者、一個少女交手，只有招架之功，並無還手之力。便招呼一聲司徒平，飛身前去救了姚元逃走。

他原指望將姚元帶出交與薛、柳二人，再回身去救那兩個師弟，不曾想到帶了姚元回到原處，薛、柳二人蹤跡不見。縱身往空中看時，只天邊隱有兩個白點往東北方飛去，才明白柳燕娘又結識了薛蟒，趁自己冒險救人之際，他二人卻抽空逃走，自己險些上了她一個大當。情知二人去遠，追趕不上。再看姚元，業已身帶重傷。問起許龍與姚素修，俱都存亡未卜。只得咬牙切齒，先帶了姚元回山，再圖報仇之計。

王森去後，司徒平起初以為薛蟒跟在後面，為了遮飾他的耳目，劍光追入，並未往下落。猛見輕雲一劍飛來，再看薛蟒、王森、柳燕娘三人均已不見，知道上當，自己決難迎敵，莫如見機早退為是。便對輕雲道：「師姊原諒，小弟實非得已，高抬貴手，行再相見。」說罷，收回劍光，將身劍合一，破空而去。

原來輕雲勝了敵人，見無甚事做，留神往戴家門前看時，呂村來的群寇竟被自己這一面的人殺了個落花流水。先是霹靂手尉遲元迎頭遇見白琦，便疑心他會法術，閃開一旁。後來去敵岳大鵬，欺岳大鵬不會劍術，正要飛劍傷他，木雞在旁早有防備，一劍飛去。尉遲元早看出今天沒有便宜，不俟交手便即破空溜走。白琦刺死吳霄，見黃人龍戰獨霸川東李震川不分勝負，便上前將他替下。黃人龍轉戰混元石張玉，三四個照面，便被人龍了帳。

八箭手嚴夢生迎敵俞允中，戰了一會不能取勝，正想用袖箭暗放出來。恰好凌操殺了長江水虎司馬壽，趕將過來替下俞允中，交手只三四照面，連接嚴夢生三枝連珠飛弩，同時還敬出去。嚴夢生正避讓，被凌操縱將過來，一鉤連拐打死在地。回頭追命蕭武也同時被黃人瑜殺死。只有白琦與李鎮川二人苦戰不休。

凌操正要過去將白琦替下，眼望見女兒雲鳳與假頭陀姚元對敵，忽然栽倒，大吃一驚，連忙縱身過去救時，姚元已中了湘英一彈，打傷右目。等到凌操趕到，忽然現出一個老婆婆，將雲鳳抱起，破空而去。凌操正在心痛著急，又見一道劍光飛來將姚元救走，另一道劍光朝自己飛來。正在危急，被輕雲放出飛劍，將敵人趕走。

輕雲也是在遠處閒立，看他們打得熱鬧，忽見凌雲鳳跌倒在地，未及上來援救，被適才在台口現身老婆婆救走，只一晃，便不見蹤跡。及至趕走了司徒平，見凌操失了愛女，老淚縱橫，正要出言安慰，忽然趙心源趕了過來說道：「老先生休要悲苦，令嬡並未失蹤，現已被她曾祖舅母白髮龍女救往龍爪峰潮音崖習學飛劍法術去了。此中情形，一時也說不盡，且候少時破了敵人，再為細談吧。」

正說之間，恰值怪叫化再次出現，姚開江放出毒劍拚命，滿空煙霧瀰漫。玉清大師忽然化成一道金光飛來，口中高叫：「煙雲有毒，眾人快退！」眾人聞言，紛紛往後縱退。只白琦與李鎮川二人死命相持，不曾聽見。忽然一陣順風吹來，白、李二人同時嗅著一股腥味，翻身栽倒。眾人只顧逃走，也未顧及。及至法元逃走，呂村來的人全數死亡逃散，玉清大師用劍光逼散妖氣，才將白、李二人抬進屋內，業已口吐白沫，昏迷不省人事。

呂村請來的這一干人，除陳長泰被擒、李鎮川中毒不醒外，華山派的啞道人孔靈子與呂、郭、尉遲三人知機逃走，餘下非死即帶重傷。戴家廣場上，到處都是敵人屍首，西蘆棚上還有一個待死的柳雄飛，也被眾長工擒了進來。

佟元奇請玉清大師先去將白、李二人救醒。自己帶了心源、玄極，每人給了一些消骨散，彈在那些敵人死屍的腔子裡，哪消頓飯時候，俱都化成一堆黃水。白、李二人不過嗅著一些毒瘴，並未被毒箭射中，被玉清大師給每人口中塞了兩粒丹藥，漸漸醒轉，只是周身疼痛，胸頭有些作惡罷了。

李鎮川醒來還要掙扎，見四面圍坐站立的盡是戴家場的人，不由長嘆一聲，便想立起身來尋一個自盡。佟元奇正在旁邊，用手一指，將他點倒，說道：「我知你盤踞川東，雖然身在綠林，尚不肯多傷一命，從未犯過淫孽，此次不過受了呂、郭愚弄，助紂為虐。本應將你斬首，念你尚無大惡，你手下餘黨甚多，你死後無人統率，必定四散為害民間。你如肯洗心革面，回山之後，將你手下餘黨設法勸解，改邪歸正，另謀本分生業，便可饒你不死。再不悔改，我仍用飛劍取你首級。有無悔意，從實說來，以定生死。」

那李鎮川雖是大盜，平日劫富濟貧，人尚正直，在川東一帶頗有義名。適才與白琦苦戰中毒被擒，蒙玉清大師解救，又經佟元奇一番點化，不禁翻然悔悟。勉強起立，朝佟元奇躬身答道：「弟子本是好人家子弟，也因受了無數冤抑，無從申訴，這才落草為寇至今。

蒙真人不殺之恩，從今以後，自當改行向善。不過弟子回去將眾人遣散後，孑然一身，無家可歸。如承真人憐念，帶回山去，情願早晚服侍，作真人一名道童，也不敢妄想學道，長執焚香灑掃之役，於願足矣！」說罷，跪下叩頭不止。

佟元奇仔細端詳，見他根骨甚厚，問他年紀，才二十四歲，尚是童身，默然了半晌，答道：「我因一時心軟，誤收了一個羅九，累我惹了多少麻煩，還不知異日掌教師兄見怪與否。你雖然一時天良發現，尚不知你是否真實覺悟。你既再三苦求，你先回去將眾人遣散後，到陝西太白山尋我，先試驗你三年兩載，如有悔過之決心，到時再定收納與否。」李鎮川聞言大喜，重又叩頭，行了拜師之禮。眾人也都上來一一相見。白琦早已服他武藝超群，如今變成一家，惺惺惜惺惺，兩人從此倒結了生死之交了。

凌操經心源說出雲鳳失蹤原因，總覺心中難過。玉清大師見凌操、俞允中俱是滿臉愁苦之容，便從容道：「老先生休得愁煩，令嬡原是追雲叟白老前輩的內姪曾孫女。當初白老前輩的元配夫人凌雪鴻有一位兄長，名叫凌渾，劍法道術超群絕倫。彼時兄妹二人在莽蒼山隱居，遇見白老前輩經過，與令祖姑比了三日的劍，不分勝負。後來長眉真人打那裡經過，給兩家和解，聯了姻眷。成婚以後，令叔祖凌渾漸漸與白老前輩發生意見，多虧令叔祖母白髮龍女崔五姑解勸，兄妹郎舅四人差一點傷了和氣。令叔祖性情甚特別，從此不與令祖姑見面，直到令祖姑五十年前在開元寺坐化，令叔祖並未前去，只有白老前輩同令叔祖母崔五姑在側。

「令祖姑坐化以前再三囑託，說凌家仙根最厚，五十年後必有子孫得道飛升，請白老前輩與令叔祖母到時留意。白老前輩與令叔祖母當時答應下來，不知怎的，被白老前輩算出應在令嫒身上。因為昔日令祖姑被難受傷，若得令叔祖相救，令祖姑還可不致兵解。

「白老前輩怪令叔祖太無手足之情，不該暗使狡獪，趁令叔祖元神出遊之際，將他軀殼毀掉。令叔祖神遊歸來，不見了巢穴，萬般無奈，將元神伏在一個垂死的破叫化身上，把一個丰神俊朗仙風道骨的人，變成一個破爛叫化，豈能不恨？白老前輩知他夫妻厲害，一向避道而行，恐他報仇。起初令叔祖也逍逼甚緊，後來經許多人化解，才未公然反目。令叔祖由此就用這破爛叫化面目遊戲人間，隱了真名，自稱怪叫化窮神。無論邪正各派，見了他夫妻二人，都帶三分畏敬之心。

「令叔祖夫婦從未收過門人，近來忽然到處物色弟子。白老前輩終覺不便和他們相見，才寫了一封柬帖交與趙道友，叫他今日拆看，裡面附著有一封信，便是請令叔祖母務必克踐前言，將令嫒帶回山去；又令趙道友等她在台前出現，便將書信呈了上去。趙道友拆開柬帖以後，有許多地方不大明白，同我商量。我正愁姚開江厲害，見了這封信，知道他二位一同光降，定然無憂，便請趙道友依言行事。果然她一見書信，便將令嫒救走，想是帶回山去傳授道法。此乃曠世仙緣，應當代她歡喜才是，怎麼反倒憂愁起來？」

第廿二章　得遇奇緣

凌操聽玉清大師說了詳情，才放了心。只有俞允中見轉眼就要完婚的愛妻，無端勞燕分飛，即使異日道成回來，不知能否仍踐前盟下嫁，越想心中越煩。忽然把心一橫，走到佟元奇面前跪下，說道：「此次和呂村、陳圩結仇，全為弟子一人而起，雖說是邪不勝正，到底還是死傷多人。弟子如今業已看破世情，願將田園家財分散貧苦的人，然後跟隨老師出家。明知資質魯鈍，難列門牆，還請真人念在與人為善之心，俯賜收錄，感恩不盡。」

他這一席話把眾人提醒，白琦、衡玉、許超、黃人瑜和人龍兄弟、岳大鵬這幾個不會劍術的人，都一齊過來朝佟元奇、鐵簑道人、玉清大師等紛紛跪下，請求收為弟子。

佟元奇忙喚眾人起立，然後說道：「諸位雖與我無緣，但是除兩三位俱非釋道中人外，餘者大半各有奇遇。尤其允中因為一時癡情所激，更為不合。我等號稱劍仙，除少數生具仙骨者外，俱難超凡入聖，大都還要轉劫，難免受一次兵解。允中夫婦五十年之內便要重圓，你們各人亦另有遇合，何故庸人自擾？我給李鎮川開向善之門，是因他父母俱是前明殉節忠臣，他本人又頗能自愛，不似別的盜賊昧盡天良。除我以外，別位道友又未必看得中他，所以我才暫時容他改過入門。現值本派收徒承繼道統之期，只要向道真誠，心地純厚，不愁無人指引，大家何必忙在一時呢？」眾人聞言，依舊苦求。佟元奇仍用前言解釋，執意不允。只對允中指了條明路，說：「今年端陽節，心源要去青螺山了結八魔一重公案，那時自有機緣前來就你。」

說罷，又吩咐眾人道：「此間諸事已了，被擒淫賊柳雄飛已受內傷，不妨將他殺死，用銷骨散化去。好在這次並未傷著土著。少時可由白莊主將陳長泰勸解一番，放他回去，暫解兩村仇怨。此人本無多大能力，全係羅九一人架弄。現羅九伏誅，他知本村勢大，必不敢再為生事。如再不悛，除他不晚。至於呂、郭二人，至多逃回華山請他師父報仇，決不致經官興訟。鐵簑道友可留此數日，一則到了端陽相助心源、玄極一臂之力，二則坐鎮此間以防萬一。諸位有事者亦可暫行回去，青螺山八魔所約能人甚多，不會劍術的人均不用前去。鎮川事完，可至太白山尋我。我要先行一步了。」說罷，便命張琪叩謝玉清大師，與眾人作別，然後攜了張琪，向眾人一舉手間，一道長虹，破空而去。輕雲又問玉清大師：「怪叫化窮神凌渾最後拿著一條蛇，為何姚開江一見，便亡命一般追去？」

玉清大師道：「凡是南疆派紅髮老祖門下，最是厲害狠毒不過。未學成道之前，先收羅了許多毒蟲蛇蜈蚣之類，擇定一樣做自己的元神，每日用符咒朝牠跪誦，再刺破中指血來餵牠。經過三年零六個月之後，才將牠燒化成灰，吞服肚內。再按道家煉嬰兒之法，將牠復原，與自己元神合一。煉成以後，便可隨意害人，與我們煉的飛劍一般，可分可合。不過我們遇見強敵失了飛劍，還可再煉；他那元神一斬，便如同失了半條性命，雖然不死，一生功行大半付與流水，並且失了就不能再煉。

「我久聞這種妖法厲害，今日對敵時，我已想起苗人妖法狠毒，恐他情急，用元神顯化傷人。不想被凌老前輩早收了去，無怪姚開江一見，連命都不要，飛身追趕，倒便宜我得了三把飛刀。我看凌老前輩拿著他的元神，已無生氣，如果已被凌老前輩所斬，姚開江決難活命了。他失了元神，還那樣厲害，所以恩師說他是個勁敵了。」

白琦等聽玉清大師說完，又把在魚神洞遇見凌渾摔蛇，及隨林秋水入席，自己聽見他在自己耳邊所說的話，又說了一遍。玉清大師道：「恭喜白莊主，如能得他垂青，真可謂難得奇遇。這位老前輩性情古怪，專一感情用事。他不願幫忙，無論如何苦求也不行。我早聽人說他功行快成，不久要用兵解轉劫飛升，想在衡湘一帶物色傳人，許久不聽下文。照如此說來，對白莊主決非無因的了。」

白琦道：「弟子行能無似，質地愚魯，雖有向道之心，恐這位恩師未必就肯垂青吧？」

玉清大師道：「我看他決非無意，異日再看吧。現在諸事已畢，陳、柳二人可由白莊主照佟老前輩之言發落。我要同輕雲、文琪等回轉成都去了。」說罷，便命湘英收拾同行。

湘英聞得雲鳳是被一位最有名的劍仙收去，好生欲羨。連日早向輕雲、文琪、瑤青三俠女懇求攜帶，還恐玉清大師不帶她同行，事完之後，侍立在旁，一步也不敢離開，不住朝輕雲等用目示意，心中怦怦跳動。一聞此言，喜出望外，也不顧和哥哥衡玉說話，飛也似奔到裡面，將隔夜打就的包裹攜了出來，朝玉清大師拜了拜。還是玉清大師命她與兄長、眾人作別，才得想起。因為喜歡過度，只是呆笑，連話也說不出來。

衡玉先朝玉清大師拜謝援引湘英之恩，才對湘英道：「妹子蒙大師指引，遇了仙緣，哥哥福薄，不能同行。但願妹子學成之後，好歹回來一次，以免哥哥懸念。」湘英別思縈懷，只是聞言點首，反倒無話可說。無意中看了許超一眼，見他滿臉惜別之容，不由心中一酸，急忙回過頭去，又朝眾人一一告辭。

白、戴、許三人挽留玉清大師多住一二日，玉清大師道：「異日仍要相見，何必多此一舉？」便從身上取了七八粒丹藥交與白琦，吩咐白、李、虞等受傷之人服用。才命輕雲攜了瑤青，自己攜定湘英，步出院中，與眾人道別，滿院金光，破空飛去。

湘江五俠與岳大鵬也要告辭，白、戴、許三人再三苦留，才允再住三五日走。白琦又將玉清大師贈的丹藥與受傷之人服用，才去將陳、柳二人發落。

過了數日，湘江五俠與岳大鵬走後，俞允中又求了兩次鐵蓑道人與玄極，未蒙收錄。

第二天便推說有事回家，去了十多天未回，眾人均未在意。一日忽然打發人送了封書信與凌操，附有二十條黃金。說他因雲鳳學道，看破世情，回家第二日，便吩咐帳房將田園財產半分給族中貧苦之人；又立了幾處善堂、穀倉施賑。自己決意往各大名山尋師學道。黃金值銀萬兩，孝敬凌操養老；並向眾人道謝道歉，不該不辭而別等語。凌操接信，急忙跑去挽留，才知他一回家，便等不及安排，將一切後事都托與妥當人料理。留下與凌操的那封信，還是臨走三日之前寫的，吩咐下人到時再送，哪裡去尋他的蹤跡。

凌操見愛女愛婿同時棄家入道，雖知前緣注定，到底難割難捨。尤其是允中，明明因雲鳳而起，他又是個獨子無後，愈覺對他不起。傷感一會，無法，只得仍然回來。誰知許超見允中一去，觸動心事，表面上也未露出，只說回家省親。走後寄來一信，才知到家以後，正值老父母病危，第二日已行去世，辦完喪葬，亦步允中後塵去了。

戴家場這一班劍俠紛紛走散，只剩有鐵簑道人、心源、玄極、凌操四人。除凌操已有住室外，衡玉又特為心源等三人備了三間靜室，以便日夕請教。鐵簑道人住了些日，見呂村不來生事，又占了一卦，看出不會有什麼舉動，便要告辭回谷王峰去，衡玉挽留不住。鐵簑道人一走，心源、玄極當然隨去。

白琦自從勝了呂村之後，到魚神洞去閒走，幾乎是他的日課，也有約人同去的時候，誰也不疑有什麼緣故。誰知鐵簑道人去後第二日，白琦又說去魚神洞閒遊，一去就不見回來，也未留下書信。只剩凌操一人與衡玉作伴，好不冷清。這且不言。

話說俞允中自見雲鳳一走，萬念全灰，每日愁積於胸，茶飯都無心下嚥，幾次懇求心源、玄極、鐵蓑道人攜帶入門。心源因秉承追雲叟留柬意旨，不但一味敷衍，不給他關說，反將追雲叟的意思轉告玄極、鐵蓑道人。鐵蓑道人先見允中雖然出身膏粱富貴之家，一絲紈絝習氣都沒有，又加以心地根基均極純厚，自己本少傳人，憐他向道誠切，原有允意，經心源一說，就此打消。

允中苦求了多次無效，愈覺愁煩。心想：「哪個神仙不是人做的？怎奈劍仙都說和自己無緣，玉清大師所說青螺山的遇合也不知真假。雲鳳怪我不肯上進，倘若她學劍回來，見我還是碌碌如舊，豈不越發遭她輕視？長此耽延下去，如何是好？追雲叟是超凡入聖的劍仙，近在衡山，他老人家對內姪曾孫女如此關心，難道對我內姪曾孫婿就不憐念？各位劍仙不允收我為徒，想是我生在富家，又不能耐出家寒苦，故爾推託。我何不回轉家去，將家業變賣，散給貧寒？然後隻身趕往衡山，去求追雲叟他老人家收容，好歹將劍術學成，日後也好同愛妻相見。」

主意打定，也不通知家人，設詞回家，即時喊來家中管帳收租之人，將家產全數託他變賣，分辦幾樣善舉。留下金條、書信與凌操。帶了幾十兩銀子，棄家入山。滿心盼望學成劍術，便去尋著雲鳳，一同回見岳父。如不能實現自己期望，從此厭世出家，不履人世。

允中早數日便從心源、玄極口中探知追雲叟衡山居處，趕到山腳下，忽然山上起了大霧，山中大路崎嶇難行。允中心內焦急，好幾次冒著百險，想爬上山去。怎奈衡岳的雲霧本就常年封鎖，很少開朗的時候，這次大霧更是來得濃厚，站在山腳下望去，只見一片茫，咫尺莫辨，慢說認清道路，連山的影俱看不見，如何能夠上去？允中無法，最後一次決定鼓起勇氣，帶了乾糧，手腳並用，打算爬走一點是一點。

衡嶽本是湘中名山，三湘七澤間神權本盛，每年朝山的人甚多。惟獨追雲叟所居，既在衡岳的極高險處，天好時常是煙嵐四合，無路可通，又聞其中慣出猛獸毒蟲，朝山的人向不打此經過，人跡極為稀少。允中借住在遠離山腳的一個貧苦農民家中，那人姓吳，甚是誠懇，見允中是個大戶人家子弟，不攜隨從，獨自朝山，走的又不是入山正路，非常替他擔憂，勸解多回。允中知他一番好意，只用婉言拒絕。他自己也知此地山徑奇險，常被雲封，怎耐業在神仙面前許下心願，非從此山上去不可。

那農夫勸阻無效，這日見他執意冒險上去，便說：「此山常聽人說猛獸毒蟲甚多，官人身佩寶劍，想必是個會家。不過目前雲霧滿山，本來就沒有山路，這般冒險上去，九死一生。如果真是非去不可，待我給官人將手肘、腳膝、腦背後等處，俱都用厚棉兜上，再備下長索套鉤。以備萬一失腳滾將下來，只消用兩手護著頭面，順著坡道往下滾來，即便帶傷，不致送命；萬一失腳墜入深谷絕澗，只要不死，也可藉著繩鉤設法爬將上來。不過這都是萬沒辦法中想出來的法子，最好不去冒險，改道朝山才是上策。」

允中哪裡肯聽他勸阻，只催他速去準備。那農民無法，只得依他，夫妻二人連夜給他趕辦了一切應用東西及乾糧等件。第二天，允中便照那農民之言，將厚棉兜戴好上山。那老農夫婦送到山腳，指明了上去途徑，眼看允中行了丈許遠近，便漸漸沒入霧氣之中，一會便蹤影消失，先還互相呼應，後來漸漸聽不見聲響，才嘆了一口氣，逕自回家。

那農民原未到山的高處去過，只平日雲開時上山撿柴，上去還不到三四十丈遠，便無路可通，總共一年還去不上幾次。允中照著他指示的途徑，從大霧裡爬走上去，如何能走得通，上去不到十丈，便連連滑跌了好幾次。一則年少氣盛，二來學劍心切，以為自己一身武功，不難往上爬去。起初聽見那農夫在下呼喊，勸他回來，心感他一番好意，先還答應幾句。入後連吃了幾跌，又加霧氣太重，聲音不易透出，自己既決定不肯反顧，索性一個勁往上爬走，連答應都不答應了。那農民卻以為他走遠聽不見，便走了去。

允中聽不見下面聲息，知道農民已走，幸而自己武功眼力俱有根底，雖然山路險滑，大霧瀰漫，走出十丈開外，略歇了歇，鎮定心神，前面一二丈以內居然看得出，不禁心中大喜，越加奮發前進。沒料到此山高寒，大霧凝在石上變化成水，又加此山常無人跡，岩石磊砢，礙足刺手。三四月間草木叢茂，到處荊棘，一雙赤手在濕透的石土上扒撓，冷得都發了麻，又刺上一手的荊棘。雖然受傷不重，這些刺籐大都含有毒質，不大一會，便腫痛紅脹起來，才後悔不該不信農民之言。

允中因嫌攀援不便，將手上棉套脫去，冷還好受，走還不到十分之一，前途險境尚多，雙手腫痛凍木，如何能往上行走？急得幾乎哭了起來。勉強拔出手上的刺，又走出三丈多遠，實在無法再走。摸著一塊較為平坦之處坐下，在暗中將未拔完的小刺細細用指甲拔出。這時手上中了毒，不但不覺冷，反倒火熱滾燙起來。抬頭看上邊，霧氣濃厚得什麼都看不見，望望下邊，連自己身體都看個依稀彷彿，不大完全。越想越傷心，決定拚著死命仍往上走，寧死也不回去。

允中把周身整頓一下，取出棉手套戴上，仍舊一步一步往上爬走。後來實在兩手疼得難受，沒奈何只得站起身來，冒險用兩足朝前試一步，走一步。又走上去有五六丈高下，忽然一腳試在巖壁上面，大吃一驚。急忙用一雙痛手往四外一摸，到處都是巖壁，哪裡還有路可通？這一急非同小可。就在這大霧之中，東摸摸，西摸摸，經了好一會，不但上的路沒有，恰似鑽窗紙的凍蠅一般，連來路都尋不見了。允中著急無奈，跪將下來，高喊外岳曾祖救命接引。枉自喊得口乾音澀，說了許多虔誠哀告的話，連絲毫回音都無有。

正在傷心之際，忽見眼前不遠有兩道藍光閃動，猜是自己誠心感動追雲叟，用劍光前來接引，只消跟定這光前去，必能尋到他的洞府。不由心中大喜，也不顧手中疼痛，連爬帶跌地朝那兩道藍光趕去。那藍光只在原處閃動，並不移開，允中以為必有佳遇。等到走近面前，那藍光還是不走，先還又猜是什麼寶物。及至身臨切近，還未及用手去摸，已聞鼻息咻咻，非常粗猛。允中心切勢猛，知道有些不妙時，手已摸了上去。才一接觸，便覺那東西一身長毛，腥味觸鼻，知道在黑暗中遇見一種不知名的怪獸，嚇了個膽落魂飛。

那東西原也是在霧中不能見物，伏在那裡假寐，被允中高聲一叫，驚醒轉來，聞著生人氣味，循聲朝前衝了過來。允中本想拔劍護身，忙中忘了脫去手上棉套，就在這手忙腳亂之際，被那東西一頭撞了過來，允中一個站立不穩，倒栽蔥跌滾下來。情知性命難保，猛想起農民囑咐，急忙拳起雙腕，抱緊頭顱，護好面部，雙腳也往上拳攏，縮成一團，順著往下滾去。且喜這一撞正好撞向上山時的來處，不曾跌到深淵絕澗之內，沒有喪了性命。

允中一路翻滾，耳旁還不時聽見那怪獸在上面吼叫如雷。連滾帶嚇，好一會才滾到山坡腳下，業已耳鳴目眩，不能動轉。又過了好一會，勉強將身坐起，忽覺胸前腰背上酸痛非凡，記起胸前是吃那怪獸撞了一下很重，滾到半山又被石頭擱了兩下。低頭看時，胸前衣服業已刺破了一個大長口子，那怪獸頭上想必生有角一類的東西，沒有被牠刺入肉內，還算萬分之幸。

允中白受了許多顛連辛苦，差點沒把性命送掉，不但沒見著追雲叟，達到心中願望，周身還受了好幾處硬傷，兩手更是痛得火炙一般，屈伸不便。費了好些事，才勉強將一雙破爛的棉手套脫了下來。一陣傷心急痛，哇的一聲，吐了一口鮮血，立刻暈倒，不省人事。

等到醒來，身子已不在原來的山腳下，面前站定一個丰神挺秀的少年漢子，見允中醒來，笑對他道：「你的傷處都好了麼？」允中想起適才受傷之事，想是被這少年救護到此，便想下床道謝相救之德。忽然覺得身上痛楚若失，兩手也疼止腫消。回憶前事，恍如做了一場噩夢一般。再看這間屋子，原來是個山洞，自己臥的是一個石床。洞內陳設，除了丹爐藥灶之外，還有幾卷道書。

允中便猜這少年模樣雖不似黃、趙等人所說的追雲叟，一定也是個神仙異人。急忙下床跪倒說道：「弟子俞允中一心向道，從大霧中冒著百死，想爬上衡山珠簾洞，拜見外岳曾祖追雲叟，學道練劍。不想受盡千辛萬苦，半路途中被一個怪獸撞下山來，受了內傷，吐了口鮮血，暈死過去。多蒙仙長搭救，有生之日，皆戴德之年。弟子業已拋棄世緣，決心尋師學道，望乞仙長俯念愚誠，收歸門下。弟子當努力潛修，決不敢絲毫懈怠，以負仙長救命接引之恩的。」

那少年不俟允中說完，將他一把拉起。等允中說得差不多了，便對他說道：「救你的並不是我，你莫向我道謝。你知道這裡是什麼所在嗎？」允中只得答稱不知。那人道：「這裡便是你捨命要上來的衡山後峰珠簾洞，不過此時你還不能在此居住罷了。」

允中聞言，又喜又急。喜的是萬沒料到自己這一跌，居然就容容易易地到了多少日所想望的仙靈窟宅；急的是那少年說他不能在此居住，雖入寶山，仍不免空手回去。忙向那人道：「仙長既說這裡是家外岳曾祖的仙府，不知仙長法諱怎麼稱呼？家外岳曾祖現在何處，可否容弟子虔誠求見請訓？」

那少年道：「我名岳雯，令外岳曾祖便是家師。適才你快到洞中時，家師已然帶了我師弟周淳移居到九華山乾坤正氣妙一真人的別府鎖雲洞中去了。」允中聽說岳雯是追雲叟弟子，當然也是個高明劍仙，便不問他所說的追雲叟是否真不在洞中，重又向前跪倒，執意要拜岳雯為師，否則便引他去見追雲叟，寧死也決不離開此地。

岳雯拉起他笑道：「無怪我師父說你難纏，果然不假。你聽我對你說，你未來此時，我師父已知道你的心意，但是同他無緣。他老人家自收了周師弟後，便決意不再收徒弟了。所以才用大霧將山封了，使你知難而退。不想你居然不畏艱險，硬從大霧中往上爬來，卻不知此洞居衡山之背，離地千百丈，平時樵徑只到山麓數十丈便無路可通，你又從黑暗中爬行，那如何能到得了？我也曾替你說了幾句好話。

「但我師父性情古怪，最恨人有所挾而求，說你這種拚命行為，如無人解救，九死一生。你原是個獨子，尚未娶妻，一旦喪命，你家便成絕嗣。你也不是癡子，明明以為我師父同你既有葭莩之誼，你生平又無大惡，我師父無論如何不願收你，也決不能看著一個向道真誠的人為求見他一面，坐視其死而不救。不過你見別位劍仙不肯收你，想用這條苦肉計來邀他老人家憐憫。你資質心地俱還不錯，本有一番遇合。誰知這一來，反招來他老人家不快，執意不管。

「偏偏你竟得遇奇緣。當你無心中被金雀洞金姥姥守洞神獸碧眼金吼新生的小吼將你一頭撞下山去，暈倒之時，我正想用丹藥前去救你，我師父一眼看見你岳曾叔祖怪叫化窮神凌真人朝你面前走去。他同我師父兩位老人家一向是避面慣了的，我師父不願同他老人家相見，本來就打算移居九華。今見凌真人出現，知道你不致喪命，乃將此洞留與我修行，帶了我師弟周淳到九華去了。

「我師父走後，凌真人夾著你走來，原想同我師父吵嘴，問他為什麼見死不救。不知我師父懶得和他見面，業已走開，凌真人撲了個空。他本也不願收你為徒，想賴給我師父，又沒賴上，便給你吃了兩粒丹藥，將你救轉。臨走時，他老人家對我說，你生長富厚之家，雖然根基不錯，卻染了一身俗氣，並不是真心向道。這次冒險尋師，還是為了情慾而起。本不願收你到門下，因為和我師父賭氣，命你先到青螺山去，將六魔厲吼的首級盜來，便可收你為徒。

「話雖如此說，我想青螺山八魔自從神手比丘魏楓娘死後，他們又從別的異派飛劍之處學會了許多妖法，厲吼是八魔之一，青螺山窩聚異派甚多，遠隔這幾千里，你又不會劍術，空身一人深入虎穴，去盜他們為首之人的首級，豈非作夢？不過凌真人性情比我師父還要特別，既叫你去，必有安置你之法。你自己酌量著辦吧。至於我師父，雖然對門下十分恩寬，要叫我收你為徒，我卻不敢。你如願冒百險往青螺山去，我念在你多少苦楚，幫你一點小忙，將你送去，省卻許多跋涉，這倒使得。」

允中聽岳雯說了這一番話，前半截深中他的心病，好生慚愧。後來聽怪叫化窮神凌渾居然肯收他為徒，凌渾的本領道法日前業已親眼目睹，雲鳳又拜他妻子門下，更可藉此見面。只不過久聞八魔厲害，命自己隻身空手要去將六魔厲吼首級盜來，談何容易。不由又喜又驚。猛一轉念：「自己此次棄家尋師，原是打算不成則寧死不歸；佟元奇與玉清大師俱說自己遇合在青螺山，由凌真人所留的話看來更是不假。不經許多辛苦艱險，如何能把劍術學成？只想到了青螺山相機行事，譬如適才業已在大霧中慘死。」想到這裡，精神一振，平添了一身勇氣，便請求岳雯帶他到青螺山去。

岳雯道：「此去青螺山相隔數千里，你也不必忙在一時。那裡異才能人甚多，我兩三次走過那裡，全未下去。你可在這裡安歇一日，明日一早，我親自送你前去，送離青螺山三十餘里的番嘴子，我便回來，那裡有鎮店，有廟宇，你再問路前去好了。」允中道謝應允，便在洞中住了一夜。

第二日早起，岳雯給他服了幾粒丹藥，帶著他在空中飛行，走了兩天，到了三天早上，才到了番嘴子。這裡是川滇間一條捷徑，人煙卻不甚多。岳雯同允中在僻靜處降了下來，允中幾次求他相助。岳雯隨追雲叟多年，行動說話都與追雲叟好些相似，並沒有答應允中，逕自作別回去。

允中無法，只得一人踽踽涼涼，前往鎮店中去尋住處。到了鎮上，雖然看見有幾十家人家，俱都關門閉戶，非常清冷。問了幾處，無人答應。遙望鎮外樹林中有一所廟宇，便跑近前去一看，廟門大開，門外有幾個凶惡高大和尚在那裡閒談。允中上前招呼，推說是入滇到晉香拜佛的香客，走迷了路，身上又受了感冒，意欲在廟中住上幾天再走。那群和尚對允中上下打量了一陣，互相說了幾句土語，便叫允中進廟。允中看他們神態雖然可疑，一則事已至此，二則閱歷還淺，未出過門，焉知利害輕重，貿貿然隨了進去。

身才入門，便見大殿兩廊下堆著許多牛馬糞穢。有幾個和尚鳩形鵠面，赤著雙足，在一個井內往起打水，旁邊立著一個高大和尚，拿著一根長皮鞭在旁威嚇。見允中進來，便朝領路和尚互說了幾句土語。允中也看出情形不妙，仗著自己一身本領，且到了裡面見機行事。又隨著繞過大殿，走入一個大院落，只聽一聲佛號，聲若梟鳴。舉目往前一看，台階上鋪設錦墩，坐著兩個和尚：一個生得十分高大，一個卻生得矮短肥胖，俱都穿著黃袈裟。旁邊立著十來個相貌凶惡的和尚。見允中進來，俱都佯佯不睬。先前引路的和尚便喝叫允中跪下。

允中見那些和尚不但神態凶橫，而且俱都佩著鋒利耀目的戒刀，估量不是善地。聽見喊他下跪，只裝不懂，朝上一揖道：「大和尚請了！」還要往下說，旁立的凶僧早喝道：「要叫大老爺！」允中方覺好笑，那個矮胖和尚業已起立，指著允中說道：「你這蠻子是哪裡來的？你有多大膽子，見了本廟大老爺、二老爺還不下跪？」

允中聽他說得是四川口音，不似土語難懂，忍氣答道：「我姓俞。許願到滇西去朝活佛，迷失了路，身上不快，想在貴廟借住一兩天。佛門弟子多是謙恭慈悲，為何施主要朝你們下跪？你們不必欺我遠來生客，我要走了。」說罷，將身一縱，上了廟牆。

允中正要往下跳時，猛見牆外也是一座院落，下面有百十個凶僧，在當地扭結摔交角力，看見允中站在牆上，齊聲喊捉毛子。允中見他們人多，不敢下去，剛打算回身，忽聽得腦後一聲怪笑，適才那矮胖凶僧正站身後。允中再往旁看時，四外縱上來有數十個凶僧，各持戒刀禪杖，擁將上來。允中見勢不佳，欺那面前站的矮凶僧單人把住一面，又無兵刃，縱身上前，起左手，烏龍探爪，朝凶僧面門一晃，右手便去拔劍迎敵。只見那凶僧嘴中喃喃只往後退，身體非常靈活輕便。

允中劍剛拔出了鞘，猛覺一陣頭腦昏眩，一個站立不穩，從牆上倒栽下來。下面凶僧見允中跌下，急忙上前將允中綑了個結結實實。等到允中神思稍為清醒，業已被眾凶僧將他綑綁在佛殿明柱之上。允中破口大罵，希冀速死。那些凶僧也不去理他，直綑了一個整天整宿。那綑的黃繩，不知是什麼東西造成，不掙扎還好，一掙扎，那繩竟會陷進肉內，非常痛楚。允中枉自又急又怒，無計可施。幸而來時服了岳雯兩粒丹藥，還不甚覺饑餓。

第廿三章　十年薪膽

第二日午後，那矮胖凶僧來看兩次，見允中神態硬朗，一絲也不困憊，暗暗驚奇。一會又去請那高大凶僧來看。兩人商量了一陣，那矮凶僧便向允中道：「看你不出，你居然還是個硬漢子。我們現有一樁事要和你商量，你若應允，便能饒你活命；若是執迷不悟，便將你開膛摘心，與大老爺下酒。你意如何？」

允中想了一想，答道：「我已被擒，殺剮任便。你如有事求我，也沒有綁著逼迫的。有什麼事，先將我放了再商量。事若可行，無不應允；如果是那些姦盜邪淫一類，你就把我殺了，皺一皺眉頭，不算漢子。」

那矮的凶僧對那高的凶僧道：「這個人倒真是個漢子，比先前那些人強多了。好在我們也不怕他逃上天去。」說罷，便去解了允中的綁。允中被綁一個整天整夜，周身麻木。知道這些凶僧厲害，又會妖法，決難覷便逃走，莫如暫時應允他的請求，見機行事。便問那兩個凶僧道：「有什麼事相煩，你說吧。」

那矮凶僧先不答言，一手拖了允中走到庭中向陽處，仔細朝允中臉上望了又望。然後再拖他一同走進隔院一間禪房落座。說道：「我名喀音沙布，是本寺的二老爺。那生得比我高的是本寺大老爺，他的名字叫作梵拿伽音二。我們俱是滇西人，只為得罪了權勢，帶了手下徒眾，到青螺山內蓋了一座廟宇參修。十年前忽然來了一個女的，名叫神手比丘魏楓娘，生得十分美貌。

「我們不該將她留在廟中，被她用法術飛劍傷了我們多人，將我師弟兄二人逼走，佔了我們的青螺山。我們無奈，才逃到此地，將這座清遠寺的住持趕走，在此暫居。一則因為得罪了權勢，滇西不能回去；二則又捨不得青螺山的出產和辛苦經營的廟宇，原打算請了能人仍將青螺山奪回。不想魏楓娘聞得我們仍未遠離，前來逼迫我們歸順，作她青螺山的耳目。她有八個徒弟，便是那有名的西川八魔，專一在外姦淫打劫，個個精通法術，本領高強。我們鬥又鬥不過她，走又無地可走，只得答應下來。

「此地原是川滇間孔道，平日行旅客商及入滇朝佛的人貪走近路，有不少俱都打此經過。我們佔據青螺山時，並不時常打家劫舍，只不過入滇的人俱要到我們寺中進香佈施，才保得平安。偶爾劫殺一兩次，也是他們不知好歹，既要少走十多天近路，又捨不得香資，惱了我們，才惹出殺身之禍。誰知八魔到此，他們手下人又多，不問青紅皂白，見人就搶，遇到婦女就好，不時還往川中去作大案，滿載回來。漸漸這路上斷了行人。

「他們又恐風聲太大，知道到青螺山，這裡是必由之路，所以逼我們給他們做眼線，以防能人劍客到來尋他們晦氣時，好作一準備。只苦了我們，平日此廟本無出產，全仗過路香客佈施，被他們這麼一來，絕了衣食來源，只得也在川滇邊界上做些打劫生活。誰知八魔還是不容，只准我們做眼線，每月由他們那裡領些羊米奶油。遇有大宗買賣搶到了手，也得往他們那裡送。我們忍氣吞聲已有多年。

「天幸魏楓娘這個潑賤在成都被一個女劍仙所殺。我們本想去將青螺山奪回，誰知八魔自魏楓娘一死，害了怕，拜到滇西毒龍尊者門下，練會許多法術，又請了許多能人相助，我們估量不是對手，重又隱忍下來。知道他們雖然厲害，但有煉天魔解體的大法能夠制他們。

「我大師兄本會此法，他不該前些年在青螺山被魏楓娘用素女偷元破了元真，失去純陽，使用不靈了。煉這種大法，須要一個有好根基，元神穩固，心志堅強的童兒，在一個僻靜的山頂上，朝著西方煉上兩個四九三十六天，才能成就。只是這三十六天當中，預先得學會辟穀打坐，然後坐在那裡如法施為，直到大功成就，無論見什麼動靜和種種妖魔擾亂，動也不動，稍一收不住心神，不但前功盡棄，還有性命之憂。

「大師兄因見廟中徒眾全非童身，不能煉這種大法，便想尋人代替。物色了這多年，偶爾遇見一兩個勉強能用，誰知他們的心志不強，結果徒自喪了性命。而且這種法術，須要從未學過別的劍術道法的人才能煉，否則他的元氣煉過別的，雜而不純，仍是無用，所以甚為難得。昨日我們兩個徒眾見你帶有銀兩，原想照從前一樣下你的手。及至引你見了我師兄弟，才看出你是個童身。先還不能肯定你就能行，後來將你綑了一天一夜，才覺出你不但根基稟賦甚厚，尤其是心志堅強，元神凝固，所以才同你商量。

「你如肯點頭答應，不但我們得你幫助，將青螺山奪回，你也就這千載難逢的機會，將我魔教中祕寶學了去，豈非兩全其美？不過學時，須要把生死置於度外，無論眼前有什麼恐怖景象，全是一些幻景，只要不去理它，轉眼消滅；若一把握不住心神，立刻便有性命之憂。我已將真情對你說明，如果不從，那就莫怪我們對你下毒手了。」

允中見他說時神態有許多可疑之點，知道決沒有這麼簡單，但是自己已成了俎上之肉，不任人擺佈也是無法脫身；又加自己想到青螺山盜六魔厲吼的首級，正愁無法進去，倘如他說的是實話，這法術學成，便可制八魔死命，豈不是一舉兩得？把這利害關係在胸頭盤算了一會，還是姑且應允了，再相機行事。便答應了。

那喀音沙布聞言大喜，也不命人看守允中，出外去了好一會，會同他師兄梵拿伽音二進來，高興地對允中說道：「你真是個信人，好漢子！我故意出去多時，並沒人看守你，你卻絲毫不想逃走。相助我們成功，無疑的了。」說罷，又說了一句番語。只一轉眼間，從壁內走出三個凶僧，捧了許多食物與允中食用。允中慶幸自己沒有想逃。等允中果腹之後，又領允中去沐浴更衣，領到一間淨室，由大凶僧梵拿伽音二先傳了幾天辟穀打坐之法。允中人本聰明，資稟極好，一學便會。二凶僧也非常高興，遂將一切口訣煉法，祕密傳與允中，默默記熟。又再三囑咐，遇見幻景不要害怕。

這時正在夜裡。到了子正三刻，梵拿伽音二領允中到院落中去，口中念起梵咒。一會工夫，允中便覺天旋地轉，面前漆黑。等到清醒過來，已到了一座山頂石上坐下，頭上星月一絲也看不見，遠望下面一團漆黑。正要將身站起，耳旁忽聽一人說道：「你不要動，我已派了四個徒弟在你身邊保護你，每晚子時我來看你一次。現在你該如法施為了。」允中聞言，見事已至此，自己又不會妖法，他在暗中還派得有人看守，想逃是決不能夠，索性照他所說鎮靜心神，去煉那天魔解體之法。不提。

話說心源、玄極自白、許、俞三人相繼失蹤，敵人也不來擾亂，見戴家場並無甚事，便同鐵蓑道人辭了衡玉、凌操，搬到谷王峰居住，每日練習吐納劍訣，有時也出山走走。這日心源正在峰頭遠眺，忽見山腳下走來一個壯漢，迎上前去一看，正是陸地金龍魏青。

原來那日大家忙於和呂村交手，直到事完，湘江五俠臨走，才把魏青妻子被一個白猿搶去說將出來。心源聽說魏青一人趕去援救，並無幫手，好不放心，便想再約一兩位劍俠同自己前去，助他一臂之力。玉清大師道：「久聞衡山白象崖有一隻白猿，行走如風，卻從未聽說傷過人。既然怪叫化凌老前輩知道此事，他告知魏青前去援救，自己決不袖手，我們去了反不妥當。」心源聞言，又請玉清大師占了一卦，知是逢凶化吉，並無凶險，才放了心。他跟魏青又是師生，又是好友，不見本人總覺懸念，忽然在無心中遇見，自是欣喜，便先問魏青那日經過。

魏青道：「我那日因聽凌真人來說，我妻子被白猿搶去。他又說白猿住在白象崖，行走如飛，怕我追趕不上，一面指示我抄近路去追，隨手在我背上拍了一把，走得便快起來。在谷口遇見湘江五俠，凌真人不要他們相助，只催我就走。我才一出谷口，便覺身子輕飄飄地直往前飛走，眼看前面大河長澗，只一晃眼，身已過岸。

「走了不多一會，就看見前面一團白影如飛投向東北。漸漸追近，聞得我妻子哭喊之聲。追來追去，追到一座石崖，便鑽進洞去。近前一看，那洞已被那廝用石頭封堵。我便用腰中鋼抓前去推那洞門，好容易才將那石洞推開。那白猿跳出，使用一根木棍，不知是什麼木頭所做，和我爭打了好一會。

「那廝身材伶俐，一縱就是好幾丈高，只累得我渾身是汗，漸漸抵敵不住。吃那廝一棍將我打翻，用兩根春籐將我手腳綑住，拖進洞去。我妻子也在裡面，見我被擒，撲上前來將我抱住痛哭。那白猿上來拖她，我妻子偏拚命抓緊我衣服不放。拖開時，竟將我衣服撕了一大片下來，露出臂上刺的龍紋。那廝隨即放了我妻子，走近我的身前，一把將我左臂衣服撕開，露出一條赤膀。

「我正愁牠要當著我面，去囉叱我妻子。見牠撕我衣服，以為牠要生吃我。那春籐有茶杯粗細，綑得非常結實，掙又無法掙脫，氣得我眼睛都冒出火來。死原不算什麼，最怕是我妻子要被牠姦污。便大聲對我妻子說道：『你還想活嗎？』一句話將我妻子提醒。

「我妻子本有烈性，一頭往石壁上撞去，滿擬尋一自盡。誰知那廝竟懂得人言，聽我剛一說，便已轉過身來，我妻子還未撞到石壁上面，已被牠縱上前去攔住。牠這時忽然改了剛才凶惡神氣，用手朝我二人直比，我二人也不懂。牠好似又要到我面前，又怕我妻子尋死，便將我妻子拖將過來。茶杯粗的春籐被牠用手一扯，便行粉碎。牠才將我解開，我兵器不在手內，縱上去就給牠一拳。那廝也不還手，只護住我妻子，怕她尋死。

「那廝身體靈便，因為要護我妻子，吃我打了好幾十拳，打得牠哇哇直叫，一面用手朝我直比。我先前也不知牠朝我擺手用意，因牠老攔在我妻子前面，越打我越有氣。那廝皮骨堅硬，雖然重手法打得牠痛，卻不能使牠受傷。打了有好一會工夫，一眼瞥見我使的那柄鋼抓，被我搶過來拾在手中，正想用你傳我那散花盤頂暗藏神龍搶珠的絕招，先將那廝兩眼打瞎，再取牠的性命。抓剛發將出去，平地忽然冒起一人，正是那破爛叫化凌真人，一伸手先將我的鋼抓接去。

「那白猿想是知他厲害，立時捨了我妻子，跪將下來。凌真人先對那猿說道：『你修煉得好好的，偏要動什麼凡心，這一頓打，打得不屈不多吧？』那白猿聞言，竟抱住凌真人一雙黑泥腿大號起來。我恨那廝不過，正要就勢用抓將牠打死。凌真人只用手一揮，便好似平空有一種東西將我攔住，不得上前。

「凌真人又對我說道：『牠也挨你打得夠了，你也無須乎再打牠了。牠雖不該一時妄動凡心，將你妻子背來；可是牠如不是天良未泯，認出你左臂刺的龍紋，想起你十五年前在湘潭王家集上救命之恩，憑你這點本領，牠要取你性命，豈非易如反掌，還能容你打牠這半天嗎？再說你既倒反呂憲明，你又隨他們前去赴會，我不該不先令你妻子設法逃出。幸而被白猿搶走，不然呂、郭二人回去，明白了你的行徑，豈不白害她遭人毒手？那白猿後來護定你妻子者，是因感念昔日你放他的恩義，因你妻子烈性，怕她尋死，又知你打不傷牠，所以一任你打，牠卻護定你妻子不來還手。

「『我已來了一會，我恨這畜生不該妄動凡心，我又還有用牠之處，樂得借你手懲治牠。後來你要用鋼抓弄瞎牠眼睛，我才出來攔住。如今你妻子業已遇救，這畜生也不會再起邪心。你的好友趙心源在谷王峰鐵蓑道人那裡，不久便要到青螺山收拾八魔。無論什麼人，只要能遇見我，大半有緣。我送你一樣小玩意，你可拿著它先尋親友，將你妻子安頓。然後到谷王峰跟他們一起去打八魔，到時自有你的好處。』說罷，給我一根籐子編就的軟鞭。我也不知道叫什麼名字，他也不容我問，只好道謝收下。

「這時那白猿仍是跪抱在他的膝前，不住長嗥。凌真人道：『我怪叫化凌渾向不收徒，如今一開戒，索性連你這橫骨未化的畜生都要做起我徒弟來了。你既是這般苦求，你若依得我一件難事，我便收你。』那白猿一面點頭，一面叩頭如搗蒜一般。凌真人想是知牠願意，只見他將手伸進那白猿喉中，好似聽見一種脆骨折斷的聲音。那白猿居然會說起人話來。我起初原沒聽出他姓凌，因為白猿稱他凌真人，才跟著叫的。

「那白猿會說人話後，凌真人又給了牠兩粒丹藥吃下去，領牠同我夫妻出了洞。走過坡腳，便見地下躺著一個大漢，昏迷不醒。旁邊還有一條打斷了的死蛇和一堆纏著彩絲的鐵箭。仔細一看，正是那苗人姚開江。問起原因，才知凌真人知他厲害，恐他毒箭傷人，先將他元神收拾，然後引出戴家場，將他制伏。他因元神已死，又被凌真人神雷將他震得昏迷過去，所以人事不省。

「凌真人悄悄對白猿囑咐了一番話，由身上取出一粒丹藥遞與白猿。叫牠等我們走後，先用丹藥將姚開江救醒，然後將他背走。等到凌真人吩咐白猿已畢，便命我夫妻同他快走，被他用法術將我夫妻送到湘潭一個至親家中。正要朝他拜謝，他只說了一聲『再見』，一晃眼便不知去向。

「事後追思，才想起那白猿是我幼時在我初次從師的王老師家，見我師兄五指開山王傳信由衡山打獵捉回來一隻蒼背老猿，用鐵鏈吊在房中，想磨去牠的火性，再來馴練。我彼時年幼無知，又不忍聽牠晝夜哀號，趁我師兄不在，偷偷將牠放走。那時我左臂上就刺有這條龍紋，想不到十五年光陰，牠毛會變白，居然會看見我身上龍紋想起前恩，不還我手。將妻子安頓好後，便來尋你，不想一來就遇著。我記得那日在戴家場曾有許多未遇見的能人，可能引我前去相見麼？」

心源便把前事一一告知，又同他去見了鐵蓑道人與黃玄極。魏青從此在谷王寺內暫居，靜等端陽節前趕到青螺山去，不時也同心源、玄極到戴家場看望衡玉、凌操。

衡玉和他妹子湘英極為友愛，湘英走時，原說到漢陽白龍庵，由玉清大師引見素因大師門下，雖然分別日子不多，總想知道一些音信，苦幹家務，不能分身前去看望。便托心源早幾天動身，繞道漢陽白龍庵，看看湘英是否已蒙收錄。凌操也託心源等，遇見各位劍仙，留神打聽允中的下落，如果在青螺山相遇，好歹勸他回來。心源、玄極俱都一一答應下來。回去同鐵蓑道人商量，打算四月上旬就動身，先到漢陽探望湘英，帶到衡玉口信。然後由陸路走夔州劍閣入川，到川邊青螺山去赴八魔之約。大家商量了一次，因為有魏青同行，好在無事，為期尚早，索性提前動身，沿途還可觀賞風景。

到了四月初一，鐵蓑道人便同了心源、玄極、魏青，四人由長沙起程。走不多日，到了漢陽，好容易尋到了白龍庵，玉清大師業已他往。會見元元大師的徒弟紅娘子余瑩姑，問起湘英蹤跡，才知玉清大師到的那一天，素因大師剛巧在頭晚上出門訪友，不在庵中。玉清大師原想留湘英在庵中等素因大師回來，湘英一定磨著要隨玉清大師同行，玉清大師無法，只好又將她帶到成都去了。

四人聞言，只得告辭出來。心源猛想起聽玉清大師談過，陶鈞現在四川青城山學劍，何不去探看陶鈞，就便拜見他師父矮叟朱梅？此老雖是得道多年的前輩劍仙，為人熱心，喜抱不平，比年青人還要來得起勁，倘能得他相助到青螺山去，豈非大妙？四人商議定後，先請黃玄極帶了魏青先行。心源同了鐵蓑道人先到宜昌三遊洞，去向師父俠僧軼凡請罪，相機請他下山相助。然後駕劍光趕上黃、魏二人，沿水道而行，到青城山去。把預定繞道陝西邊界，經由劍閣棧道走的主意打消了。

四人分手後，心源、鐵蓑道人劍光迅速，不一日到了三遊洞，由鐵蓑道人進去代他緩頰，心源跪在洞外請罪。待了一會，鐵蓑道人出來說，不但俠僧軼凡不在洞內，連許鉞也未在此。洞中只住一個聾啞年邁的和尚，問他什麼，也答不上來。心源聞言，便隨了鐵蓑道人二番進去，遍尋俠僧軼凡與許鉞有無遺留什麼字跡。那聾啞和尚見二人尋找，想是知道用意，逕從一個破蒲團內取出一張紙團遞與心源。心源一看，正是許鉞所留。

原來許鉞承矮叟朱梅指引，離了戴家場，回家安排了一些家務，便去投師。好在三遊洞在宜昌上游，是個有名勝地，常有人去遊玩登臨，極容易尋找。也是許鉞機緣湊巧，到三遊洞時，正趕個正著。原來俠僧軼凡因三遊洞風景雖好，仍不能與世隔絕。他先在後洞參修，本與前洞隔絕，不知怎的，把行跡露在一個有心人眼裡，傳揚出去，說三遊洞還有人未去過的後洞，裡面住著一位高僧，如何神妙等語。一般人多喜事，從去冬起，不時有些俗人來向他請教佛理。俠僧軼凡不耐煩擾，正要離開，許鉞恰巧趕到。俠僧軼凡見許鉞根骨尚厚，又是老友朱梅介紹，當時答應下來。

許鉞拜師不久，俠僧軼凡就帶了許鉞到川邊鄧崍山去訪友。因為後洞石壁內藏有許多的經卷，暫時不便帶走，才去尋了那聾啞和尚來替他看守。許鉞在戴家場就聽心源說過同八魔結仇及以前得罪師父之事，怕師父性情特別，又是入門不久，不敢替師兄講情。恐心源走來不知他師徒二人蹤跡，在走前寫下這一張字條，托聾啞僧代為轉交。

那聾啞僧因為犯了他師父雪山了了和尚的戒規，罰他遭三十年聾啞之孽。許鉞把託他的事寫在一張紙上，他雖然又聾又啞，本領同靈性依然存在，不過韜光晦靈，靜待孽滿罷了。他受了許鉞之託，見心源來到，便將許鉞字條交付。（他的來歷，三次峨嵋鬥劍時自有交代。）

鐵蓑道人見了紙條，他本覺這聾啞僧不是常人，又見俠僧軼凡託他看守經卷，知道那些經卷俱是西土真經，佛門異寶，俠僧軼凡竟能託他代管，更知有大來歷。不過看他神態，又不似裝作癡聾，揣不出什麼用意。先後朝他禮詢數次，聾啞僧好似被逼無奈，取了一支禿筆，在紙上寫了「孽重心感，行再相見」八個字，寫罷，逕往蒲團上入定去了。

鐵蓑道人知他不願人留此，有心試他一試，故意裝作偷尋藏經，往他身後石壁走去。

還未伸手，聾啞僧已經覺察，只見他舉手往頭頂上一拍，立刻便是滿洞金光。鐵蓑道人知道不妙，不及招呼，一把拉住心源，身劍合一，破空便起。回望後面金光紅雲之中，一個三尺多高的赤身小和尚追來。

鐵蓑道人並非真心盜經，原是試探他的本領，未便迎敵傷了和氣，只得緊催劍光逃走。出去有十里左右，後面不來追趕，才把劍光落下。對心源道：「想不到他如此厲害！我因疑他裝聾作啞，故意試他一試，不想他竟誤會成真。我還可以抵擋，走得慢一點，豈不連累了你，看他來歷，好似雪山了了和尚所傳佛門心劍的嫡派呢。如今令師已到了鄧崍，那裡離青螺山甚近，說不定還許為你而去呢。」

心源道：「但願如此才好。弟子現在別無他念，只望能將八魔除去，恩師恕過前愆，仍得重歸門下，從此祝髮出家，永安禪悅，於願足矣。」鐵蓑道人含笑不答。

當下二人同駕劍光，追上黃、魏二人，一同往四川進發。魏青腳程本快，不多幾日，四人到了成都。先將城外四座有名的祠堂廟宇看了一看，又到辟邪村去拜見玉清大師，見著張琪兄妹，方知玉清大師已帶湘英去尋素因大師去了。輕雲、文琪因久不見師父餐霞大師，心中想念，趁著暫時清閒，也回黃山去了。四人談了一會，告辭出來。

心源急於要見陶鈞，催著往灌縣青城山去。到了青城山金鞭崖，看見陶鈞和紀登師兄弟二人正在對坐下棋。原來陶鈞自從到了青城，受矮叟朱梅所授的口訣，每日練習劍術，又加紀登從旁盡心指點，進步得非常之快，把一柄金犀劍練得雖不能身劍合一，卻已得心應手，指揮如意了。紀登為人，比他師父還要來得特別，竟會與陶鈞處得非常莫逆。他二人每日做完了功課，不是去採藥登臨，便在崖前下棋。

這日天氣晴明，二人又下棋，忽見崖下上來四人。紀登認得鐵蓑道人，連忙上前拜見。陶鈞已看出一個是他昔日師父趙心源，心中大喜，便要上前跪拜。心源急忙一把拉住，說道：「賢弟快休如此。昔日我本自知能力不夠，恐怕誤你，一向不肯以師禮自居；何況賢弟如今又是朱老前輩高足，再要照以前稱呼，不但錯了輩分，愚兄反無地自容了。不如以後就用弟兄相稱吧。」陶鈞還是不肯，心源只好暫時由他。

彼此都引見，介紹姓名，互道了一陣傾仰的話，紀登便請眾人去往觀中落座。坐定之後，互談別後之事。陶鈞聽說許鉞已蒙俠僧軼凡收錄，十分代他欣幸。心源又把同他別後，到長沙谷王峰尋訪鐵蓑道人未遇，雪夜遇二魔，追雲叟解圍，酒樓遇羅九，相逢白琦、戴衡玉，戴家場打擂，怪叫化窮神凌渾二次出世收伏姚開江，白、俞、凌、戴四人相繼棄家從師等事，說了一遍。陶鈞也將別後在漢皋江邊巧遇恩師矮叟朱梅，接引到青城山學道，以及現在早晚用功情形說出。

紀登道：「這位凌老前輩，真是劍仙中一位怪傑。要講本領，雖不知多大，但是這些年來聽見他的前言往行，從未有人說他敗在人手內一回過。日前聽師父說，他近來悟徹天人，不久歸真，很想物色一兩個傳人，二次出山想必為此。不過昔日他同白師伯曾有仇隙，也不知如今解了不曾。他既命魏道友同三位到青螺山去，想必到時他必定出來參預。八魔縱然厲害，豈是他老人家對手？趙道友此番前去，必定萬無一失了。」

心源便請紀、陶二人引見朱梅。

陶鈞道：「恩師他老人家行蹤不定，不常在觀，也許我們正在想念，他老人家就馬上出現也說不定。」四人聽得朱梅不在觀中，多未免覺得機緣不巧。

紀登忽然對陶鈞笑道：「師弟可想請師父去助趙道友一臂之力麼？」

陶鈞道：「豈有不願之理？」

紀登道：「因為我以前曾有劣跡，雖然改行向善，師父總不大喜歡我。我看他對你屬望甚殷，你如現在就隨趙道友等同去，你不是八魔對手，師父豈能坐視？」

陶鈞也是少年喜事，剛把飛劍學好，沒處使用，心源又是他良師好友，極願同去相助。只因震於八魔凶名，估量自己能力有限，又未奉有師父之命，不敢貿然說去。聽紀登一說，知道師父面前他肯擔待，便活了心，答道：「我實在是想跟去，一則無有師父之命，二則我雖會飛劍，不能身劍合一，道路又遠，恐怕反誤了趙老師的大事，所以為難。」

紀登道：「我既叫你去，當然會替你擔待，不但你能跟上他們三位，連這位魏道友，我也一樣能送他前往。好在為期還早，有意屈留諸位在此盤桓幾天，到時我雖不能離此相助，自會送我師弟前去觀光。諸位以為如何？」

心源與陶鈞久別重逢，又看他從朱梅學了劍術，好生代他欣幸。自己因為當初不聽師言，僅學會一點皮毛，貿然下山，惹得師父見怪，自己到處吃虧，倒並不怎麼想陶鈞同去。經紀登一說，他是朱梅大弟子，劍術高妙，本來為期尚早，樂得在此同舊雨相聚些時，多拉攏兩個幫手。黃、魏二人原是心源請來，更無問題。

鐵蓑道人與二老、俠僧軼凡及心源、紀登師生兩輩，俱是後先所交朋友。他的劍術先傳自終南樂眾，樂眾成道後，又離了終南派自成一家。紀登、心源因為他認識師父，俱執晚輩之禮。他卻不以此自居。此次隨著心源經川入滇，本想在半路上順途看望兩個好友，見心源等暫住青城，便同眾人說，準端陽前趕到青螺山，現時因有事他去，同眾人暫別。紀登挽留不住，只得恭送他去。鐵蓑道人別了心源去後，心源等三人便留居青城，專候端陽趕到。不提。

請續看《蜀山劍俠傳》四 神鵰救主

風雲武俠經典

蜀山劍俠傳【第一部】3 湘江避禍

作者：還珠樓主
發行人：陳曉林
出版所：風雲時代出版股份有限公司
地址：10576台北市民生東路五段178號7樓之3
電話：(02) 2756-0949
傳真：(02) 2765-3799
執行主編：劉宇青
美術設計：吳宗潔
業務總監：張瑋鳳

出版日期：2025年7月
ISBN：978-626-7510-74-2
風雲書網：http://www.eastbooks.com.tw
官方部落格：http://eastbooks.pixnet.net/blog
Facebook：http://www.facebook.com/h7560949
E-mail：h7560949@ms15.hinet.net
劃撥帳號：12043291
戶名：風雲時代出版股份有限公司

風雲發行所：33373桃園市龜山區公西村2鄰復興街304巷96號
電話：(03) 318-1378
傳真：(03) 318-1378
法律顧問：永然法律事務所 李永然律師
北辰著作權事務所 蕭雄淋律師

行政院新聞局局版台業字第3595號 營利事業統一編號22759935

定價：340元

國家圖書館出版品預行編目資料

蜀山劍俠傳. 第一部 / 還珠樓主作. -- 臺北市：風雲時代出版股份有限公司, 2025.05
冊；　公分

ISBN 978-626-7510-74-2 (第3冊：平裝). --

857.9　　114002681